mtb

NICOLE FISHER

WITH YOU *through the* NIGHT

Roman

mtb

1. Auflage 2022
Originalausgabe

Gesetzt aus der Stempel Garamond
von GGP Media GmbH, Pößneck
Druck und Bindung von GGP Media GmbH, Pößneck
Printed in Germany
ISBN 978-3-7457-0343-6
www.harpercollins.de

Klimaneutral
Druckprodukt
ClimatePartner.com/15109-2009-1001

MIX
Papier
FSC FSC® C014496

TRIGGERWARNUNG

Dieses Buch enthält Szenen von Gewalt und Sexualität.

Für alle, die den Mut haben,
die Dunkelheit zu besiegen.

PROLOG

Das Leben zeichnet Narben auf unsere Seele, die nie vollständig verblassen. Man durchquert Orte, die jedes Licht verschlucken und einen in völliger Finsternis zurücklassen. Doch man gibt nicht auf, kämpft und klettert mit letzter Kraft der lang ersehnten Sonne entgegen.

Aber was geschieht, nachdem man endlich im Licht angekommen ist? Wenn plötzlich alles perfekt wirkt und man glaubt, die Narben würden heilen? Wenn der Halt verschwindet, man erneut in die Tiefe stürzt und der Kampf von Neuem beginnt?

»Ich kann nicht mehr.«

»Du musst.«

»Gar nichts muss ich!«, gebe ich zurück und lasse mich auf die feuchte Erde plumpsen. Die Wunde an meinem Kopf tut entsetzlich weh, und jeder einzelne Muskel in meinem Körper brennt vor Erschöpfung. Ich bin eigentlich kein Mensch, der schnell aufgibt oder sich von einer Verletzung schachmatt setzen lässt. Aber das hier ist anders. Mein Geist ist zu erschöpft und mein Herz zu verzweifelt, als dass ich die Kraft aufbringen könnte, mich dagegen zu wehren.

»Du gibst jetzt nicht auf! Nicht nach allem, was du bereits hinter dir hast. Das lasse ich nicht zu!«, ruft sie.

Mit schweren Lidern sehe ich auf. Dass ausgerechnet sie einmal mein einziger Halt sein würde, hätte ich nie erwartet, und mich daran zu erinnern, wie es so weit gekommen ist, presst den letzten Rest Hoffnung aus meinem Herzen. *Er* sollte vor mir stehen. Sollte derjenige sein, der mich antreibt und stützt –

ebenso wie ich diese Person für ihn sein sollte. Doch er ist nicht hier.

So sollte das Leben nicht verlaufen. Es sollte nicht geprägt von Gefahr und Verlust sein, und das war es für viele Monate auch nicht. Unser Leben war voller Liebe, Hoffnung und Wärme. Doch dann tauchte *sie* auf und entriss mir brutal mein Glück.

Unbändige Wut schießt durch meine Adern und erinnert mich daran, für wen ich mich durch die kalte Nacht quäle. Er ist so viel mehr, als ich je für möglich gehalten habe. Liebe, Glück, Vertrauen und die Sicherheit, niemals allein der Stille entgegentreten zu müssen. Das alles ist er für mich. Wie kann ich also hier sitzen, anstatt zu kämpfen? Wie kann ich aufgeben?

»Wir werden sie dafür leiden lassen«, lasse ich Isabella wissen und sehe sie mit kaltem Blick an.

Ein zufriedenes Lächeln schleicht sich auf ihr schönes Gesicht, ehe sie zustimmend nickt und mir die Hand entgegenstreckt. »Das werden wir.«

»Aber wie?«

Isabella grinst teuflisch und zieht unheilvoll eine Braue in die Höhe. »Mit allen Mitteln.«

Eineinhalb Jahre zuvor,
als die Vergangenheit begann,
die Zukunft zu formen.

1

Camy

»Wenn ihr so weitermacht, schneide ich euch ab!« Es ist ein ständiger Kampf, aus meinen wilden Locken eine halbwegs brauchbare Frisur zu zaubern. Nachdem ich für heute gewonnen und meine schwarze Mähne zu einem hohen Knoten zurückgebunden habe, tänzle ich aus dem Bad. Ich entferne mein Smartphone aus der Dockingstation neben meinem Bett, wodurch die ohrenbetäubend laute Musik abrupt verstummt und es plötzlich viel zu leise wird. Seit ich alleine lebe, drehe ich Johnny Cash, Hank Williams und Faith Hill so laut auf, dass es die Wände zum Vibrieren bringt. Ich liebe Countrymusik – und hasse Stille.

Das Handy verstaue ich in der vollgestopften Ledertasche und schlendere ins Wohnzimmer. Die Wohnung gehört mir, was sich merkwürdig anfühlt und noch merkwürdiger wird, sobald ich es laut ausspreche. Bis vor einigen Monaten habe ich hier gemeinsam mit meiner besten Freundin gelebt, der die Wohnung früher gehörte. Als sich allerdings herausstellte, dass die letzten Jahre ihres Lebens eine Lüge waren und sie zu einer korrupten Familie mit extrem fragwürdiger Moralvorstellung gehört, ist sie ausgezogen und hat mir die Wohnung überschrieben. Ausgezogen ist sie nicht freiwillig, aber das ist eine Geschichte, an die ich jetzt nicht denken möchte. Heute ist endlich der Tag gekommen, an dem meine beste Freundin zu mir zurückkehrt, und das ist alles, was zählt.

Pfeifend schlüpfe ich in meine Sandaletten, schließe die Wohnungstür hinter mir ab und fahre mit dem Fahrstuhl ins lichtdurchflutete Erdgeschoss. Ich weiß noch genau, wie überwältigt ich war, als Violet mir das imposante Gebäude zeigte, in dem wir nach unserem Collegeabschluss zusammen wohnen sollten. Es war, als würde sie auf die Tür zur Zukunft deuten, und ich bräuchte nur hindurchzugehen, um die unendlich vielen Möglichkeiten zu ergreifen. Aber es kam anders. Vor allem für Violet.

Ich schüttle den Kopf, um die Gedanken zu vertreiben, und verlasse das hohe Gebäude. Schlagartig gleitet die Kühle der Klimaanlage von mir ab, und die frühsommerliche Wärme von Texas umfängt mich. Ich heiße die Sonnenstrahlen mit einem glücklichen Seufzen willkommen und recke mein Gesicht gen Himmel. Beinahe verliere ich mich in dem friedlichen Moment, als ich neben mir eine Bewegung wahrnehme. Neben dem Eingang steht ein Mann mit dunklen Haaren und Augen und telefoniert in einer Sprache, von der ich zwar nicht viel verstehe, die ich aber als Spanisch erkenne. Ich trete an ihm vorbei, da hebt er den Kopf und sieht mich ausdruckslos an. Seine dunklen Augen fahren zu auffällig und musternd über mein Gesicht, als dass ich es nicht bemerken würde. Rasch wende ich den Blick ab und sehe mich nach einem Taxi um. Im Normalfall habe ich kein Problem damit, von Männern angesehen zu werden. Aber bei diesem Typen bekomme ich ein beklemmendes Gefühl im Magen. Vermutlich bin ich durch die Geschichte mit Violet übervorsichtig geworden, denke ich. Außerdem wittern meine Reporterinstinkte ständig eine Verschwörung. Berufskrankheit.

In einer Parkbucht, nur wenige Meter entfernt, steht ein Taxi, auf das ich eilig zugehe. Kurz bevor ich beim Taxi ankomme, taucht ein Mann auf, der die Hand an die Wagentür legt. *Mist.* Ohne lange nachzudenken, setze ich einen verzweifelten

Gesichtsausdruck auf und stelle mich dicht neben den hageren Mann mit der altmodischen Brille.

»Verzeihung?«, murmle ich leise und bemühe mich, betont unschuldig und aufgewühlt zu wirken.

»Ja bitte?«

»Dürfte ich das Taxi haben? Ich habe es sehr eilig«, lüge ich in zurückhaltendem Ton. »Ich muss meine kleine Schwester abholen. Sie ist erst neun und steht ganz allein auf der Straße, am anderen Ende der Stadt.«

Der Typ lässt den Türgriff los und tritt zurück. »Das geht natürlich vor, Miss«, verkündet er, ganz der Südstaatengentleman.

»Ich danke Ihnen vielmals. In dieser Stadt sollte ein neujähriges Mädchen wirklich nicht unbeaufsichtigt sein.«

Er nickt verstehend, und innerlich schnaube ich auf. Meine Schwester Olivia ist eigentlich neunzehn Jahre alt und hat bereits mehr Mist angestellt als andere in ihrem gesamten Leben.

Mit dankbarem Lächeln nicke ich ihm ein letztes Mal zu, ehe ich mich ins Taxi setze und die Tür hinter mir schwungvoll zuschlage.

»Wo soll's hingehen?«, will der Fahrer wissen und wirft mir durch den Rückspiegel einen gelangweilten Blick zu.

»Zum V's, bitte«, sage ich und streiche mir eine Strähne aus der Stirn. Meine Haare führen ein Eigenleben, das mich beinahe in den Wahnsinn treibt.

In Schritttempo verlässt das Taxi die schmale Parkbucht und steuert an meinem Wohngebäude vorbei, als mich ein helles Licht zum überdachten Eingang sehen lässt. Irritiert starre ich den dunkelhaarigen Typen an, der noch immer dort steht. Er grinst, als sei er extrem zufrieden mit sich, und steckt sein Handy in die Hosentasche. *Hat er ein Foto vom Taxi gemacht?* Ich schüttle mich und hole tief Luft, um mich von dem zu distanzieren, was mein Reporterhirn sich da zusammenspinnt. Das

Licht war vermutlich bloß eine Sonnenspiegelung in der Glastür. Dennoch bleibt ein ungutes Gefühl zurück, das ich nicht loswerde.

Das V's ist ein Klub im Industriegebiet von Rosehill und gehört Violets Verlobtem Ian Green. Er kaufte die alte Fabrikhalle vor circa zwei Jahren und baute sie zum beliebtesten Klub der Umgebung um.

Voller Vorfreude gehe ich auf die schwarze Metalltür unter dem ausgeschalteten Neonschild zu und klopfe. Das letzte Mal war ich hier, als der Klub erst wenige Wochen geöffnet hatte. Es fühlt sich an, als wäre das eine Ewigkeit her. Damals war alles noch herrlich normal. Ich hatte gerade das College beendet und freute mich auf meinen ersten richtigen Job bei der Rosehill News. Journalistin zu werden, war mein Traum, seit ich denken kann, und endlich wurde dieser Traum wahr. Aber wenn man erwachsen wird, stellt man oftmals fest, dass Träume lieber romantische Vorstellungen hätten bleiben sollen. Die Realität kann die Erwartungen leider nur sehr selten erfüllen.

»Wieso muss ich ausgerechnet jetzt an diesen Mist denken?«, fluche ich, als plötzlich die Tür aufgeht und ein gut aussehender Mann mich breit angrinst.

»Soll ich die Tür noch mal zumachen und warten, bis du mit dem Selbstgespräch fertig bist?«, feixt er und lässt den Blick schamlos über mich gleiten.

Ich versuche ein abfälliges Geräusch hinzubekommen, aber eigentlich bin ich ziemlich angetan von dem, was ich sehe. Denn der Mann ist zum Sterben heiß. Er hat wilde blonde Locken, wodurch ich mich auf merkwürdige Weise mit ihm verbunden fühle. Lockenköpfe verstehen die Tragik des Frisierens, wie es Außenstehende niemals könnten.

Akribisch inspiziere ich sein Gesicht. Er hat hellblaue strahlende Augen, die mich an den Himmel im Sommer erinnern.

Auf seiner Nase ist ein leichter Höcker, der beweist, dass sie schon gebrochen war. Die Lippen des Mannes sind perfekt geschwungen und würden sich mit Sicherheit großartig auf meiner Haut anfühlen. Was mir aber endgültig das Wasser im Mund zusammenlaufen lässt, ist sein Körper. Athletisch gebaut in einer V-Form, die mich an einen Schwimmer denken lässt. Breite Schultern, schmale Taille und starke Waden, die sich deutlich unter der dunklen Röhrenjeans abzeichnen. Dazu trägt er ein lässiges schwarzes T-Shirt, das den Blick auf die schwarze Tinte freigibt, die seinen rechten Arm ziert. Ein Tribal, in das Buchstaben eingewoben wurden, die ich nicht entziffern kann.

Würde ich ihn nicht bereits kennen, würde ich bei seinem Anblick Gefahr laufen, schwach zu werden. Allerdings kenne ich ihn, und das schmälert seine Ausstrahlung erheblich.

»Chris«, sage ich knapp und verschränke die Arme vor der Brust. »Was für ein … Nein, ich will nicht lügen. Es ist kein Vergnügen, dich wiederzusehen.«

Der Cousin von Violets Verlobtem grinst, als würde meine abweisende Art ihn freuen. »Camy Owsen. Immer wieder schön, dich zu treffen.«

»Willst du weiter da rumstehen, oder lässt du mich endlich rein?«

»Ehrlich gesagt würde ich lieber weiter hier stehen und den verbalen Schlagabtausch mit dir genießen. Allerdings dreht Vi bald durch, weil sie dich endlich sehen will. Und eine aufgeregte Violet ist keine Freude.«

Ich nicke verstehend und schlängle mich an Chris vorbei in den Klub. Im geschlossenen Zustand wirkt es hier drinnen wesentlich größer und geräumiger. Es gibt auf der unteren Etage des Klubs mehrere Tresen, eine riesige Tanzfläche, eine Garderobe sowie eine ruhige Ecke mit hochwertigen Sofas, die zum Chillen und Unterhalten einladen.

»Wo ist Violet?«, möchte ich wissen und wende mich Chris zu, der die Tür hinter uns abschließt.

Er deutet mit dem markanten Kinn nach links, wo eine Treppe zum VIP-Bereich führt. »Sie wartet oben an der Bar auf dich.«

Mehr muss ich nicht hören, um auf die Treppe zuzueilen. Immer zwei Stufen auf einmal nehmend, laufe ich hinauf und bleibe am oberen Absatz stehen.

»Violet!«, kreische ich und renne über den dunklen Steinboden auf die Bar am anderen Ende zu. Meine beste Freundin wendet blitzschnell den Kopf von einem Mann ab, der wie immer verboten gut aussieht. Ich nicke ihrem Verlobten Ian flüchtig zu und werfe mich in die Arme meiner besten Freundin.

»Ich hab dich so vermisst«, nuschle ich in ihr offenes braunes Haar.

»Ich dich auch, Camy«, erwidert sie und presst sich fest an mich. »Mehr, als du dir vorstellen kannst.«

Viel zu schnell drückt Violet mich wieder von sich und legt die Hände auf meine Schultern. In ihren großen grünen Augen schimmert es, und ihr hübsches Gesicht ist angespannt. Beinahe wirkt es, als wäre sie traurig, was den Alarm in meinem Kopf augenblicklich zum Schrillen bringt.

»Was ist los?«, will ich wissen.

»Wir müssen reden.«

»Sag nicht, du bist schwanger«, scherze ich lahm und bete innerlich, dass das, was sie mir sagen will, nicht so schlimm ist, wie es den Anschein hat.

Violet holt tief Luft, ehe sie die Bombe zündet und meine gute Laune auf einen Schlag zum Implodieren bringt.

»Ich kann nicht in Rosehill bleiben.«

2

Camy

Es gibt Augenblicke, in denen man dermaßen fassungslos ist, dass das Gehirn sich kurzzeitig verabschiedet. Der Atem stockt, und das Herz hört auf zu schlagen. So geht es mir, während ich Violet mit aufgerissenen Augen anstarre.

»Wieso?« ist alles, was ich sagen kann.

Ein vernehmliches Räuspern lenkt meinen Blick zu Ian. Er steht hinter dem Tresen aus grauem Naturstein und fährt sich angespannt durchs dunkle Haar. Ian Green ist die große Liebe meiner besten Freundin, und im Grunde ist er ein guter Mensch. Doch er hat eine Vergangenheit, die alles andere als harmlos oder vorbildlich ist und sich nicht so leicht abschütteln lässt. Ihm folgt ein Rattenschwanz aus Problemen, ebenso wie Violet und Chris. Die drei mussten in der letzten Zeit sehr viel durchmachen, und dass sie trotz allem zusammenstehen und die Hoffnung nicht aufgeben, imponiert mir.

»Das FBI hält es für das Beste, wenn wir eine Zeit lang untertauchen«, erklärt Ian tonlos.

»Wieso?«, frage ich erneut und blicke zurück zu Vi.

Sie nagt am Daumennagel, was ein eindeutiges Zeichen dafür ist, wie unwohl sie sich fühlt. »Jack, er …«, setzt sie an. »Sie denken, dass er selbst aus dem Gefängnis heraus noch eine Gefahr darstellt. Die Agents wollen nichts riskieren, das den Prozess gefährden könnte.«

»Sie haben Schiss, die einzigen Menschen zu verlieren, die sich trauen, gegen diesen Arsch vor Gericht auszusagen«, schlussfolgere ich und verkneife mir einen derben Fluch.

Zu sagen, dass ich Jack Hasting aus tiefstem Herzen verabscheue, wäre milde formuliert. Violets Bruder ist der Teufel persönlich und für alles Schlimme verantwortlich, das meiner Freundin in ihrem Leben zugestoßen ist. Als sie vor vier Monaten vor ihm flüchtete, beschlossen sie, Ian und Chris, zum FBI zu gehen und gegen ihn auszusagen. Darin sahen und sehen sie die einzige Chance, um Jack endgültig loszuwerden. Das FBI war natürlich mehr als begeistert, einen der berüchtigtsten Kriminellen der USA auf dem Silbertablett serviert zu bekommen, und schlugen einen Deal vor. Die drei sagen gegen Jack aus, dafür erhalten Ian und Chris Straffreiheit für alle von ihnen begangenen Straftaten, die während des Prozesses ans Tageslicht kommen.

Violet lehnt sich vor und greift nach meinen Händen. »Es geht nicht anders, Camy«, beschwört sie mich eindringlich. »Aber ich verspreche dir, dass es nicht für lange sein wird. Höchstens ein paar Monate, dann geht der Prozess los, und der Mist hat ein Ende.«

Ich will ihr glauben. Will die Sorgen von meinem Herzen schubsen und sie in weite Ferne verbannen. Aber es geht nicht. Das FBI würde ihnen nicht raten unterzutauchen, wenn es nicht nötig wäre. Immerhin kennen sie sich in solchen Dingen aus. Und wenn sie sagen, dass dieser Kriminelle sogar von seiner Gefängniszelle aus noch für Ärger sorgen könnte, müssen wir das ernst nehmen.

Jack und Violet erbten das Familienunternehmen, nachdem ihre Eltern starben. Klubs, Bars und Bordelle in den gesamten USA gehörten plötzlich ihnen, ebenso wie die illegalen Geschäfte, die in dessen Hinterzimmern liefen. Vi war am Geschäft nicht interessiert und überließ Jack die Führung. Aber das reichte ihrem großen Bruder nicht. Er wollte alles. Die Fäden in der Hand haben und nichts vom Gewinn an seine Schwester abtreten müssen. Als er außerdem erfuhr, dass Violet sich mit Ian Green eingelassen hatte, kam das für ihn einem Hochverrat gleich. Die Familie von Ian und Chris ist – beziehungsweise war – in derselben Branche tätig wie Violets. Sie waren erbitterte Konkurrenten. Zwei Fliegen mit einer Klappe für Jack: Violet sollte für ihren Verrat büßen und ein für alle Mal von der Bildfläche verschwinden.

Nach einer folgenschweren Nacht verlor Violet ihr Gedächtnis, und Ian versteckte sie vor ihrem Bruder. Eine Zeit lang ging das gut, aber die Erinnerungen kamen nach und nach wieder, sie fand zu Ian zurück, und das Chaos begann.

»Ich verstehe das«, erwidere ich nach einigen Sekunden und ringe mir ein falsches Lächeln ab. »Außerdem ist es ja nur für eine gewisse Zeit. Jack wird für immer mit einer Gemeinschaftsdusche klarkommen müssen, und du bist frei und sicher. Es wird sich ganz bestimmt regeln«, lüge ich.

»Camy hat recht«, mischt Ian sich ein. »In wenigen Monaten ist dieser Mist erledigt, und wir können nach vorne sehen.«

»Hey«, witzle ich und löse meine Hände von Violets. »Nach vorne sehen bedeutet hoffentlich nicht, dass ihr mich zurücklasst.«

Ian hebt eine Braue und versucht das Zucken seiner Mundwinkel zu unterdrücken. »Dich würden wir ohnehin nicht loswerden, selbst wenn wir es versuchen würden.«

Mit bemüht ernstem Gesicht nicke ich und deute mit dem Finger auf ihn. »Damit hast du verdammt recht, Mister.«

Das befreite Lachen von Violet ist Balsam für mein blutendes Herz. Nie hätte ich gedacht, dass es einen Menschen geben könnte, der für mich ebenso wichtig wird wie meine Familie. Ich habe nicht viele Freunde, weshalb mir die Bindung zu Vi umso mehr bedeutet. Natürlich gibt es Leute, mit denen ich hin und wieder Zeit verbringe. Immerhin bin ich kein verschrobener Einzelgänger. Außerdem habe ich eine wundervolle Familie, an die ich mich immer wenden kann. Aber die Familie sucht man sich nicht aus. Man wird hineingeboren, ohne eine Wahl zu haben. Entweder man hat Glück, so wie ich, und man bekommt eine Gemeinschaft geschenkt, in der man sich sicher und geborgen fühlt. Oder man hat Pech und steht trotz Blutsverwandtschaft alleine da. Sich anzufreunden hingegen ist eine freie Entscheidung. Eine bewusste und durchdachte Handlung, die aus genau diesem Grund so viel bedeutet.

»Also, wann müsst ihr gehen?«, will ich wissen, und abrupt verstummt Violets Lachen.

»Morgen.«

»Morgen schon?«, wiederhole ich erschrocken. »Aber dann bleibt uns ja kaum Zeit! Und wo sollt ihr überhaupt hin?«

Ian legt tröstend eine Hand auf die Schulter seiner Verlobten und schüttelt den Kopf. »Das wissen wir noch nicht. Sie haben uns nur gesagt, dass wir unsere Angelegenheiten regeln und bei Sonnenaufgang bereit sein sollen. Glaub mir«, setzt er nach. »Ich hasse die Situation ebenso wie ihr. Aber zu Violets Sicherheit gibt es keinen anderen Weg.«

»Du lässt dich doch sonst auch von keinem einschüchtern!«, entfährt es mir, und ich überkreuze anklagend die Arme vor der Brust. »Krumme Dinger sind dein täglich Brot, aber gegen einen Typen hinter Gittern bist du machtlos?«

»Verdammt noch mal, Camy!«, ruft er und reißt hilflos die Arme in die Luft. »Was soll ich deiner Meinung nach tun? Vi bis zum Ende ihres Lebens verstecken? Du weißt genauso gut wie ich, dass das nicht funktioniert. Den Dreckskerl hinter Gittern zu halten, ist die einzige Chance, die wir haben«, setzt er nach. »Es muss ein Urteil gesprochen werden, das ihn für lange Zeit einsperrt, damit seine Angestellten und Geschäftspartner wissen, dass es sich nicht länger lohnt, ihn zu unterstützen.«

»Das weiß ich auch!«, lenke ich ein und seufze tief. »Sorry, ich wollte nicht so irrational sein, aber ihr habt mich überrumpelt.« Ich wische mir eine imaginäre Strähne aus der Stirn und setze mich auf den Barhocker neben Violet. »Was hast du zu trinken da, Ian?«

Wortlos holt er eine Flasche Whisky und zwei Gläser unter dem Tresen hervor und stellt sie vor mir ab.

»Du trinkst nicht mit?«, will ich verwundert wissen.

»Ich lasse euch allein«, erklärt er. »Dann könnt ihr in Ruhe über mich und die Situation herziehen.«

Violet, die heute auffällig ruhig ist, sieht zu ihrem Verlobten, und ein liebevolles Lächeln schleicht sich auf ihre Züge. »Danke«, haucht sie und greift nach Ians Hand. Tränen schimmern in ihren Augen. Tränen, die auch ich spüre, aber mühsam zurückhalte, um die Situation nicht noch schlimmer zu machen. Im Vergleich zu ihren Problemen erscheinen mir meine eigenen plötzlich lächerlich, unwichtig und klein. Ja, ich habe meinen Job verloren, fühle mich oft einsam und wurde vor Kurzem sitzen gelassen. Aber was ist das schon, verglichen mit der Angst ums eigene Leben? Ich kann mich glücklich schätzen, in Sicherheit zu sein und nichts fürchten zu müssen.

3

Chris

Ich verabscheue dieses beißende Gefühl in der Brust. Es geht tiefer als Frust oder Wut. Es ist purer Hass. Hass auf die Situation, in der wir feststecken, und vor allem darauf, dass ich machtlos dagegen bin. Die anderen hören nicht auf mich. Sie sind fest davon überzeugt, dass das Problem bloß temporär ist und sich der ganze Mist am Ende lohnen wird. Ich sehe das anders.

Immer wieder schaue ich zur Treppe, die in den VIP-Bereich führt. Meine baldige Schwägerin sitzt dort oben mit ihrer besten Freundin und gesteht ihr, dass sie nicht wie erhofft zurück nach Rosehill ziehen wird. Zumindest nicht in nächster Zeit. Das ist kein Gespräch, bei dem ich anwesend sein will.

Ich vertreibe mir die Zeit mit der Nachkontrolle der Bestandslisten. Da wir ab morgen auf unbestimmte Zeit nicht anwesend sein werden, will ich, dass im Klub alles vorbereitet ist. Außerdem ist es eine gute Ablenkung. Zumindest bis mein Blick vom Papier hochzuckt, weil ich Schritte auf der Treppe höre. Ian fährt sich durch die dunklen Haare und hat die Lippen zu einem dünnen Strich zusammengepresst, während er auf mich zukommt. Das Gespräch scheint nicht besonders gut zu laufen.

»Whisky?«

»Einen doppelten«, erwidert mein Cousin und stellt sich an den Tresen.

Routiniert nehme ich zwei Gläser aus dem Regal hinter mir und fülle sie mit Ians und meinem Lieblingswhisky. Macallan, Single Malt.

»Color weint«, raunt Ian, und die Wut darüber ist ihm deutlich anzuhören. Mein Cousin ist selten emotional, aber wenn doch, erinnert er sich gern an Kleinigkeiten, die ihn wieder aufbauen. So wie jetzt. Früher hat er Violet damit aufgezogen, dass sie wie eine Farbe heißt. Daraus entstand der Spitzname, den wir heute kaum noch benutzen.

»Du kennst meine Meinung zu dem Thema«, verkünde ich und proste ihm provozierend zu. »Wir müssen nicht ins Safehouse. Jack sitzt hinter Gittern, und sein Geld ist eingefroren. Was soll er schon großartig gegen uns ausrichten können?«

»Alles«, antwortet Ian dunkel. »Vielleicht aber auch nichts. Wer weiß? Ich werde Violets Leben jedenfalls nicht riskieren, nur weil du dich nach deiner Freiheit sehnst.«

Ich kann ihn verstehen. Wirklich. Aber es ist verdammt beschissen, sein Leben nicht selbst bestimmen zu können. Ian und ich stammen aus einer Familie, die seit jeher krumme Dinger dreht und sich somit gut mit der Gefahr des Erwischtwerdens auskennt. Glücksspiel und Geldwäsche gehören zu unserem täglichen Geschäft, dabei halten wir uns allerdings an feste Prinzipien. Wir zwingen niemanden, für uns zu arbeiten, versuchen Gewalt nur als letztes Mittel einzusetzen, und harte Drogen kommen uns nicht ins Haus. Wir sind ehrenhaft, auch wenn das nicht zu unserem Business zu passen scheint. Violets Familie hingegen … Sagen wir es mal so: Ihr Bruder kennt keine Grenzen. Das beste Beispiel dafür ist, dass er seine eigene Schwester entführt und eingesperrt hat. Er hat sie beinahe umgebracht, nur um seine Ziele zu erreichen. So ein Mann hat jeglichen Bezug zu Regeln und Gesetzen verloren.

»Was hast du jetzt vor?«, will ich von meinem Cousin wissen. »Den Schwanz einziehen und kuschen? Tun, was das FBI will?

So sind wir Greens nicht. Guck doch, wie sehr deine Verlobte leidet«, werfe ich ihm vor und deute mit dem Glas zur Treppe. »Sie will hier nicht weg, Ian. Genauso wenig wie du oder ich.«

Ohne Vorwarnung pfeffert Ian sein Glas gegen das verspiegelte Regal hinter mir. Es kracht, Gläser zersplittern, und Scherben rieseln auf die Ablage darunter. Ich rühre mich nicht und beobachte meinen Cousin mit einer seltsamen Genugtuung. Nicht weil ich mich darüber freue, dass er ausflippt, sondern weil es erleichternd ist zu sehen, dass ihn das Ganze ebenso frustriert.

»Denkst du, ich weiß nicht, wie verfahren das alles ist?«, braust Ian auf. »Jack hat mir Violet entrissen und sie leiden lassen. Wenn es nach mir ginge, läge er in einem Grab, statt im Gefängnis zu hocken. Aber es ist nicht unsere Entscheidung, was mit ihm passiert. Es ist ihre.«

»Dann überzeuge sie davon, dass unser Schutz ausreicht.«

»Der reicht nicht«, prophezeit er düster. »Wir haben einiges an Mitteln durch die Untersuchungen eingebüßt. Konten wurden eingefroren, und die Cops geben sie so schnell nicht wieder frei. Außerdem haben wir Partner verloren, weil sie uns als Ratten ansehen. Der Rückhalt, den wir haben, ist also mehr als überschaubar.«

»Und das erzählst du mir erst jetzt? Mein Einkommen hängt von unseren Geschäften ab, Ian! Es ist ebenso mein Geld wie deins.«

»Sie haben nur die offiziellen Konten eingefroren«, erwidert er so ruhig, als würde er übers Wetter sprechen. »Die versteckten haben sie bisher nicht gefunden. Und ehrlich gesagt glaube ich auch nicht, dass sie aktiv danach suchen«, setzt er schulterzuckend nach. »Immerhin will das FBI uns bei der Stange halten, damit wir die Aussagen nicht zurückziehen. Würden sie unsere Mittel komplett lahmlegen, würden wir nicht mehr kooperieren, und das wissen sie.«

»Und was passiert, sobald der Prozess vorbei ist?«, werfe ich ihm vor. »Gehen sie dann gegen uns vor, weil sie uns nicht mehr brauchen? Den Agents sind wir vollkommen egal.«

Wortlos steht Ian auf.

Ich will etwas sagen. Ihm vorwerfen, dass er mir die Probleme vorenthalten hat und nicht realistisch genug denkt. Aber ich kann nicht. Es brennt mir auf der Zunge, ihm Vorwürfe zu machen, doch heute ist nicht der richtige Tag dafür. Eine Etage über uns sitzen zwei Frauen, die vermutlich bitterlich weinen, weil sie einander erneut entrissen werden, und ich mache mir Sorgen wegen des Geldes? Man kann über mich sagen, was man will, aber selbst ich besitze genügend Feingefühl, um Rücksicht zu nehmen und die Klappe zu halten.

Als Violet und Camy die Treppe hinuntersteigen, ist es bereits Abend, und die ersten Angestellten tigern durch den Klub. Violets Augen sind rot umrandet und glänzen, was den Hass in mir erneut anfacht. Diese Frau liegt mir am Herzen, als würde sie bereits zur Familie gehören, und sie leiden zu sehen, versetzt mir einen Stich. Dicht hinter ihr folgt Camy, und prompt klebt mein Blick an ihr. Sie ist frech, vorlaut und besserwisserisch – außerdem sieht sie extrem heiß aus. Ihre Haut hat einen dunklen Bronzeton, und ihre Proportionen sind genau so, wie ich es mag. Üppiger Vorbau, schmale Hüfte und fester Hintern. Wäre sie nicht Violets beste Freundin, hätte ich mein Glück mit Sicherheit schon bei ihr versucht. Aber ich suche nichts Festes, sondern meinen Spaß, und dafür ist sie nicht geeignet. Camy ist eine dieser Frauen, die man entweder ganz oder gar nicht nimmt. Für eine einfache Nummer ist sie zu kostbar. Außerdem würde Vi mich kastrieren, wenn ich ihrer Freundin das Herz bräche.

»Guten Abend, Ladys«, begrüße ich sie und drapiere die Arme lässig auf dem Tresen. »Was darf es sein? Ihr habt die freie Auswahl. Ich mixe euch, wonach es euch begehrt.«

Camy schnaubt und überkreuzt die Arme vor der Brust, wodurch sich ihr Busen anhebt. Ich verkneife es mir, einen anerkennenden Pfiff auszustoßen, und lächle zufrieden vor mich hin.

»Könntest du Camy bitte heimfahren?«

»Kommt nicht infrage!«, widerspricht Camy, ehe ich auch nur den Mund aufmachen kann. »Ich nehme mir ein Taxi.«

»Camy, bitte«, flüstert Violet so laut, dass ich es gerade noch verstehe, und wendet sich mit bittendem Funkeln in den Augen an ihre Freundin. »Ich würde mich wohler fühlen, wenn ich wüsste, dass du sicher heimkommst.«

Ich drehe mich um und krame in der untersten Schublade nach den Wagenschlüsseln. Vi wird sowieso gewinnen, wozu also Zeit verschwenden?

Die Frauen tuscheln miteinander, und das breite Grinsen tackert sich in meinem Gesicht fest. Es ist beinahe niedlich, wie vehement Camy sich dagegen sträubt, mit mir in ein Auto zu steigen. Die Frau fasziniert mich. Viel Zeit haben wir bisher nicht miteinander verbracht, und wenn, waren Ian und Vi dabei. Sobald der Prozess vorbei ist und wir wieder nach Rosehill ziehen, werden wir zwangsläufig ständig aufeinandertreffen. Und darauf freue ich mich. Auch wenn es tragischerweise platonisch zwischen Camy und mir bleiben muss, genieße ich unsere Sticheleien.

»Ihre Kutsche wartet, Mylady«, verkünde ich und drehe mich schwungvoll zu ihnen um.

»Hast du überhaupt einen Führerschein?«, hinterfragt sie skeptisch und zieht abwartend eine Braue in die Höhe.

»Sogar mehrere. Für jeden Bundesstaat einen. Der gefakte aus Ohio war überraschenderweise der teuerste.«

Kurz reißt Camy die Augen auf, nur um sie im nächsten Moment zu wütenden Schlitzen zu verziehen. »Wir reden nicht«, stellt sie klar. »Du starrst mich nicht an, und berühren ist tabu!«

Langsam beuge ich mich über den Tresen zu ihr vor und suche ihren Blick. Camy hat atemberaubend schöne braune Augen. Groß und treu, wie die Augen eines Rehkitzes. Wenn man nicht aufpasst, kann man mühelos in ihnen versinken.

»Dein Verlust«, flüstere ich.

Sie schluckt hörbar, und für einen Moment wirkt es, als hätte ich sie überrumpelt. Doch diese Frau lässt sich nicht so leicht aus der Fassung bringen. In Sekundenschnelle hat sie sich gefangen und legt mir eine Hand in den Nacken. Camy zieht mich näher zu sich und leckt sich verheißungsvoll über diese verflucht perfekten vollen Lippen.

»Wenn du irgendwas versuchst«, wispert sie, »zerquetsche ich dir mit Freuden deine Männlichkeit.« Abrupt nimmt sie die Hand aus meinem Nacken und tritt einen großen Schritt zurück.

»Ich liebe Herausforderungen«, gestehe ich ihr und zwinkere so eindeutig zweideutig, dass ich dabei zusehen kann, wie ihre Wangen sich rot färben. Sie versucht es zu überspielen, indem sie die Augen verdreht, aber ich bin mir sicher, dass ihr das Spielchen ebenso gefällt wie mir.

Das kann eine interessante Fahrt werden.

4

Camy

Schweigen ist eigentlich nicht mein Ding. Ich trage das Herz auf der Zunge, sagt Mom. Im Moment fällt es mir jedoch erstaunlich leicht, nichts zu sagen. Zum einen liegt das daran, dass meine Gedanken wild durcheinanderrasen und mir kaum die Möglichkeit geben, einen davon zu greifen. Zum anderen daran, dass ich mich in keiner Gesellschaft befinde, in der ich reden möchte. Ich sitze nur in diesem Wagen, weil ich Vi nicht noch mehr Sorgen aufbürden will. Dass Chris immer wieder flüchtig zu mir sieht, ist mir mehr als bewusst. Ich ignoriere es. Er soll sich aufs Fahren konzentrieren – oder von mir aus auch auf einen Fussel am Armaturenbrett. Aber nicht auf mich.

»Hey«, höre ich ihn nach wenigen Minuten Fahrt sagen. »Alles okay bei dir?«

Statt zu antworten, starre ich weiter aus dem Fenster. Dieser Wagen wirkt wie das Unterweltmobil, das es ist. Ein SUV in Tiefschwarz, mit abgedunkelten Scheiben und einer hellen Lederausstattung.

»Camy«, versucht Chris es erneut. »Ich kann mir vorstellen, dass die Situation nicht leicht für dich ist. Und glaub mir, ich find's auch nicht besonders spaßig, schon wieder abtauchen zu müssen. Solltest du Fragen haben, kannst du sie mir stellen. Vielleicht hilft es dir, wenn du alles weißt. Ich kann …«

»Nichts kannst du!«, erwidere ich wütend und schaue ihn nun doch an. »Heute sollte endlich wieder Normalität in mein Leben einziehen. Aber was ist stattdessen passiert? Ich erfahre, dass ich meine beste Freundin für weitere Monate nicht zu Gesicht bekomme. Wäre sie Ian nie begegnet, hätte ihr Bruder Jack keinen solchen Hass auf sie entwickelt. Und wir würden einfach unser Leben leben. Glücklich und sicher.«

Mein Körper zittert vor aufgestautem Frust. Ich wollte das nicht sagen. Wollte nicht zugeben, wie tief es mich trifft, Violet erneut gehen lassen zu müssen. Ich will kein Mitleid und auch keinen Trost, der ohnehin nichts besser macht. Das Einzige, was ich will, ist, das Leben zurückzubekommen, das ich bis vor knapp einem Jahr hatte. Ein Leben, in dem alles möglich schien.

Chris erwidert nichts. Stattdessen hat der sonst so aufgeweckte Kerl die Schultern angezogen und scheint plötzlich tief in Gedanken versunken zu sein. Die Stimmung im Wagen ist zum Zerreißen angespannt, als wir schließlich vor meinem Wohnhaus ankommen. Ich hatte gar nicht bemerkt, wie schnell die Fahrt vergangen ist. Chris parkt vor dem überdachten Eingang und stellt den Motor aus. Seine Hände umfassen das Lenkrad so fest, dass seine Knöchel weiß hervortreten, und seine Lippen sind zu einem dünnen Strich gepresst.

»Danke fürs Fahren«, sage ich tonlos und löse den Gurt. Ehe Chris doch noch etwas erwidern kann, schnappe ich mir meine Handtasche vom Rücksitz und steige aus. Ich verkneife es mir, einen letzten Blick in den Innenraum zu werfen, bevor ich die Tür hinter mir zuwerfe. Stark und stolz, so will ich wirken, während ich mir die Tasche über die Schulter hänge, den Kopf hebe und ins Haus marschiere.

Ich warte nicht auf den Fahrstuhl, sondern nehme die Treppe für die vier Stockwerke, in der Hoffnung, dass die Bewegung meinen Frust abbaut. Der Flur ist wie meistens menschenleer, und ich frage mich, ob meine Nachbarn jemals ihre Wohnungen verlassen. Kopfschüttelnd schließe ich meine Tür auf, streife die Sandaletten ab und pfeffere meine Tasche auf die Kommode. Ein Schrei drängt sich meine Kehle hinauf, und ich lasse die aufgestauten Emotionen heraus. Schreie meinen Frust, die Wut, Enttäuschung und auch die Trauer mit aller Kraft in die Luft. Sobald der Schrei endet, ist ein zermürbender Druck von meiner Brust gewichen, sodass ich freier atmen kann. Für einen Augenblick habe ich die Stille besiegt und meinen Emotionen Luft gemacht. Um die Lautlosigkeit in der Wohnung weiter zu vertreiben, gehe ich ins Wohnzimmer und steuere die Stereoanlage an. Ich will auf den Knopf drücken, um sie anzuschalten, als hinter mir unvermittelt etwas raschelt. Ehe ich reagieren kann, packt mich jemand und schlingt von hinten einen Arm um meinen Hals. Eine Hand presst sich fest auf meinen Mund und dämpft das überraschte Kreischen zu einem dumpfen Laut.

»Du hörst mir jetzt genau zu«, raunt es dicht an meinem Ohr. Mein Angreifer hat eine tiefe Stimme und einen rollenden Akzent, der mich sofort an den Spanisch sprechenden Typen von heute Mittag denken lässt. Es war also tatsächlich kein Zufall, dass er mich so intensiv ansah, und den Blitz habe ich mir vermutlich auch nicht eingebildet. Er hat mich fotografiert.

Angst kriecht mir tief in die Knochen und lässt mich unwillkürlich erschaudern.

»Du und ich, wir beide werden jetzt eine Spritztour machen«, sagt er bedrohlich ruhig. »Wenn du irgendetwas versuchst, wirst du es bereuen. Glaub mir.«

Vor Schock versteift sich mein Körper. Mein Herz schlägt so stark, dass ich es bis in den Hals spüre. Mein Hirn arbeitet unaufhörlich und sucht nach einer Möglichkeit zu entkommen. Das Handy steckt in der Handtasche im Flur und ist somit außer Reichweite. Kampfsport kann ich auch nicht, was meine Chance zur Flucht gen null laufen lässt.

»Bevor es losgeht, beantwortest du mir aber noch ein paar Fragen. Bist du Camy Owsen?«, will er wissen.

Ich nicke zaghaft, wodurch seine Hand auf meinem Mund hin- und herrutscht und sein Schweiß meine Lippen benetzt, was mich beinahe zum Würgen bringt.

»Weißt du, wer der Mann ist, der mit dir im SUV war?«

Erneut nicke ich und frage mich, was er mit diesen Fragen bezweckt. Wieso er hier ist, brauche ich nicht zu hinterfragen. Es geht um Violet. Vermutlich gehört er zu ihrem Bruder Jack, und ich bin ein willkommenes Druckmittel.

»Gut«, raunt er und lockert seine Hand über meinem Mund. »Wohin ist er gefahren?«

Im ersten Moment will ich antworten, beiße mir dann aber auf die Lippen. Angst hin oder her. Ich werde niemandem helfen, der etwas gegen meine Freundin im Schilde führt.

Seine Hand verschwindet von meinem Mund und packt stattdessen fest meinen Kopf. Mein Angreifer reißt brutal an meinem Dutt, und ein schmerzhafter Schrei entschlüpft mir.

»Antworte!«, brüllt er.

Meine Kopfhaut brennt und pulsiert vor Schmerz, dennoch bleibe ich stumm.

»Wohin bringt das FBI Violet Hasting, Ian und Christian Green?«, fragt er weiter.

Dass ich erneut nicht antworte, scheint ihn zu amüsieren, denn ich höre ihn leise lachen. »Stur«, schnurrt er mir zufrieden ins Ohr. »Das gefällt mir. Es wird Spaß machen, dir die Sturheit auszutreiben.«

Seine Hand presst sich erneut fest auf meinen Mund, und ich reagiere instinktiv. Meine Zähne graben sich in das weiche Fleisch seiner Handinnenfläche, bis ich Blut schmecke. Er heult vor Schmerz auf und lässt mich abrupt los. Ohne zu zögern, renne ich aus dem Raum in den Flur. Hinter mir erklingt ein Fluchen, und mein Adrenalinspiegel schießt in die Höhe. Ich stolpere vor Aufregung beinahe über meine Füße, schaffe es aber wie durch ein Wunder heil zur Wohnungstür. Mit einem Ruck reiße ich sie auf und kreische dann vor Schreck panisch.

Chris erfasst in Sekundenschnelle die Situation. Ohne Vorwarnung packt er mich an der Hand, zieht mich durch die Tür und stellt sich beschützend vor mich. Er macht einen Schritt in die Wohnung hinein und zieht etwas unter seinem Shirt hervor.

»Christian«, ertönt es vor uns. »Schön, dass du hier bist. Das erspart mir einen Weg.«

Chris stößt ein abfälliges Schnauben aus, und seine rechte Schulter hebt sich. Ich trete einen Schritt zur Seite, um besser an ihm vorbeisehen zu können, und wünsche mir prompt, ich hätte es nicht getan. Er hält eine Pistole in der Hand und zielt damit auf meinen Angreifer. Seine Hand ist erschreckend ruhig, und sein Gesicht wirkt eiskalt.

Der Angreifer starrt ihn grinsend an und legt nachdenklich den Kopf schief. »Was hast du vor, Green?«, höhnt er. »Mich erschießen und so die Cops anlocken? Dumme Idee, das müsste sogar dir klar sein. Außerdem würden sie dir nicht helfen, selbst wenn sie dir glauben sollten, dass du dich nur verteidigt hast.«

»Du bist die Kugel nicht wert«, spuckt Chris ihm hasserfüllt entgegen, und ich zucke unter der Wut in seiner Stimme zusammen. »Du bist nichts weiter als ein überbezahlter Lakai. Aber selbst Schaben können hilfreich sein«, setzt er nach. »Camy, komm her.«

Zu überrumpelt zum Reagieren, bleibe ich stehen, bis Chris mir einen knappen, strengen Blick zuwirft.

»Halt die Waffe«, weist er mich an.

»Spinnst du?«

»Tu es!«

Mit zitternden Fingern stelle ich mich neben ihn und greife widerwillig danach. Sie ist schwerer, als ich dachte, und fühlt sich verblüffend kühl an.

»Ziel auf ihn. Sollte er etwas versuchen, schieß.«

Ich schlucke trocken und beobachte, wie Chris sich dem Typen mit langen Schritten nähert, während dessen Augen immer wieder unsicher zwischen Chris und mir wechseln. Er versucht es zu überspielen, doch ich sehe ihm an, dass er auf diese Situation nicht vorbereitet war. Er dachte, er würde hier leichtes Spiel haben und mich ohne Gegenwehr entführen können.

Dicht vor dem Mann bleibt Chris stehen und mustert ihn einen Moment lang wortlos. Dann holt er aus.

Mein Angreifer reißt erschrocken die Augen auf, und sein Körper zuckt, als wollte er ausweichen, doch Chris ist schneller. Seine Faust trifft ihn mit einer solchen Wucht am Kinn, dass es mich nicht wundern würde, wenn sein Kiefer gebrochen wäre. Wie ein nasser Sack geht er mit geschlossenen Augen zu Boden.

Aufatmend senke ich die Waffe. Chris hält jedoch nicht inne, sondern kommt zu mir zurück und streckt fordernd die Hand aus. Nur zu gern drücke ich ihm die Pistole in die Hände.

»Du hast zwei Minuten.«

»Wofür?«, frage ich verwirrt, ohne den Blick von dem bewusstlosen Mann auf meinem Fußboden zu nehmen.

»Zum Packen. Nur das Nötigste, und wehe, du steckst irgendwas Elektronisches ein.«

»Warte mal!«, verlange ich und reiße den Blick von dem Angreifer los. »Wieso soll ich packen?«

»Der Kerl ist nicht hier, weil er einen Kaffee mit dir trinken will«, erwidert er sachlich. »Er wollte dich mitnehmen und gegen uns – gegen Vi – einsetzen. Denkst du, sie geben auf, nur weil sie einmal gescheitert sind?«

Mein Kopf versucht das Gehörte zu verarbeiten, aber mein Geist weigert sich, den Sinn seiner Worte zu erfassen.

»Ich bringe dich in Sicherheit, bis wir mit Ian und dem FBI gesprochen haben«, setzt Chris nach. »Zwei Minuten, Curls. Die Uhr tickt.«

5

Camy

Wie konnte dieser Tag zu einer solchen Katastrophe werden? Immer wieder stelle ich mir diese Frage, während ich wahllos Sachen in meine giftgrüne Reisetasche werfe. Da ich nicht weiß, wie lange wir unterwegs sein werden, packe ich alles ein, was mir sinnvoll erscheint. Der Kulturbeutel ist dementsprechend randvoll, als ich ihn obendrauf werfe und den Reißverschluss schließe. Mein Blick schweift hektisch durchs Zimmer, auf der Suche nach etwas Wichtigem, was ich nicht vergessen darf. Dabei bleiben meine Augen wehmütig an der Uhr in Form einer lächelnden Sonne über meinem Bett hängen. Olivia hat sie mir vor einigen Jahren zum Geburtstag geschenkt. Beim Gedanken an meine kleine Schwester zieht sich mein Herz krampfartig zusammen. Hoffentlich bekomme ich die Möglichkeit, meiner Familie Bescheid zu geben, dass es mir gut geht. Wenn ich mich länger als zwei Tage nicht bei ihnen melde, werden sie anfangen, sich Sorgen zu machen, und das möchte ich ihnen ersparen.

»Camy! Beeil dich!«

Mit einem zittrigen Seufzer schultere ich meine Tasche. Als ich im Wohnzimmer ankomme, kniet Chris neben dem noch immer bewusstlosen Mann. Sobald er mich bemerkt, hebt er den Kopf und sieht mich einen Moment lang stumm an. Ich könnte schwören, einen bedauernden Schatten über sein schönes Gesicht huschen zu sehen. Doch er ist so schnell verschwunden, dass ich mir nicht sicher bin, ob ich es mir doch nur eingebildet habe.

»Lass uns abhauen, ehe er wach wird«, fordert Chris und steht auf.

»Du willst den Kerl doch nicht ernsthaft in meiner Wohnung liegen lassen?«, erwidere ich.

»Ich werde ihn wohl kaum einladen, bei uns mitzufahren.«

»Chris!«

»Camy!«, äfft er mich nach. »Wir haben keine Zeit zu verlieren. Wer weiß, ob er Komplizen dabeihatte. Ich bin zwar ein geselliger Typ, aber auf eine weitere Begegnung wie die von eben würde ich lieber verzichten.«

Da er damit recht hat, beiße ich die Lippen zusammen und folge ihm notgedrungen. Hinter Chris meine Wohnung zu verlassen und ihm schweigend die Treppen hinunter zu folgen, fühlt sich an wie ein Lebewohl. Als würde ich mein Leben hinter mir lassen, sobald ich in sein Auto steige. Mein Herz weint vor Trauer, als Chris meine Tasche auf den Rücksitz wirft und mich auffordert, mich anzuschnallen. Mein Geist schottet sich von der Realität ab und nimmt alles wie in einem Film wahr. Wie etwas Unechtes, das nicht mir passiert. Auch Chris ist untypisch ruhig und in sich zurückgezogen. Er sagt kein Wort und konzentriert sich stattdessen aufs Fahren und seine Gedanken.

»Chris?«, frage ich ihn irgendwann und rutsche unruhig auf meinem Sitz umher. »Was tun wir jetzt?«

»Ich habe einen Plan. Mach dir keine Sorgen«, entgegnet er ernst. »Erst mal verschwinden wir aus Rosehill. Wir brauchen einen Vorsprung, um uns zu sortieren.«

Seine Worte beruhigen mich. Er weiß, was er tut und wie er mit der Situation umgehen muss. Auch wenn ich Chris nicht sonderlich mag, fühle ich mich doch sicher bei ihm. Und das ist in dieser Situation mehr wert als alles andere.

Es dauert nicht lange, bis wir Rosehill hinter uns gelassen haben und auf die Route 45 einbiegen.

»Dallas also?«

Chris nickt, ohne den Blick von der Straße zu nehmen. »Ich kenne da ein Motel, in dem du dich ausruhen kannst. Du bist bestimmt müde.«

Sobald er es sagt, merke ich wirklich, wie erschöpft ich bin. Ich sehe zur Uhr im Armaturenbrett: erst zweiundzwanzig Uhr, trotzdem fühlen sich meine Augenlider tonnenschwer an.

»Danke«, nuschle ich und kuschle mich tiefer in den gemütlichen Sitz. »Aber bist du nicht auch müde? Vielleicht sollten wir irgendwo halten und uns Kaffee besorgen.«

»Nicht nötig, mir geht's gut«, erwidert er, was ich ihm nicht abkaufe. Okay, die Greens sind gefährliche Situationen gewohnt, dennoch muss es ihm zugesetzt haben, als er vor meiner Wohnung auftauchte und plötzlich – Moment!

»Wieso standest du vor meiner Tür?«

Ein Muskel an Chris' Hals zuckt, und kurz wirkt es, als würde er mit sich ringen. Doch dann wirft er mir einen flüchtigen Seitenblick zu – den ersten, seit wir ins Auto gestiegen sind.

»Weil mir deine Worte nicht aus dem Kopf gegangen sind«, gesteht er überraschend aufrichtig. »Du bist davon überzeugt, dass Ian Violets Leben zerstört hat, aber damit irrst du dich.«

Neugierig geworden, kämpfe ich gegen die Müdigkeit an und versuche mich auf seine Worte zu konzentrieren.

»Und jetzt denkst du vermutlich, dass Ian und ich auch dein Leben zerstören. Immerhin wurdest du nur angegriffen, weil du in Kontakt zu uns und Vi stehst.« Chris klingt, als würden ihn Selbstvorwürfe quälen, und das tut mir leid. Ich will nicht, dass er sich so fühlt. Zugegeben, ich bin wütend, weil ich in diesen Mist mit hineingezogen wurde. Aber ich weiß auch, dass es niemals ihre Absicht war, mich in Gefahr zu bringen.

»Ian und Violet lieben sich. Das, was die zwei haben, ist echte

Liebe«, fährt Chris fort. »Dieses Schnulzenzeug, von dem ihr Frauen träumt und über das es Tausende schlechte Filme gibt. Was ist es mehr wert, dafür zu kämpfen, als am Ende mit seiner großen Liebe glücklich zu werden und ein Happy End zu bekommen?«

»Woher soll man wissen, ob man nicht auch ohne den anderen glücklich geworden wäre?«, entgegne ich nachdenklich. »Vielleicht hätte Vi einen anderen Mann getroffen und sich verliebt. Einen Mann, mit dem sie weniger Probleme hätte.«

»Möglich«, gibt Chris schulterzuckend zu. »Aber glaubst du wirklich, Jack hätte sie nicht trotzdem gefunden? Und wäre ein anderer Mann als Ian an ihrer Seite gewesen, wohin hätte sie flüchten sollen? Und noch viel wichtiger: Welcher Mann, der nicht zu diesen Kreisen gehört, würde den ganzen Ärger mitmachen und unbeschadet überstehen? Ian und ich kennen uns mit dem Mist aus. Andere Männer würden vermutlich den Kopf verlieren und in Panik geraten. Oder sie würden versuchen, den Helden zu spielen, und drauflosstürmen wie der Terminator. Glaub mir«, sagt er bitter, »ich würde nichts lieber tun, als mich in den Kampf zu stürzen, aber ich weiß, dass das im Augenblick sinnlos ist. Bevor wir aktiv werden können, müssen wir die Fakten kennen und wissen, womit genau wir es zu tun haben.«

»Zum Teil gebe ich dir recht«, erwidere ich und gähne, ohne es unterdrücken zu können. »Aber nicht in allem. Wenn man jemanden aus vollem Herzen liebt, verlässt man diese Person nicht, nur weil es Probleme gibt und die Zeiten düster sind. Man bleibt bei seinem Partner und steht ihm bei. Wenn man abhaut, war es keine wirkliche Liebe.«

Chris antwortet nicht, sondern wirft mir einen beinahe erstaunten Blick zu. Statt darauf einzugehen, schalte ich das Radio ein. Um weiter zu diskutieren, bin ich zu müde. Einige Zeit wechsle ich zwischen den Programmen, bis ich auf einem Countrykanal lande und mich zufrieden zurücklehne. Mein

Begleiter kommentiert meine Wahl zwar nicht, aber ich erkenne ein winziges Schmunzeln in seinem Mundwinkel, als »I walk the Line« von Johnny Cash beginnt.

Draußen zieht die Dunkelheit an uns vorbei und reißt mich schließlich mit sich. Meine Augen fallen zu, obwohl ich dagegen ankämpfe, und ehe ich es bemerke, versinke ich im Schlaf.

Ein Ruckeln schreckt mich auf. Schlaftrunken reibe ich mir über die Augen und versuche mich zu orientieren. Der Fahrersitz ist leer und das Radio stumm. Verwirrt sehe ich aus dem Fenster. Das grelle Neonlicht einer Tankstellenbeleuchtung strahlt mich an und zwingt mich, die Augen zusammenzukneifen, um etwas zu erkennen.

Chris steht am Heck des Wagens und tankt. Dabei sieht er in die Ferne und scheint tief in Gedanken versunken zu sein. Er ist der Typ Mann, der sich nach außen stark und fröhlich gibt. Doch wenn er sich unbeobachtet fühlt, fällt diese Fassade von ihm ab und zeigt einen ganz anderen Christian. Einen, der ernst, ruhig und nachdenklich ist und mich durch diese Charakterzüge positiv überrascht. Unerwartet erkenne ich mich in ihm wieder, was meinen Puls ins Stolpern bringt. Wie kann der Mann, den ich oft unerträglich finde, so eine Ähnlichkeit mit meinem eigenen Verhalten haben? Sehen mich andere ebenso, wie ich ihn sehe?

Chris' Blick schießt unvermittelt zu mir, als würde er meinen auf sich spüren. Unbeholfen hebe ich die Hand und winke, ehe ich realisiere, dass er mich durch die getönten Scheiben nicht sehen kann.

Er steckt den Tankschlauch zurück in die Halterung, schließt den Deckel am Auto und kommt auf mich zu. Die Tür öffnet sich, und Chris greift ohne ein Wort an mir vorbei ins Handschuhfach. Sobald ich den Inhalt erkenne, bin ich schlagartig hellwach. Er zieht einen weißen unbeschrifteten Umschlag heraus, der direkt neben einer Pistole liegt. Ich kann sehen, dass ein Haufen Geldscheine im Umschlag verborgen ist, von denen er sich einige schnappt, bevor er ihn zurückwirft und das Handschuhfach wieder schließt.

»Möchtest du etwas zu trinken? Oder hast du Hunger?«, will er wissen und zählt die Scheine in seiner Hand, als wäre es das Normalste auf der Welt, so viel Geld und eine Waffe dabeizuhaben.

»Ich – ähm. Eine Coke wäre toll. Und Gummidrops, falls sie welche haben.«

»Gummidrops?«, hinterfragt er schmunzelnd.

Herausfordernd überkreuze ich die Arme vor der Brust. »Ja, Gummidrops. Ich mag Süßkram. Es beruhigt mich.«

»Wie Mylady wünscht«, witzelt er zwinkernd und schlägt ohne Vorwarnung die Tür vor mir zu.

Habe ich eben ernsthaft noch gedacht, hinter seinem guten Aussehen würde mehr stecken? *Tz, du hast einen grandiosen Spürsinn, wenn es um Männer geht, Camy.* Ich setze mich aufrechter hin, und der Gurt drückt gegen meinen Bauch, was meine Blase auf den Plan ruft. Ich schaue wieder aus dem Fenster und entdecke eine Tür an der Tankstelle, auf der ein Toilettensymbol prangt. Kurzerhand löse ich den Gurt und steige aus. Einen Moment überlege ich, Chris Bescheid zu sagen, wohin ich gehe, entscheide mich jedoch dagegen. Durch die lang gezogene Scheibe kann ich in den Verkaufsbereich der Tankstelle sehen. Er lehnt an der Kasse und flirtet gut gelaunt mit einer Angestellten. Ich wette, ich bin wieder zurück, bevor er sich von ihr losgerissen hat.

6

Chris

»Bei dem wenigen Verkehr um diese Zeit dürften Sie in gut einer Stunde in Dallas sein«, erklärt die Verkäuferin. Dabei sieht sie mir länger in die Augen, als harmlos wäre. An einem normalen Tag würde ich den Flirt genießen, aber heute ist kein normaler Tag, und im Wagen wartet keine normale Frau auf mich.

Ich bedanke mich und bezahle meinen Kram, wobei ich ihr ein großzügiges Trinkgeld gebe. Sie kann immerhin nichts dafür, dass ich sie abwimmeln muss. Getränke, Knabberzeug, Zigaretten und eine Landkarte habe ich gekauft. Das mag altmodisch wirken, aber ich will nicht riskieren, das Navi zu benutzen und so unseren Standort in irgendeinem System auffindbar zu machen. Natürlich habe ich die Gummidrops nicht vergessen. Beim Verlassen des Ladens schleicht sich ein leises Lächeln auf mein Gesicht. Camy kann unheimlich niedlich sein, ohne es zu merken. Ich kenne keine andere Frau, die in einer solchen Situation nach Süßkram gefragt hätte. Vorhin, als sie im Wagen neben mir eingeschlafen ist, konnte ich nicht anders, als hin und wieder zu ihr zu sehen. Einige Locken hatten sich aus ihrem Zopf gelöst und hingen ihr lose ins Gesicht. Es juckte mich in den Fingern, sie hinter ihre Ohren zu schieben. Aber ich habe es nicht getan. Auch wenn wir auf unbestimmte Zeit zusammenhängen, hat sich nichts an der Tatsache geändert, dass sie die beste Freundin meiner Bald-Schwägerin ist und dass Vi mich umbringen würde, wenn ich Camy das Herz bräche. Die körperliche Anziehung ist verdammt stark, das gebe ich zu. Aber mehr ist es nicht, also werde ich nichts riskieren. Und selbst wenn es mehr wäre, käme es nicht infrage. Beziehungen sind nicht mein Ding.

Ich trete durch die automatischen Türen der Tankstelle und amte genussvoll ein. Nachts hat die Luft einen eigenen Geschmack. Einen, der tagsüber durch die Hektik der Welt unterdrückt wird. Es wirkt irgendwie reiner, friedlicher. Gelassen schlendere ich zum Wagen und öffne die Beifahrertür. »Ich hab dir vier verschiedene Sorten mitgebracht …«, beginne ich und breche dann abrupt ab.

Der Sitz ist leer.

Hektisch sehe ich mich um, kann sie aber nicht entdecken. Wie konnte ich so unbedacht handeln und Camy im offenen Wagen allein zurücklassen? Die Tüte landet auf dem Beifahrersitz, ehe ich die Tür zuwerfe und mich erneut umsehe. Die Toilette springt mich förmlich an. Ohne nachzudenken, gehe ich darauf zu und reiße sie auf. Es ist eine gemischte Toilette, in der es sowohl Urinale wie auch Kabinen gibt. Aus einer davon höre ich die Spülung, und meine Schultern sacken erleichtert hinab. Kurz darauf öffnet sie sich, und Camy starrt mich entgeistert an.

»Musst du auch?«

»Wir sind auf dem Weg zu einem Versteck«, sage ich betont ruhig und trete auf sie zu. »Und wir sind deshalb auf dem Weg dorthin, weil dich vor wenigen Stunden jemand entführen wollte. So, wie du dich verhältst, könnte man meinen, du hättest diese unbedeutende Tatsache vergessen.«

Dicht vor der Schönheit bleibe ich stehen. Ich kann es mir nicht verkneifen, dieses Mal eine ihrer losen Locken zu berühren. Sanft streiche ich sie hinter ihr Ohr und spüre, wie Camy unter der Berührung erzittert. Eine seltsame Zufriedenheit durchflutet mich, und mein Blick richtet sich wie selbstverständlich auf ihre Lippen.

»Ich weiß, dass wir vorsichtig sein müssen, Chris«, sagt sie leise, aber trotzig. »Ich bin nicht dumm. Aber was soll ich deiner Meinung nach tun, wenn meine Blase voll ist? Auf den Sitz pinkeln?«

»Du sollst mir Bescheid geben«, erwidere ich streng und trete zurück, auch wenn jede Faser mich nach vorn drängen will. »Wenn du entführt wirst, verzeiht Violet mir das nie.«

Einen Moment lang starren wir uns an. Stur, herausfordernd und unnachgiebig.

»Beeil dich«, fordere ich dann gespielt kühl und gehe zur Tür. Ohne ihre Antwort abzuwarten, verlasse ich die Toilette. Ich muss dieses Gefühl loswerden und durchatmen, bevor ich etwas tue, was ich nicht tun sollte.

Das Auftauchen eines Wagens reißt mich unsanft aus meinen Gedanken. Um nicht aufzufallen, stelle ich mich neben die Toilettentür und zünde mir eine Zigarette an. Den Wagen lasse ich dabei nicht aus den Augen. Lieber zu vorsichtig sein, als hinterher *Hätte ich doch nur* zu denken. Das ist eine Lektion, die ich sehr früh lernen musste.

Eine hochgewachsene Frau mit schwarzen Haaren und gebräunter Haut steigt aus. Sie wirkt, als wäre sie ungefähr in meinem Alter, allerdings bewegt sie sich steif und ungelenk, außerdem sieht sie unruhig hin und her. Etwas in mir blinkt hellrot auf. Ich ziehe an der Zigarette und lasse den Blick wie zufällig über ihren Wagen schweifen. Ein schwarzer Geländewagen, der meinem gar nicht so unähnlich ist. Der größte Unterschied ist wohl, dass bei ihrem nur die hinteren Scheiben getönt sind. Auf dem Beifahrersitz erkenne ich eine Silhouette, die ich mir genauer ansehe. Ein Mann, groß und ebenfalls dunkelhaarig. Mehr kann ich nicht erkennen.

Hinter mir geht die Toilettentür auf, und etwas in mir will

brüllen, dass sie wieder reingehen und hinter sich abschließen soll. Doch dafür ist es nun zu spät. Camy stellt sich dicht neben mich, und ich spüre förmlich, dass sie mich mit ihrem Blick erdolcht.

»Du hast nicht ernsthaft hier gewartet? Was hast du gedacht, was passiert?«, will sie wissen. »Dass jemand ins Klo stürmt und mich in einen Sack packt?«

»Zigarette«, antworte ich knapp und hebe die Hand, damit sie den Glimmstängel sieht. »Deine Gummidrops liegen im Wagen«, setze ich nach und kann mir dabei ein winziges Schmunzeln nicht verkneifen.

»Danke«, quetscht Camy heraus und will an mir vorbeitreten, als die Frau an der Zapfsäule plötzlich zu uns sieht. Ihr Blick schweift von Camy zu mir, und einen Moment glüht es in ihren dunklen Augen begeistert auf.

Betont gleichgültig wende ich mich Camy zu. »Geh zum Wagen«, raune ich. »Langsam. Lass dir nichts anmerken.«

»Was soll ich mir nicht anmerken lassen?«

So unauffällig wie möglich deute ich zur Zapfsäule rüber. »Dass wir sie bemerkt haben.«

Diese Frau verblüfft mich immer wieder. Sie verfällt nicht in Panik. Stattdessen nickt sie verstehend und setzt ein fröhliches Lächeln auf.

»Beeil dich mit diesem stinkenden Kraut«, sagt sie laut und betrachtet die Zigarette zwischen meinen Fingern wie ein ekliges Insekt. »Ich will ankommen, bevor es hell wird.«

»Wie Mylady verlangt«, scherze ich angespannt und deute eine Verbeugung an.

Camy rollt mit den Augen und geht in gemächlichem Tempo auf den SUV zu. Ich kann mir vorstellen, wie viel Selbstbeherrschung es sie kostet, nicht zum anderen Wagen zu sehen oder ihre Schritte zu beschleunigen. Aber sie schafft es und setzt sich ohne Zwischenfall hinein. Beeindruckend.

Ich ziehe noch zweimal an der Zigarette, bevor ich sie austrete und Camy folge. Gerade als ich am Auto ankomme, höre ich eine Wagentür, die sich öffnet und wieder schließt.

»Sir?«

Meine Schultern spannen sich beim Klang des rollenden Akzentes an. So gelassen wie möglich wende ich den Kopf nach hinten und sehe in die dunklen Augen eines Mannes. Er hat ebenso glänzendes schwarzes Haar wie die Frau und ist kräftig gebaut. Auf den ersten Blick würde ich ihn als Mexikaner einstufen.

»Meine Frau und ich sind auf dem Weg nach Dallas«, beginnt er. »Unser Navi ist ausgefallen, und wir kommen nicht aus der Gegend. Sie fahren nicht zufällig auch in die Richtung, oder? Dann könnten wir Ihnen nachfahren.«

»Nein. Dallas ist nicht unser Ziel«, lüge ich und deute mit einem Nicken in die Tankstelle hinein. »Die verkaufen hier Landkarten. Aber wenn ich mich nicht täusche, müssen Sie nur der Route 45 folgen und können Dallas dann nicht verpassen.«

»Und wo wollen Sie hin?«, erklingt die Stimme der Frau. Sie ist höher, als ich angenommen habe, und hat einen gewissen Unterton, den ich nur zu gut kenne.

Unterdrückte Abscheu.

»Richtung Süden«, lüge ich weiter. »Da leben Verwandte meiner Verlobten.«

»Das ist merkwürdig«, sinniert sie und steckt den Tankschlauch in aller Ruhe zurück in die Halterung. »Soweit ich informiert bin, hat Camy keine große Verwandtschaft. Es gibt nur ihre Eltern und ihre Schwester. Und darüber, dass Sie zwei verlobt sind, habe ich auch nichts gehört.«

Meinen Fehler erkenne ich erst, als es zu spät ist. Sobald ich das klackende Geräusch wahrnehme, zielt die Pistole des Mannes bereits mitten auf meine Brust. Ich habe ihn aus den Augen gelassen und mich voll auf seine Begleiterin konzentriert. Dummer Anfängerfehler.

»Sie werden jetzt Folgendes tun«, verlangt sie und wirft mir ein so selbstzufriedenes Lächeln zu, dass ich für eine Sekunde meine Prinzipien vergesse und mir vorstelle, wie meine Faust in ihrem Gesicht landet. »Sie steigen, ohne Aufsehen zu erregen, in unseren Wagen.«

Mein ungläubiges Lachen erfüllt den ansonsten totenstillen Platz. »Und Sie denken ernsthaft, dass ich das tun werde?«

Sie nickt siegessicher und zieht eine Pistole unter ihrer Bluse hervor. »Sie haben keine Wahl, Christian.«

Fieberhaft suche ich nach einer Möglichkeit, den Mexikanern zu entkommen, als plötzlich der Motor des SUV neben mir anspringt. Perplex rucken unsere Blicke zum Wagen. Die Rücklichter blinken auf, und ehe ich begreife, was passiert, fährt mein Wagen mit quietschenden Reifen rückwärts auf die Frau zu. Im letzten Moment springt sie zur Seite und rettet sich hinter ihren Wagen.

Ich zögere nicht, sondern nutze die Chance und renne um die Motorhaube herum. Der Mann schreit, und ein Schuss ertönt, der so nah an mir vorbeigeht, dass ich den Windzug am Ohr spüre. Ich reiße die Tür auf, hechte in den Wagen, und schon schießen wir vorwärts aus der Einfahrt zur Tankstelle.

»Schalt das Licht aus!«, rufe ich Camy zu und ziehe die Pistole aus dem Handschuhfach. Sie gehorcht und reißt kurz darauf das Lenkrad herum. Ohne Vorwarnung werde ich gegen die Tür geworfen, während Camy wie ein Profi eine enge Kurve nimmt, die uns von der Hauptstraße wegführt.

Sobald ich mich im Sitz vernünftig hingesetzt habe, sehe ich aus dem Rückfenster. Wenn ich es richtig erkenne, rasen die Mexikaner mit ihrem Wagen auf der Hauptstraße weiter. Sie jagen uns. Wollen uns einholen. Aber wir sind nicht auf dem Weg, den sie vermuten – und das nur, weil Camy so geistesgegenwärtig reagiert hat. Mein Blick gleitet zu ihr. Camys Augen sind wie hypnotisiert auf die dunkle Straße gerichtet. Ihre

Schultern sind angezogen, und die Finger wirken verkrampft, während sie das Lenkrad umklammern. Sie ist voll auf die Flucht konzentriert. Schiebt ihre Emotionen zurück, um das Ziel nicht aus den Augen zu verlieren. Aber das wird nicht lange anhalten. Sobald sie zum Durchatmen kommt, werden die Erinnerung und Ängste sie überfluten. Und wenn es so weit ist, werde ich da sein. Ich werde sie trösten, sie bestärken und nicht zulassen, dass es noch einmal so knapp wird zu entkommen.

7

Camy

Uneben. Dunkel. Verschlungen. Die Straße ist nicht das, was ich als verkehrssicher bezeichnen würde – genau deshalb habe ich sie gewählt. Für eine schnelle Flucht ist die Piste nicht geeignet, weshalb die Südländer auf der Hauptstraße blieben und die Abzweigung vermutlich gar nicht beachtet haben. Zu unserem Glück.

Seit einer halben Stunde folge ich nun schon dem Weg ins Nirgendwo, und ebenso lange wurde im Wagen kein einziges Wort gesprochen. Chris hantiert an seiner Pistole herum und scheint voll damit beschäftigt zu sein. Keine Ahnung, was er da tut. Und selbst wenn ich es wüsste, könnte ich nichts dazu sagen. Meine Kehle ist wie zugeschnürt und mein Mund staubtrocken. Mein Herz klopft heftig gegen meine Brust und treibt unaufhörlich Adrenalin durch meine Adern. Es ist merkwürdig, aber der Kick gefällt mir. Natürlich habe ich auch Angst. Aber wie ich mich fühlte, als ich die Situation an der Tankstelle begriff und kurzerhand auf den Fahrersitz kletterte … wie es war, als wir mit quietschenden Reifen davonfuhren … berauschend.

»Halt hier an«, verlangt Chris unvermittelt.

Ich drossle das ohnehin geringe Tempo und lenke den bulligen Wagen an den Rand der schmalen Straße. Der Motor verstummt, und schlagartig ist es unerträglich ruhig im Wagen. Um der Stille zu entkommen, wende ich mich meinem Begleiter zu und sehe ihn an.

»Wie fühlst du dich?«, will Chris wissen.

»Unsicher und eingeschüchtert«, gestehe ich. »Immerhin werde ich nicht jeden Tag beinahe zweimal entführt. Aber es ist auch aufregend. Keine Ahnung, wann ich mich das letzte Mal so lebendig gefühlt habe.«

Chris antwortet nicht, und prompt will ich mich ohrfeigen. *Wir sitzen in einer sehr gefährlichen Situation fest, und ich rede darüber, mich lebendig zu fühlen?! Großartig, Camy.*

»Damit meine ich nicht, dass mir die Flucht Spaß macht«, setze ich an. »Es ist nur so …«

»Das hätte nicht passieren dürfen«, presst er zwischen zusammengebissenen Zähnen hervor und unterbricht meinen Erklärungsversuch. »Noch einmal werden sie dir nicht so nah kommen.«

»Und wenn doch, fahre ich sie eben wieder über den Haufen«, scherze ich in der Hoffnung, seine Wut zu mindern. Und tatsächlich erkenne ich ein winziges Schmunzeln um seine Lippen. »Wie geht es jetzt weiter?«, will ich wissen. »Dallas fällt flach, oder? Immerhin rechnen sie damit, dass wir in der Stadt auftauchen.«

Chris nickt widerwillig. »Steig aus«, sagt er. »Ich möchte dir etwas zeigen, Curls.«

Ohne auf den Spitznamen einzugehen, steige ich aus und folge ihm zur Rückseite des Wagens. Um uns herum ist es stockdunkel. Nur schwach erkennt man vertrocknete Grashalme auf den Feldern, und in der Ferne steht etwas, was die Form einer alten Scheune hat. Wir befinden uns mitten im Nirgendwo, was momentan der sicherste Ort für uns ist.

Der Kofferraum wird geöffnet, und Chris packt die innere Abdeckung mit beiden Händen. Er klappt sie hoch und enthüllt ein Fach, in dem üblicherweise das Ersatzrad verstaut wird.

Auch diese Abdeckung öffnet er, und tatsächlich erblicke ich ein Rad darunter. Aber es geht ihm nicht darum. Die Klappe, die er nun angehoben festhält, ist ungewöhnlich dick. Gespannt sehe ich dabei zu, wie er gekonnt am Rand der Klappe hantiert und ein verstecktes Innenfach öffnet. Ein Einweghandy und zwei Umschläge kommen darin zum Vorschein.

»Was zum …«

»Ich gehe nie ohne Plan B aus dem Haus.«

Ein anerkennendes Nicken kann ich mir nicht verkneifen, was Chris wiederum ein überhebliches Grinsen entlockt und mich das Nicken sofort bereuen lässt.

»Ich rufe Ian an und frage, wie die Lage bei ihm und Violet ist«, lässt er mich wissen und streckt mir einen der Umschläge entgegen. »Zähl das Geld. Wir müssen wissen, wie viel wir zur Verfügung haben.«

Da ich neugierig bin, nehme ich das Bündel ohne Widerworte an und hole die Scheine heraus. Chris schaltet das Handy an und tippt eine Nummer ein. Es dauert nicht lange, bis ich ihn neben mir sprechen höre.

»Sag mir, dass ihr gemütlich im Bett liegt und eurer Liebe frönt. Wir? Am Arsch der Welt, Kumpel. Circa eine Stunde vor Dallas.« Stille, dann: »Verdammt!« Chris stößt einen derben Fluch aus und tigert aufgeregt hin und her. »Das passt nicht zusammen. Jack hat es sich mit den Mexikanern verdorben, nachdem er den Deal platzen lassen musste. Die würden ihm nicht helfen.«

Das Geld in meinen Händen ist schlagartig vergessen. *Mexikaner? Ich hielt die Leute für Spanier, aber da habe ich mich anscheinend geirrt.*

»Was sagt dein Kontakt beim FBI dazu? Aha … Und was sollen wir seiner Meinung nach tun?« Chris stoppt sein Herumgelaufe abrupt und kneift die Augen zusammen. »Das meinst du nicht ernst! Sag mir, dass das ein beschissener Witz ist, Ian!«

Ich kann zwar nicht hören, was am anderen Ende der Leitung gesagt wird, aber so ungehalten, wie Chris plötzlich gegen den Wagen tritt, ist die Antwort alles andere als gut.

»Haben wir eine andere Wahl?«, fragt er. »Alles klar. Dann hören wir uns in zwei Tagen wieder.«

Einen Augenblick bleibt es erschreckend still, und ich mache einen Schritt auf Chris zu, um zu fragen, was los ist. Doch da holt er plötzlich aus und wirft das Handy mit einem gequälten Schrei zu Boden. Sein Fuß landet darauf, und all seine Wut scheint sich darauf zu fokussieren, das Einweghandy zu zerstören. Unter seiner Kraft zerplatzt es in unzählige winzige Stücke, die sich mit der Dunkelheit mischen und von ihr verschluckt werden. In Chris' hellen Augen erkenne ich einen tobenden Sturm, der auf seinem restlichen Gesicht nicht zu entdecken ist.

»Wir fahren weiter. Steig ein, Curls.«

»Wohin?«, will ich wissen.

»Weg.«

»Wohin, Christian?«

»Gott verdammt, Camy!«

Ich zucke erschrocken zusammen und stolpere einige Schritte zurück. Selbst in der Dunkelheit erkenne ich, dass Chris die Augen aufreißt, als könnte er nicht glauben, dass er mich gerade angeschrien hat. Kopfschüttelnd reibt er sich über den Nacken und lässt sich auf die dreckige Erde plumpsen.

Kein Geräusch ist zu hören. Nicht einmal der Wind weht über die Felder um uns herum. Beinahe als hätte uns die gesamte Welt alleingelassen.

»Sorry«, raunt Chris und sieht entschuldigend zu mir auf. »Ich wollte nicht laut werden.«

»Manchmal ist das Einzige, das hilft, zu schreien und alles herauszulassen«, erwidere ich. »Also tu dir keinen Zwang an, Christian. Es ist besser, als die drückende Stille einfach hinzunehmen.«

Sein Mund öffnet sich, doch kein Wort kommt über seine Lippen, ehe er ihn wieder schließt. Chris sieht mich einfach nur an und scheint nicht recht zu wissen, wie er mit meinem Verständnis umgehen soll. Um die unangenehme Stimmung zu lockern, setze ich mich zu ihm auf den Boden und werfe ihm den Umschlag in den Schoß.

»Es sind irgendwas über fünfzigtausend Dollar.«

»Wir fahren nach Norden«, offenbart er mir unerwartet. »Ich kann dir allerdings nicht verraten, wohin genau. Sollten wir getrennt werden und sie dich erwischen, ist die Gefahr zu groß, dass du es ihnen verrätst. Der Ort ist nur so lange sicher, bis jemand von ihm erfährt.«

Mein erster Impuls ist es zu widersprechen. Aber wer weiß, wie ich reagieren würde, wenn die Mexikaner mich tatsächlich in ihrer Gewalt hätten. Meiner Neugier gefällt das zwar nicht, aber damit muss ich klarkommen.

»Okay«, antworte ich daher und spüre prompt seinen verdutzten Blick auf mir. »Eure Welt ist neu für mich«, erkläre ich. »Aber das bedeutet nicht, dass ich nicht einiges davon verstehen oder nachvollziehen kann, Chris. Ich bin mir der Gefahr bewusst, und ich bin bereit zu tun, was nötig ist, um das Ganze zu überstehen.«

»Du bist wirklich einzigartig«, flüstert Chris so leise, dass ich es beinahe nicht gehört hätte. Aber ich habe es gehört. Ebenso wie den Hauch von Bewunderung, der in seiner Stimme steckt.

»Die Mexikaner gehören nicht zu Jack. Zumindest nicht mehr«, verkündet er ohne jeden Übergang und bringt mein Herz damit vor Aufregung zum Rasen.

»Zu wem dann? Wer jagt uns?«

Statt zu antworten, lehnt Chris sich zu mir vor. Die Intensität, mit der er mich betrachtet, lässt mich hart schlucken. Es kostet mich einiges an Kraft, nicht wegzusehen und mich dem Sturm in seinem Blick zu stellen.

»Es ist kompliziert«, erwidert er ausweichend, und kurz zuckt seine Hand, als wollte er mich berühren. Doch er tut es nicht.

»Wer, Christian?«, wiederhole ich wispernd und beuge mich ihm entgegen. Ich kann nichts dagegen tun. Etwas zieht mich zu ihm. Wie ein Sog, dem ich nicht entkommen kann.

»Camy …«

»Wer?«

Gequält schließt Chris die Augen und unterbricht unseren Kontakt schlagartig. Ein Teil von mir fühlt sich vor den Kopf gestoßen. Jedoch überwiegt die Neugier. Sie ist bei mir extrem ausgeprägt und siegt ständig über die Vernunft.

»Sie werden uns nicht bekommen«, prophezeit Chris und lässt es wie ein Versprechen klingen.

»Wer wird uns nicht bekommen?«

»Die Herreros.«

8

Camy

»Mom!«

Weißblonde Haare werden vom Wind in alle Richtungen gepeitscht. Sie verdecken ihr Gesicht, das ich so gern sehen möchte. Ich brülle gegen den Wind an, doch er ist zu stark und trägt meine Worte in die Ferne, wo sie ungehört verklingen.

Kurz zuckt Moms Kopf zu mir, aber sie sieht mich nicht. Starrt an mir vorbei und wendet sich ab, als wäre ich unsichtbar. Dann geht sie. Lässt mich in der Dunkelheit allein zurück und nimmt meine Hoffnung mit sich.

»Mom, verlass mich nicht!«

Schluchzend renne ich ihr nach. Meine Sicht verschwimmt von den vielen Tränen. Ich stolpere und lande unsanft auf dem Boden. Meine Finger vergraben sich Halt suchend in der feuchten Erde unter mir.

»Mom! Dad! Olivia!«, rufe ich gebrochen. »Bitte, lasst mich nicht allein.«

Sie antworten nicht, denn sie sind bereits gegangen. Keiner von ihnen hat mich gesehen. Niemand weiß, wo ich bin oder was ich durchmache. Werden sie jemals erfahren, was mit mir passiert ist?

»Was ist mit mir passiert?«, frage ich verwirrt.

»Du existierst nicht mehr.«

Erschrocken reiße ich die Hände aus der Erde und reibe mir über die nassen Augen. Es dauert einen Moment, bis ich meine

Umgebung erkennen kann. Ein Wald, dunkel, leblos und einsam. Blätterlose Bäume, vertrocknete Blüten und kein noch so winziges Anzeichen auf Leben.

»Ich existiere!«, widerspreche ich dem Nichts und greife mir an die Brust, um es zu beweisen. Unter meinen Fingern klopft mein Herz, das kann ich deutlich spüren. Ich atme, mein Puls schlägt, also lebe ich.

»Du lebst zwar, aber Camy Owsen existiert nicht mehr.«

Mit wild klopfendem Herzen schrecke ich aus dem Schlaf auf. Die Kleidung klebt verschwitzt an meinem Körper, und meine Haare kräuseln sich um meinen Kopf. Verwirrt sehe ich mich um und brauche einige Sekunden, um mich daran zu erinnern, wo ich bin. Zwei Einzelbetten stehen an einer scheußlich gelben Wand. Gegenüber steht auf einer Kommode mit abgeplatztem Lack ein uralter Fernseher. Die dunklen Vorhänge verdecken das Fenster, das den Blick auf den Innenhof des Motels freigibt. Wir kamen mitten in der Nacht hier an, und Chris checkte uns unter falschen Namen ein. Anscheinend ist ein Ausweis nicht nötig, wenn man genug Bargeld auf den Tresen legt.

Meine giftgrüne Reisetasche entdecke ich neben meinem Bett, und der Radiowecker auf dem Nachttisch zeigt acht Uhr morgens an. Ich habe also nur vier Stunden geschlafen, was das Brennen in meinen Augen und die Trägheit meines Körpers erklärt. Mein Schlaf ist mir heilig. Oft liege ich bis in den Mittag hinein im Bett. Das ist etwas, was Violet mir während des College versucht hat auszutreiben – ohne Erfolg.

Aus dem winzigen Badezimmer erklingen Geräusche. Chris scheint unter der Dusche zu sein, was mir noch etwas Zeit zum Durchatmen schenkt. Gestern Nacht weigerte er sich, mir mehr über die Mexikaner zu erzählen, die uns verfolgen. Das Einzige, das er mir verriet, war, dass sie sehr viel gefährlicher sind, als Jack Hasting es je sein könnte.

Der Traum schleicht sich zurück in meinen Kopf, und unversehens wird mir eiskalt. Meine Familie weiß nicht, wo ich bin und wieso ich plötzlich abreisen musste. Sicherlich machen sie sich große Sorgen um mich. Ob die Polizei in meiner Wohnung war und den Mexikaner am Boden liegend vorgefunden hat? Was denken sie wohl, was passiert ist? Gott! Ich sehe bildlich vor mir, wie Mom durch meine Wohnung tigert und alles zu begreifen versucht. Wie die Polizei ihr sagt, dass sie einen bewusstlosen Mann vorfanden, aber kein Anzeichen von mir.

Die Dusche verstummt, und augenblicklich richtet sich meine Aufmerksamkeit auf die Tür zum Badezimmer. Chris kommt herausgeschlendert, und mir bleibt bei seinem Anblick der Mund offen stehen. Sein Oberkörper ist nackt und glänzt vom Wasser. Um die Hüften trägt er nichts weiter als ein kurzes weißes Handtuch, das seine kräftigen Beine freilässt. Dieser Mann ist von Kopf bis Fuß durchtrainiert. Seine breiten Schultern stehen seinen definierten Bauchmuskeln in nichts nach. Schwarze Tinte züngelt seinen Arm entlang über die Schulter und verliert sich auf seinem Rücken. Was genau sein Tribal zu bedeuten hat, weiß ich nicht. Aber ich weiß, dass ich es ungemein sexy finde. Ebenso wie das wirre Etwas aus Locken, das seinen Kopf ziert.

»Guten Morgen«, sagt er müde.

»Morgen«, erwidere ich. »Wie lang bist du schon wach?«

»Hab nicht geschlafen«, gibt Chris schulterzuckend zurück.

Meinen erstaunten Gesichtsausdruck ignorierend, geht er zu seinem Bett. Er schnappt sich Klamotten, die darauf liegen, und deutet mit dem Kinn zum Bad. »Die Dusche gehört dir. Aber beeil dich. Das heiße Wasser hält nicht lange.«

»Fahren wir weiter, oder warten wir hier ab?«

»Wir fahren«, antwortet Chris und streift sich ein schwarzes T-Shirt mit V-Ausschnitt über. »Sobald du fertig bist, hauen wir ab.«

»Ich verstehe, weshalb du mir nicht sagen willst, wohin wir fahren«, setze ich an. »Aber du musst mir mehr Infos über die Herreros geben. Du kannst nicht von mir erwarten, vor Leuten zu flüchten, über die ich nichts weiß. Ich meine, ich weiß noch nicht einmal, wieso sie uns verfolgen. Wenn sie nicht für Jack arbeiten, welches Interesse haben sie dann?«

»Um dir das zu erklären, müsste ich weit ausholen.«

»Ich hab nichts Besseres vor. Also schieß los«, erwidere ich und mache es mir demonstrativ im Bett gemütlich.

Chris seufzt und setzt sich mit dem Handtuch um die Hüften auf den Rand seines Betts. »Okay, aber wenn du hinterher verängstigt bist, klammere dich nicht an mich. Wobei …«, beginnt er und verzieht den Mund zu einem schiefen Lächeln. »Nackt darfst du dich sehr gern an mich schmiegen, Curls.«

»Träum weiter, Christian.«

»Dann freue ich mich auf den Schlaf«, kontert er zwinkernd, dann wird er ernst und reibt sich angespannt über den Nacken. »Was genau weißt du über Violets Vergangenheit? Und besonders über die Zeit, als deine beste Freundin bei ihrem Bruder war?«

Ich brauche nicht lange nachzudenken, ehe ich antworte. Jede Information ist so präsent, als hätte ich sie eben erst gehört. »Violets Familie ist kriminell. Ebenso wie deine. Ihr seid in einiges verstrickt, was euch einen langen ungemütlichen Aufenthalt im Gefängnis einhandeln könnte«, beginne ich. »Außerdem weiß ich, dass Vi von ihrem Bruder beinahe umgebracht wurde und dass Ian sie daraufhin versteckt hat. Dass sie durch die Verletzungen von Jacks Angriff ihr Gedächtnis verloren hat, hat ihm in die Hände gespielt.«

Chris nickt bedächtig und lässt mich beim Sprechen nicht aus den Augen. Fast wirkt es, als suchte er nach Reaktionen auf das, was ich sage. Nach einer versteckten Meinung.

»Jack hat sie schließlich doch gefunden«, fahre ich fort und erwidere seinen musternden Blick störrisch. »Sie war knapp drei Monate mit ihm unterwegs, bevor sie entkommen konnte. Einige Zeit waren sie in Mexiko und …« Abrupt breche ich ab und reiße die Augen auf. »In Mexiko! Also arbeiten sie doch für Jack?«

»Nein, tun sie nicht«, entgegnet Chris sachlich. »Jack war in Mexiko, weil er einen neuen Geschäftspartner gewinnen wollte. Einen Drogenring, der weit über Mexikos Grenzen hinaus agiert. Für diese Leute sind die kleinkriminellen Aktionen von mir und Violets Familie Kinderkram.«

Ich schlucke hart und wende den Blick ab, damit Chris meine Verunsicherung nicht sieht. Er soll nicht denken, ich sei der Situation nicht gewachsen, auch wenn es sich ganz schön überfordernd anfühlt.

»Durch unsere Aussagen gegen Jack werden wir auch die Herreros belasten. Es war nicht geplant, aber auch nicht zu vermeiden, wenn wir Jack drankriegen wollen.«

»Was genau habt ihr eigentlich gegen sie in der Hand?«

»Einiges«, erwidert Chris ernst. »Violet war dabei, als sie Geschäfte mit Jack machen wollten, und kennt Details über die Art, wie sie arbeiten, und mit welchem Dreckszeug sie handeln.«

»Du meinst, mit welchen Drogen?«, hake ich nach, und er nickt.

»Genau. Als wir Violet damals von Jack wegholen wollten, sind wir auf Infos über die Herreros gestoßen, ohne es darauf anzulegen. Ich habe nach Routen gesucht, über die wir Vi sicher aus Mexiko rausschaffen können. Dabei habe ich von mehreren Schmuggelrouten erfahren, die von den Herreros genutzt werden. Von Häusern, die nachweislich ihre sind, bis an die Grenzen der USA, auf Jacks Grundstücken. Ich kann also beweisen, wo sie ihr Zeug lagern, wie sie es transportieren und dass sie zusammengearbeitet haben.«

»Okay, das erklärt Violet und dich. Aber was wollen sie von Ian?«

»Ian hat sich in die Verhandlungen zwischen Jack und den Herreros eingemischt, um Jack aus der Reserve zu locken, als Vi bei ihm war«, teilt Chris mir mit. »Er hat vorgegeben, ebenfalls mit ihnen arbeiten zu wollen. So ist er an Details über ihre Arbeitsweise gelangt. Das zieht ihn genauso in die Sache rein wie uns.«

Stumm hebe ich den Kopf und sehe zu meinem Begleiter. Ein Muskel an Chris' Kinn zuckt und beweist, wie besorgt er ist.

»Ich will dir nichts vormachen, Camy«, sagt er. »Diese Typen kennen keine Gnade und sind absolut skrupellos. Sie wollen uns von einer Aussage abhalten, und dazu ist ihnen jedes Mittel recht.«

»Wieso gehen wir nicht zur Polizei?«, werfe ich ein. »Immerhin seid ihr Kronzeugen, und ich hänge jetzt auch mit drin. Sie wollten euch ohnehin in ein Safehouse bringen.«

»Der Kontaktmann beim FBI hat uns davon abgeraten«, sagt Chris. »Anscheinend haben die Herreros einige Cops gekauft. Wir können nicht sicher sein, wem wir vertrauen können und wem nicht. Erinnerst du dich, wie der Typ in der Wohnung sagte, es würde nichts bringen, wenn ich die Cops rufe?«, fragt er, und ich nicke. »Tja, damit hatte er anscheinend recht.«

»Also was?«, rufe ich aufgebracht und werfe die Decke von mir. »Wir verkriechen uns bis ans Ende unseres Lebens?«

»Denkst du, mir macht das Spaß?«, ruft Chris zurück und springt auf. »Ich will mein Leben ebenso zurück wie du! Aber wir haben keine andere Wahl, als uns in Sicherheit zu bringen, wenn wir das überstehen wollen. In wenigen Monaten müssen wir unsere Aussagen gegen Jack machen, und kurz darauf wird ein Termin für die Anhörung gegen die Herreros angesetzt. Bis dahin müssen wir durchhalten.«

»Also müssen wir nur so lange untertauchen, bis ihr ausgesagt habt?«, hake ich nach.

»Wir tauchen unter, bis unser Kontakt beim FBI weiß, wem wir trauen können«, fährt Chris ruhiger fort. »Und bis es so weit ist, dürfen wir nicht aufhören, in Bewegung zu bleiben. Wir dürfen uns nie zu sicher fühlen und nie aus den Augen verlieren, vor wem wir flüchten.«

»Also haben wir kein konkretes Ziel?«

Chris beginnt breit zu grinsen und fährt sich durch die feuchten Haare. »Genau das sollen sie glauben«, erklärt er zufrieden. »Sie sollen denken, dass wir ziel- und planlos durchs Land irren. Aber wir haben ein Ziel, Curls. Dort kommen die Herreros nicht an uns heran.«

»Aber bevor es so weit ist, müssen wir dort ankommen«, setze ich leise nach.

»Wir *werden* dort ankommen«, verspricht er.

»Und warum bist du überzeugt, dass sie uns nicht trotzdem finden? Dass wir nicht nachts in deinem Unterschlupf liegen und sie hereinstürmen?«

»Dieser Ort existiert seit inzwischen sechzehn Jahren. Er ist das bestgehütete Geheimnis unserer Familie, und wir haben weder Mühe noch Geld gescheut, um ihn absolut sicher zu machen. Wenn keiner unserer Rivalen ihn bisher gefunden hat, wird das auch so bleiben«, antwortet Chris überzeugt. »Geh jetzt duschen und zieh dich an. In einer Stunde ist Abfahrt. Frühstück gibt's unterwegs.«

Damit ist das Thema für ihn beendet. Für mich allerdings nicht. Tausend Fragen brennen mir unter der Haut, die er mir wahrscheinlich alle nicht beantworten wird. Ich schlucke die Worte widerstrebend hinunter und stehe auf, um ins Bad zu gehen. Dabei begleitet mich eine Frage drängender als die anderen: Was wollen die Greens so inständig geheim halten, dass sie solch einen Ort brauchen?

9

Chris

Mein Dad war ein stolzer und kluger Mann. Oft zu stolz, was ihn schließlich das Leben kostete. Er sagte häufig zu mir: »Wenn dich etwas erschreckt, lauf nicht davor weg. Bleib stehen und sieh es dir genau an. Du wirst feststellen, dass nichts wirklich so erschreckend ist, wie es aus der Ferne wirkt.« Achtundzwanzig Jahre lang habe ich mich daran gehalten. Bin nie geflüchtet, sondern habe mich jedem Kampf gestellt. Wenn Dad mich heute sehen könnte, würde er sich im Grab umdrehen. Abhauen ist nicht mein Style. Ich bin ein Sturkopf, der nicht aufgibt, selbst wenn es das Klügste wäre. In diesem Fall bleibt mir allerdings keine andere Wahl, als zu flüchten – denn es geht nicht nur um mich. Es geht auch um zwei außergewöhnliche Frauen, und für sie muss ich meinen Stolz zurückstellen und durchdacht vorgehen. Damit werde ich mich arrangieren müssen, egal wie sehr ich die Situation hasse. Wobei es weit schlimmer sein könnte. Mit einer wunderschönen, schlagfertigen und cleveren Frau einen Roadtrip zu unternehmen, ist im Grunde keine Strafe.

Als Camy vorhin aus dem heruntergekommenen Bad kam, blieb mir der Atem weg. Ihre braunen Augen funkelten hell wie Bernstein, und ihr Körper steckte in nicht mehr als einer knappen Jeansshorts und einem hellblauen Top. Sie ist die wandelnde Versuchung, und ihr zu widerstehen ist keine leichte Aufgabe.

Da wir beide keinen Hunger hatten, haben wir uns sofort auf

den Weg gemacht. Ich steuerte den Wagen abseits der gängigen Straßen in ein winziges Nest. Dafür umfuhren wir Dallas weiträumig und landeten nach vier Stunden in der Nähe von Durant in Oklahoma.

Camy denkt, dass wir in dieser Stadt bloß einen zufälligen Zwischenstopp einlegen, um etwas zu essen – und das ist gut so. Ich darf ihr nur Bruchstücke an Informationen geben. Zu ihrem eigenen Schutz. Ich will und werde nicht zulassen, dass diese Monster sie in die Finger bekommen. Dennoch kann ich nicht riskieren, dass sie zu viel weiß, falls ich versage. Niemand darf je erfahren, wo das besondere Safehouse liegt.

»Wie kannst du so was essen?«, frage ich angewidert.

»Was meinst du?«

Wortlos deute ich auf ihren Teller. Ein Berg aus Pancakes, auf dem sich Schokosoße und Ahornsirup um die Herrschaft streiten, teilen sich den Platz mit knusprigem Bacon. Daneben steht eine kleine Schale mit Obstsalat, bei der ich mich frage, ob sie es nur fürs gute Gewissen bestellt hat.

»Ich hab Hunger und will satt werden«, verteidigt sie sich und schiebt sich eine widerspenstige Strähne aus der Stirn. »Wenn wir die halbe Nacht unterwegs nach wer weiß wo sind, will ich nicht durch einen knurrenden Magen abgelenkt werden.«

Ich hebe ergeben die Hände und grinse. »Alles klar, wie konntc ich darauf nicht von allein kommen.«

Sie deutet mit ihrer Gabel voller Schokoreste an der Spitze auf mich. »Was ist mit dir?«, fragt sie anklagend. »Burger und Pommes sind nicht wirklich gesünder als mein Essen.«

Da ich dagegen nichts einwenden kann, zucke ich mit den Schultern und greife demonstrativ nach einer Pommes. Einer Eingebung folgend tunke ich sie in den Ahornsirup auf ihren Pancakes und stecke sie mir in den Mund.

»Chris!«, kommentiert Camy und schüttelt sich angewidert.

»Schmeckt lecker. Solltest du auch mal probieren«, lüge ich und verkneife es mir, die süßsalzige Mischung zurück auf meinen Teller zu spucken.

»Darf es für euch noch etwas sein?«

Eine Kellnerin steht mit gezücktem Block neben unserem Tisch am Fenster. Camy wollte instinktiv einen in der hintersten Ecke wählen, aber davon habe ich sie abgehalten. Zwar sitzen wir hier auf dem Präsentierteller, allerdings sehen wir so die Straße. Und da das Diner an der Hauptverkehrsstraße liegt, haben wir alles im Blick.

»Ich hätte gern noch einen Kaffee.«

»Für mich einen Eistee bitte«, ergänzt Camy und erntet von mir ein Schmunzeln. »Was ist?«

»Noch mehr Zucker«, kommentiere ich und zwinkere der Kellnerin flüchtig zu. »Das wär's für den Moment. Danke.«

Die Frau sieht zwischen Camy und mir hin und her, ehe sie breit zu lächeln beginnt und den Block in ihre rosa karierte Schürze zurücksteckt. »Ihr seid ein wirklich schönes Paar«, verkündet sie, wodurch Camy sich am Bacon verschluckt.

»Danke, Ma'am«, erwidere ich höflich und kann es mir nicht verkneifen, über den Tisch nach Camys Hand zu greifen. Ein Schlag schießt durch meinen Arm, als hätte ich in eine Steckdose gefasst. Erschrocken ziehe ich die Hand zurück. Camy hat aufgehört zu husten. Ein kurzer Blick reicht, um zu erkennen, dass sich ihre bronzefarbenen Wangen gerötet haben und ihr Atem plötzlich stoßweise geht. Hat sie es auch gespürt?

»Wie lange seid ihr schon zusammen?«, will die Kellnerin wissen und reißt uns zurück ins Hier und Jetzt. »Ihr geht so vertraut miteinander um. Das sieht man heutzutage leider nicht mehr oft.«

»Wir sind nicht …«, setzt Camy an, aber da unterbreche ich sie und schenke der Kellnerin ein charmantes Lächeln.

»Noch nicht sehr lang«, antworte ich und zwinkere Camy unauffällig zu. »Aber es fühlt sich anders an. Wir kennen uns schon länger, wissen Sie. Aber unsere Gefühle füreinander haben wir erst vor Kurzem entdeckt.«

Sie nickt, als wüsste sie genau, wovon ich spreche. »Eure Getränke kommen sofort.« Damit wendet sie sich ab und geht zurück zum Tresen, dessen weißer Anstrich definitiv schon bessere Zeiten gesehen hat.

Ohne Vorwarnung trifft mich etwas Spitzes an der Hand. Überrascht entdecke ich Camys Gabel, die mir drohend in die Haut sticht. »Wenn du noch einmal so einen Mist erzählst, steche ich heftiger zu!«

»Hätte ich ihr erzählen sollen, dass wir uns nicht leiden können, aber aneinandergekettet sind, weil wir vor einem Drogenring flüchten?«, flüstere ich und ziehe meine Hand vorsichtig unter der Gabel hervor.

Camy wendet ruckartig den Blick ab, dennoch konnte ich das verletzte Funkeln darin glimmen sehen.

»Du magst mich nicht, stimmt's?«, hake ich verwundert nach. Mir ist aufgefallen, dass sie heute nicht ganz so feindselig ist wie sonst. Aber ich dachte, das würde an der Situation liegen. Daran, dass sie den Frieden wahren will, da wir uns gezwungenermaßen nicht trennen können.

Camy erwidert nichts, und ich könnte mich dafür ohrfeigen, diesen Spruch gemacht zu haben.

»Hey, sieh mich an«, fordere ich sanft und greife erneut nach ihrer Hand. Dieses Mal bin ich auf das Kribbeln vorbereitet, sodass es mich nicht erneut aus der Bahn wirft. »Was ist los?«

»Dass ich nicht dein größer Fan bin, ist kein Geheimnis, Christian«, beginnt sie und wendet mir langsam den Blick zu. Von der Camy, mit der ich den Tag verbracht habe, ist nichts mehr zu erkennen. Ihre Augen wirken verschlossen und ernst. »Trotzdem dachte ich, dass wir uns anfreunden. Auch mit der

Situation … Immerhin haben wir keine andere Wahl. Wieso also nicht das Beste daraus machen?«

»Damit hast du recht«, gebe ich kleinlaut zurück und drücke bekräftigend ihre Hand. »Ich mag dich, Camy Owsen.«

Perplex sieht sie mir in die Augen, und ein winziges Stück der Verschlossenheit bröckelt von ihr ab.

»Jetzt guck nicht so!« Ich lache und ziehe meine Hand zurück, bevor es merkwürdig wird. »Du bist tough und klug. Nicht die schlimmsten Voraussetzungen für einen Fluchtpartner. Außerdem bist du hübsch anzusehen.«

Ein winziges Lächeln schleicht sich auf ihr Gesicht, und ob ich will oder nicht, es gefällt mir, sie lächeln zu sehen. Allgemein gefällt es mir, sie um mich zu haben. Was nicht gut ist.

»Versteh mich jetzt nicht falsch«, erkläre ich schalkhaft. »Ich genieße unsere kleinen Streitereien. Sie versüßen mir den Tag. Aber ich finde, wir sollten das Kriegsbeil begraben und Frieden schließen.«

»Woran denkst du dabei genau?«

»An Freundschaft. Oder so etwas Ähnliches.«

»Freunde? Wir?«, wiederholt sie, als sei es unvorstellbar.

Nickend strecke ich ihr die Hand entgegen. »Also – Freunde?«

Camy zögert, und man sieht ihr an, dass sie nicht genau weiß, wie sie reagieren soll. Doch dann hebt sie ebenfalls die Hand und schlägt ein. »Freunde«, sagt sie und lässt es gleichzeitig wie eine Frage klingen.

»Könnte interessant werden«, setze ich zwinkernd nach.

Sie lacht auf und schüttelt den Kopf. »Ich bereue es jetzt schon, eingeschlagen zu haben.«

Trotz ihrer Worte erkenne ich am Leuchten ihrer Augen, dass sie sich auf das Abenteuer freut. Und mir geht es überraschenderweise ebenso. Ich habe nie viel auf Freundschaften gegeben. Wenn sich eine entwickelt, okay. Wenn nicht, auch okay. Ich halte mich lieber an meine Familie. Aber bei Camy will ich, dass es funktioniert. Ich will, dass wir uns verstehen, uns kennenlernen und Zeit miteinander verbringen. In meinem Magen flattert es plötzlich auf, und ich reiße erschrocken meine Hand zurück. *Was zur Hölle war das?*

»Alles gut bei dir?«, fragt Camy und legt forschend den Kopf schief.

»Klar, ich hab bloß Hunger«, lüge ich und stopfe mir mehrere Pommes auf einmal in den Mund. Keine Ahnung, was das zu bedeuten hatte, aber es darf nicht noch einmal passieren.

10

Camy

Dass ich ein spezieller Typ Frau bin, mit dem nicht jeder zurechtkommt, ist mir mehr als bewusst. Ich mache mich gern zurecht und kleide mich weiblich, andererseits hasse ich es, mich damenhaft verhalten zu müssen. Dieses aufgesetzte scheue Lächeln, die piepsige Stimme und das leise Lachen hinter vorgehaltener Hand sind einfach nichts für mich. Als waschechte Südstaatlerin kenne ich die Gepflogenheiten und habe den Knicks sowie das elegante Beineüberschlagen perfektioniert. Dennoch bin ich eher die Art Frau, die auf Bäume klettert, von Mauern springt und kein Blatt vor den Mund nimmt, wenn ihr etwas nicht passt. Mehr als einmal hat mir dieses Verhalten Probleme eingebracht. Mom war Dauergast beim Rektor meiner Highschool, und Olivia musste mit dem Nachhall meines Rufes kämpfen, als sie auf meine Schule kam. Wie man sich vorstellen kann, hat das dafür gesorgt, dass ich nicht viele Freunde hatte. Dass Chris mir eine Freundschaft vorschlägt, ist daher ein seltsames Gefühl. Meiner Familie stehe ich sehr nah, und ich habe zwar ein paar gute Bekanntschaften – aber eigentlich ist Violet meine einzige richtige Freundin.

»Wie soll das ablaufen?«, will ich von ihm wissen.

»Was meinst du?«, hakt er verwirrt nach und wischt seine Hände an der Serviette ab. »Die weitere Reise?«

Ich schüttle den Kopf. »Unsere Freundschaft«, erkläre ich. »Wenn wir ehrlich sind, wären wir ohne die verzwickte Situation, in der wir stecken, nie an den Punkt gekommen, an dem wir eine Freundschaft auch nur in Erwägung ziehen.«

Er denkt einen Moment über meine Worte nach und runzelt die Stirn. »Das kannst du nicht wissen«, entgegnet er schließlich. »Wir wären uns so oder so ständig über den Weg gelaufen, und dass wir dabei vielleicht doch Freunde geworden wären, kannst du nicht ausschließen. Der Punkt ist doch der«, fährt er fort und schiebt seinen Teller weg, um die Unterarme auf den Tisch zu stützen, »wir sind nun mal in dieser Situation, und was hätte passieren können, ist uninteressant. Klar, wir könnten uns ewig mit den Wahrscheinlichkeiten aufhalten, aber welchen Sinn hätte das?«

Nun bin ich es, die über seine Worte nachdenkt. Das Leben hält ständig Überraschungen parat. Gute und schlechte gleichermaßen. Dass Chris und ich auch ohne das Band der Gefahr zu einem freundschaftlichen Verhältnis gefunden hätten, kann ich also tatsächlich nicht ausschließen.

Geschlagen lehne ich mich im unbequemen Plastikstuhl zurück und nicke zustimmend. »Du hast recht.«

»Wirklich?«, sagt er gespielt fassungslos und reißt die Augen auf. »Dass du mir recht gibst, ist mein vorgezogenes Weihnachtswunder.«

»Hör auf mit dem Mist«, tadle ich augenrollend, kann mir ein winziges Schmunzeln aber nicht verkneifen. »Erzähl mir lieber etwas über dich.«

»Was willst du wissen?«

»Keine Ahnung«, gebe ich schulterzuckend zurück und streiche gedankenverloren über den Rand meines Eisteeglases. »Ich weiß nicht viel mehr über dich, als dass du Ians Cousin bist und mit ihm zusammenarbeitest. Wenn wir Freunde werden wollen, brauche ich mehr Infos.«

»Spricht da die Reporterin aus dir?«, feixt er, und ich zeige ihm als Antwort den Mittelfinger. »Okay, also was könnte ich dir erzählen?«, sinniert Chris laut. »Ich bin achtundzwanzig, wurde in New York geboren und tingle seit einigen Jahren zwischen verschiedenen Wohnorten.«

»Komm schon, Chris, erzähl mir irgendwas Persönliches und nichts, was ich nicht auch über dein Facebook-Profil erfahren könnte.«

Er zögert und greift nach seiner Kaffeetasse. Chris lässt sich Zeit, und dass er über seine folgenden Worte genau nachdenkt, ist deutlich zu sehen. Erst nachdem er einen Schluck Kaffee genommen und die Tasse betont langsam zurück auf den Tisch gestellt hat, spricht er wieder.

»Mein Vater starb, als ich zwölf war«, verrät er mir und gibt sich Mühe, die Stimme emotionslos zu halten. Dennoch entschlüpft ihm ein winziger Wackler, der mir nicht entgeht. »Er wurde während einer Razzia erschossen. Meine Tante, also Ians Mutter, hat mir später erzählt, es sei genug Zeit gewesen, um abzuhauen. Aber so war mein Dad nicht. Er wollte bleiben und das Schlimmste verhindern. Tja, sein Beschützerinstinkt hat ihn das Leben gekostet«, setzt er bitter nach.

»Das tut mir wirklich leid, Christian«, wispere ich mitfühlend, und kurz zuckt meine Hand am Glasrand, um ihn tröstend zu berühren. Im letzten Moment kann ich mich davon abhalten und ziehe die Hand stattdessen zurück.

»Es ist nicht rückgängig zu machen, also was soll's«, erklärt er tonlos. »Meine Mom starb ein knappes Jahr später. Herzversagen. Ians Familie nahm mich auf, und mein Onkel führte mich in die Familiengeschäfte ein.« Er bricht ab, und ein freches Grinsen überlagert den Ernst seiner Worte. »Er hat mich sogar aufs College geschickt.«

»Du hast studiert?«, entschlüpft es mir überrascht, und prompt will ich mich für die Reaktion ohrfeigen. »Damit meine ich nicht, dass du zu blöd fürs College bist«, wiegle ich eilig ab. »Ich hab nur nicht damit gerechnet.«

Chris zwinkert mir zu und scheint sich durch meine Rechtfertigungsversuche köstlich zu amüsieren. »Mich wundert es ja selbst«, gibt er zu. »Ich hab Wirtschaftskurse belegt, um den ganzen Mist zu verstehen, den meine Familie treibt. Ian übrigens auch.«

»Klingt nicht sehr spannend.«

»Mit einem Journalistikstudium kann es jedenfalls nicht mithalten«, scherzt er und trifft damit unwissend einen wunden Punkt. Ich zucke schmerzhaft zusammen und kralle die Nägel in die Oberschenkel, um den Schmerz vom Herzen auf eine andere Stelle zu lenken.

»Alles okay?«, fragt Chris forschend. Er sieht mich an, als wüsste er genau, dass ich etwas verheimliche. Dadurch bleibt mir nur die Wahl zwischen Verdrängung und Ehrlichkeit. Ich entscheide mich für Letzteres, immerhin war er auch ehrlich zu mir.

»Ich wurde gefeuert.«

Chris legt interessiert den Kopf schief und wartet darauf, dass ich meine Worte erkläre. Ich atme tief durch und versuche das Geschehene nicht zu nah an mich heranzulassen. Allerdings ist das keine sehr einfache Aufgabe, denn der Verlust tut immer noch weh, auch wenn es bereits einige Wochen her ist.

»Es fing alles damit an, dass mein Ex zu seiner Frau zurückgegangen ist«, beginne ich zu erzählen, und sofort hängt Chris an meinen Lippen. »Ich bin nicht stolz darauf, aber ich wollte Rache. Erik hat mich von einem Tag auf den anderen ohne Vorwarnung sitzengelassen. Am Abend davor hat er noch bei mir übernachtet, und wir haben …« Ich breche ab und räuspere mich, wobei ich spüre, dass sich meine Wangen röten. »Am nächsten Morgen saßen wir am Frühstückstisch, da hat er auf sein Handy gesehen, und plötzlich meinte er, er würde nicht von seiner Noch-Ehefrau loskommen und will zu ihr zurück. Ich war so sauer, immerhin ist er gerade erst aus meinem Bett gekrochen, verdammt!«, brause ich auf. »Am nächsten Tag habe ich mich in der Redaktion an den PC gesetzt und auf der Seite mit den Todesanzeigen einen Nachruf auf ihn eingebaut.«

Chris prustet laut los. »Genial!«, kommentiert er lachend, und seine gute Laune ist so ansteckend, dass ich mit einstimme und ebenfalls lache. Das vergeht mir jedoch schnell, als ich mich daran erinnere, was dann kam.

»Einige Tage später stand mein Chef vor meinem Schreibtisch«, unterbreche ich mein Lachen, und auch Chris verstummt. »Erik hatte die Anzeige natürlich gesehen und forderte Schmerzensgeld. Immerhin hätte die Zeitung seinen Tod verkündet und seiner Familie und Freunden damit einen großen Schrecken eingejagt. Das Ende vom Lied war, dass ich gefeuert wurde und seitdem keinen neuen Job finde. Mein Arbeitszeugnis sieht nicht gerade lupenrein aus, und andere Zeitungen schrecken davor zurück, mich einzustellen.«

Nachdem ich die Geschichte abgeschlossen habe, hole ich bebend Luft und wende beschämt den Blick ab. Vermutlich hält er mich jetzt für einen unkontrollierbaren Freak, der zu unüberlegten Wutausbrüchen neigt. Und damit hätte er in diesem Fall sogar recht.

»Dein Ex ist ein Idiot.«

Verwundert sehe ich zu ihm. Chris schüttelt den Kopf und lehnt sich zu mir vor. Eindringlich sieht er mich an, als wollte er sicherstellen, dass ich seine folgenden Worte nicht überhöre und ernst nehme.

»Wer sich so verhält, hat einen Dämpfer verdient. Meiner Meinung nach war deine Rache noch viel zu milde«, lässt er mich wissen, und prompt beginnt mein Herz heftiger zu schlagen. »Er schläft mit dir und lässt dich dann sitzen, um ins Bett seiner Ex zu kriechen. Hat er sich dafür je bei dir entschuldigt?«

Stumm schüttle ich den Kopf, und Chris flucht. »Arschloch. Sei froh, dass du den los bist, Camy. Du hast etwas Besseres verdient als einen Kerl, der nicht zu schätzen weiß, was für eine tolle Frau du bist.«

Wir sehen uns an, und etwas liegt zwischen uns in der Luft, das so hell lodert wie eine Stichflamme in der Nacht. Die Umgebung scheint zu flimmern, und plötzlich wird mir unsagbar heiß. Gerade als ich fürchte, es nicht länger auszuhalten, ohne ein Ventil für die Hitze zu finden, sieht Chris weg. Die Temperatur sinkt, doch das Lodern bleibt. Undeutlich und beinahe nicht wahrnehmbar glimmt es unter der Oberfläche. Bereit, jederzeit wieder auszubrechen.

Mein Begleiter räuspert sich vernehmlich und schiebt seinen Stuhl zurück. Chris steht auf und schaut durchs Diner, als würde er etwas suchen.

»Ich geh die Rechnung bezahlen«, teilt er mir distanziert mit. »Wenn du noch mal aufs Klo musst, dann jetzt. Ich will gleich weiterfahren.« Damit lässt er mich am Tisch zurück und geht zielsicher auf den abgeranzten Tresen zu.

Es dauert einige Augenblicke, bis ich sein merkwürdiges Verhalten abgeschüttelt habe und ebenfalls aufstehe. Keine Ahnung, was die kurze Szene zwischen uns zu bedeuten hatte. Aber es steht fest, dass nicht nur die Herreros eine Gefahr darstellen. Christian ist ebenso gefährlich für mich, wenn auch auf eine andere Art.

11

Camy

Ich bin ein faktenorientierter Mensch. Tatsachen sind Dinge, an denen man sich orientieren kann, um den richtigen Weg zu finden. Momentan weiß ich allerdings nichts. Weder wo genau in Oklahoma ich mich befinde noch wohin die Reise am Ende führt. Und wie ich das Verhältnis zu meinem Begleiter einschätzen soll, weiß ich auch nicht so genau. Chris erschien mir noch vor wenigen Tagen wie ein einfach gestrickter Typ. Er ist ein Lebemann, der gern Spaß hat und alles nicht so ernst nimmt. Aber hinter dieser Fassade steckt mehr. Er ist viel nachdenklicher, als ich annahm. Außerdem hat er Geheimnisse, die ich zu gern ergründen würde. Es sollte mich nicht stören, dass es Dinge gibt, die ich über ihn nicht weiß. Aber das tut es. Und so stehe ich jetzt hier, verdränge die vielen Fragezeichen in meinem Kopf und versuche die heftige Neugier zu ignorieren.

Das Häuschen, in dessen Vorgarten ich bin, wirkt wie ein typisches Ferienhaus. Klein, aber einladend, mit einer gemütlichen Veranda und schneeweißer Fassade.

»Sind die Briscots Freunde von dir?«, frage ich Chris und schiele zum Briefkasten an der Straße, auf dem dieser Name steht. Es ist eins dieser typischen Vorstadtmodelle mit rotem Fähnchen, das der Briefträger anhebt, wenn Post darin ist. Irgendwie niedlich.

»So ähnlich«, antwortet er ausweichend und schultert meine Reisetasche. »Lass uns reingehen, bevor jemand aufmerksam auf uns wird.«

»Chris«, setze ich nach und deute auf den Briefkasten. »Wer sind die Briscots? Wissen sie, dass wir hier sind?«

Er sieht in meine Richtung, starrt aber an mir vorbei, während er antwortet. »Sie existieren nicht. Das ist bloß ein falscher Name, den wir hin und wieder benutzen. Davon gibt es einige. Und jetzt komm, ich will nicht erwischt werden, nur weil du so neugierig bist.«

Die Antwort und auch die Art, wie knapp und eilig er es sagt, lassen das rote Licht in meinem Kopf blinken. Ich merke mir den Namen und nehme mir vor, Chris später noch einmal darauf anzusprechen, denn nichtsdestotrotz hat er recht. Wir müssen von der Straße runter.

Ich folge ihm auf die Veranda und beobachte, wie er sich gezielt zu einer Holzpaneele am Boden kniet. Chris drückt auf eine Ecke, und die gegenüberliegende Seite hebt sich leicht an. Ohne zu zögern, greift er in den winzigen Hohlraum, der sich darunter gebildet hat, und holt einen Schlüssel heraus.

»Bist du öfter hier?«

»Hin und wieder«, entgegnet Chris vage und steht auf. Er schließt die Tür auf und wirft meine Tasche schwungvoll auf ein schmales braunes Ledersofa, das vor einem runden Glastisch steht. Sobald man das Haus betritt, befindet man sich in einem überraschend großzügigen Wohnzimmer mit offener heller Küche. Eine schmale Treppe führt in den oberen Bereich, und eine unscheinbare Tür neben dem altmodischen Kühlschrank scheint in den Keller zu führen.

»Mach's dir gemütlich«, sagt Chris und öffnet ein Fenster über der Spüle, um frische Luft hereinzulassen. »Das Bad ist oben, und in den Küchenschränken müsstest du Konserven finden. Wenn ich mich nicht täusche, versteckt sich im Gefrierfach auch noch irgendwas Essbares.«

»Chris«, sage ich langsam und warte, bis er hersieht, ehe ich weiterspreche. »Wem gehört dieses Haus, und wieso kennst du dich hier so gut aus?«

Er schenkt mir ein freches selbstbewusstes Grinsen und lehnt sich mit dem Hintern an die Arbeitsplatte. »Es gehört einer Tochtergesellschaft einer Firma, die einer Genossenschaft gehört, an denen eine Firma Anteile hat, die Ian und mir gehören.«

»Warte mal. Was?«, hake ich verwirrt nach. »Das Haus gehört also Ian und dir?« Das kommt mir zu einfach vor. Wenn es so wäre, hätte er im Vorgarten nicht dermaßen ausweichend reagiert.

»Im weitesten Sinn«, gibt Chris zurück. »Uns gehören einige Immobilien und Grundstücke im ganzen Land. Das ist in unseren Kreisen normal. Immobilien sind ein sicherer Weg, um sein Geld zu waschen.«

Schlendernd kommt er auf mich zu und bleibt dicht vor mir stehen. Seine blauen Augen funkeln zu mir herab, und ich bin mir sicher, dass er versuchen will, mich von dem Thema abzulenken.

»Ein paar mehr Infos wären nett.«

Er grinst, doch dieses Mal erscheint es anders. Weniger durchtrieben, dafür ehrlicher. »Ich kann dir nur so viel sagen, wie für den Moment sicher ist«, gesteht er und greift nach einer meiner Haarsträhnen. »Diese Locken«, raunt Chris und schüttelt plötzlich den Kopf. Er lässt mein Haar so hastig los, als hätte er sich daran verbrannt, und tritt einen Schritt von mir zurück. »Das Bad ist oben.«

»Das sagtest du bereits«, erinnere ich ihn tonlos.

»Gut, dann …« Er bricht ab und reibt sich über den Nacken. »Ich muss einiges vorbereiten. Ruh dich aus, ich sage dir Bescheid, wenn irgendwas passiert.«

»Du bist derjenige, der sich ausruhen sollte«, werfe ich ein und trete auf ihn zu. »Du hast die ganze Nacht kein Auge zugetan. Gib mir die Pistole, und ich halte Wache, damit du schlafen kannst.«

»Ich komme problemlos einige Nächte ohne Schlaf aus«, erklärt er überheblich und verschränkt die Arme vor der Brust. »Du hingegen bist es nicht gewohnt. Nutz jede Möglichkeit, dich auszuruhen, damit du fit bist, wenn es drauf ankommt.«

Ich stelle mich so dicht vor ihn, dass uns nur wenige Zentimeter voneinander trennen. »Mir ist egal, was für ein tougher und ach so starker Kerl du bist, Christian. Auch du bist nicht unbesiegbar. Es gelten dieselben Regeln für dich wie für mich. Nutz jede Möglichkeit, um dich auszuruhen.«

Das Grinsen ist von seinem schönen Gesicht verschwunden. Ernst und nachdenklich sieht Chris mich an. Dann hebt er die Hand und streicht mir sanft über die Wange. Wie von selbst fallen meine Augen zu. Meine Sinne fokussieren sich auf seine Berührung. Darauf, wie sein Daumen meinen Kiefer nachfährt. Wie er einen Weg zu meinem Ohr hinauf zeichnet und seine Finger sich in meinen Locken vergraben. Bedächtig schiebt er sie hinter mein Ohr, und ich höre ihn tief ausatmen.

»Scheiß drauf«, murmelt er, und im nächsten Augenblick spüre ich auch seine andere Hand auf mir. Sie legt sich in meinen Nacken, und jedes logische Denken setzt aus. Erwartungsvoll lecke ich mir über die Lippen, was Chris einen leisen Laut entlockt. Ich komme ihm entgegen. Recke ihm mein Gesicht entgegen – da legt er plötzlich eine Hand auf meinen Mund.

Ruckartig reiße ich die Augen auf und starre ihn überrumpelt an. Seine Lippen formen Worte, die mich schlagartig aus den unangebrachten Gedanken reißen und in die Wirklichkeit zurückkatapultieren.

»Sie sind hier.«

Schritte. So leise, dass ich sie beinahe überhört hätte. Jemand scheint im Vorgarten zu sein und sich der Veranda zu nähern. Chris reagiert sofort. Er nimmt die Hände von meinem Körper und greift stattdessen nach meinen Fingern. Mit der anderen Hand nimmt er meine Tasche vom Sofa, dann zieht er mich lautlos hinter sich zur Tür neben dem Kühlschrank und öffnet sie. Dahinter ist es stockdunkel. Er drückt einen verstaubten Knopf an der Wand und dirigiert mich vor sich auf die schmale Treppe. Ich gehe einige Stufen hinunter, um ihm Platz zu machen, und beobachte, wie er die Tür hinter uns abschließt und den Schlüssel aus dem Schloss zieht.

»Geh«, raunt er, und ich nicke mechanisch.

Jede Faser in mir ist in Alarmbereitschaft, als ich höre, dass die Haustür aufgeht. Der Eindringling macht kaum Geräusche, jedoch ist es so unheimlich still im Haus, dass ich jedes noch so leise Rascheln wahrnehme.

Chris scheucht mich die wenigen Stufen hinunter und drängt sich an mir vorbei zu einem Schrank an der linken Wand. Der Keller ist voller Gerümpel, wodurch das natürliche Licht, das durch das winzige Fenster hereinströmt, gebrochen und verschluckt wird. Nur die nackte Glühbirne an der niedrigen Decke schenkt uns die Möglichkeit, mehr als Schemen zu erkennen. Allerdings wirkt es, als bräuchte Chris kein Licht, um sich zu orientieren. Vermutlich war er schon Dutzende Male hier.

Ich stehe wie paralysiert am unteren Ende der Treppe und sehe immer wieder zwischen der geschlossenen Tür und Chris hin und her. Er öffnet den Schrank nicht, wie ich es erwartet hatte, sondern schiebt ihn so leise wie möglich zur Seite. Dahinter kommt ein Gitter zum Vorschein, das wirkt, als würde es zu einer Lüftung gehören. Jedoch sind Lüftungsgitter meistens weiter oben angebracht, was mich irritiert.

Chris weiß genau, was er tut. Er nimmt das Gitter von der Wand und enthüllt ein rechteckiges Loch, aus dem nichts als

Dunkelheit strömt. Auffordernd sieht er in dem Moment zu mir, in dem jemand von außen an der Kellertür rüttelt.

Dann geht alles ganz schnell. Die Schritte werden laut, als hätte man das Versteckspiel aufgegeben.

Ein Mann ruft: »Hierher!«, und das Rütteln an der Tür wird stärker.

»Camy!«

Erschrocken reiße ich den Blick von der Tür los und eile zu Chris. Er schiebt mich förmlich ins Loch.

Ich klettere hinein und nehme ihm meine Tasche ab. Kurz sehe ich hinter mich und erkenne, dass es gar kein Loch in der Wand ist, sondern ein sehr niedriger und schmaler Tunnel. Ein Kriechweg führt hinter mir entlang, der Gott weiß wo endet. Ich rechne damit, dass Chris zu mir ins Loch klettert. Doch das tut er nicht. Stattdessen beugt er sich vor und sieht mir tief in die Augen. Darin toben so viele unterschiedliche Gefühle, dass ich Mühe habe, sie alle zu erfassen. Wut, Angst, Trauer und Scham blicken mich an. Es tut mir in der Seele weh zu sehen, wie sehr ihn die Situation aufwühlt.

»Folg dem Weg«, flüstert er. »Am Ende kommst du im Wald raus. Geh immer geradeaus, da findest du einen kleinen Parkplatz. Halt dich zwischen den Bäumen versteckt. Jemand wird kommen und dich holen. Zeig dich nur dann, wenn du das Wort ›Curls‹ hörst.«

»Was? Nein! Du kommst gefälligst mit mir!«

Chris' Hand zuckt, als wollte er mich berühren, und etwas in mir wünscht sich, dass er es täte. Doch nichts passiert.

»Wir sehen uns wieder, Curls. Ich bin noch nicht fertig mit dir.« Damit schließt er das Gitter, und bevor ich etwas sagen kann, schiebt er den Schrank zurück an seine alte Position und lässt mich allein in der Dunkelheit zurück.

Ich will ihm zurufen, er solle zu mir kommen. Doch da kracht es plötzlich, und ich schlage erschrocken die Hände vor dem Mund zusammen. Jemand lacht rau und dunkel. Schritte stapfen die Stufen hinunter und werden lauter. Ich versuche zu zählen, wie viele Menschen ich höre, aber es gelingt mir nicht. Alles, was ich denken kann, ist: *Bitte, lass Chris da heil rauskommen!*

»Da ist er ja!«, höhnt jemand, und beim Klang des rollenden R wird mir eiskalt. »War einfacher, dich zu finden, als ich gehofft habe. Du hast mir den ganzen Spaß verdorben, Green.«

»Zur Unterhaltung hast du doch bestimmt genug Frauen, die zu bezahlst, damit sie dir erzählen, wie toll du bist«, kontert Chris, und ich sehe förmlich vor mir, wie er herausfordernd grinst.

»Vorsicht, Green, lehn dich nicht zu weit aus dem Fenster«, droht ein anderer.

Auch wenn alles in mir sich dagegen sträubt, wende ich mich vom Gitter ab, hänge mir die Tasche um und amte tief durch.

Der Kriechweg ist stockdunkel, und ich habe keine Ahnung, was mich an dessen Ende erwartet. Aber davon darf ich mich nicht unterkriegen lassen. Ich muss gehen. Muss ihn zurücklassen, auch wenn ich nicht will. Auch wenn alles in mir mich drängt, dieses verfluchte Gitter aus der Halterung zu treten, den Schrank wegzudrücken und ihm beizustehen. Ich kann es nicht tun.

»Bitte, Chris, übersteh das und komm zu mir zurück«, wispere ich und schließe die Augen. Ein letztes Mal atme ich tief durch, ehe ich beginne, über den staubigen und unebenen Boden vorwärtszukriechen.

12

Chris

Fuck.

Das ist das Einzige, was ich denken kann. Nein, das ist gelogen. Es ist das Einzige, an das zu denken mich nicht aus dem Konzept bringt. Wenn ich zulasse, dass meine wahren Gedanken unter dem Fluchen hervorkommen, habe ich verloren. Es würde mich unkonzentriert werden lassen, und ich würde unweigerlich zu der Stelle sehen, die sie nicht entdecken dürfen. Zu der Stelle, an die ich sie nur über meine Leiche heranlassen werde.

»Also, Green«, beginnt der bullige Typ mit den schmierigen Locken. »Es kann jetzt ganz unkompliziert weitergehen oder unangenehm werden. Die Entscheidung liegt bei dir. Wobei mir persönlich Variante zwei mehr Spaß bringen würde.«

Sie sind zu dritt. Einer kann gerade so über den Tisch gucken, dafür hat er ein umso breiteres Kreuz. Der zweite sieht aus wie ein Grünschnabel beim ersten Wandertag. Er schaut durch den Keller, beobachtet seine Kollegen und versucht sie nachzuahmen. Eindeutig ist er die Schwachstelle, die ich ausnutzen kann.

»Wo ist sie? Und bitte erspar es uns, so zu tun, als würde es dir etwas ausmachen, andere zu verraten. Gegen meine Bosse auszusagen, fällt dir schließlich auch nicht schwer. Wobei …«, ergänzt er dunkel, »wenn wir mit euch fertig sind, wird keiner von euch auch nur ein Wort sagen können.« Er tritt auf mich zu, hebt sein Jackett an und zieht eine Pistole darunter hervor. »Ich frage dich das nur noch einmal«, setzt er nach und hebt die Waffe an, um auf mich zu zielen. »Wo ist sie?«

»Wen genau meinst du, Kumpel? Ich hab mit so vielen Frauen zu tun, dass ich mehr Infos brauche«, feixe ich und stemme die Hände in die Hüften, um mit der Hand näher an meiner eigenen Pistole zu sein. Die steckt an meinem Rücken, verborgen unter dem Shirt.

»Für diesen Mist haben wir keine Zeit«, wirft der Zwerg ein. »Lasst ihn uns beseitigen und die Kleine selbst finden. Weit kann sie noch nicht sein.«

»Du hast nicht das Recht, mir Anweisungen zu geben«, sagt Schmalzlocke und wendet sich von mir ab, um zu seinem Kollegen zu sehen.

Ab da geht alles ganz schnell.

Ich nutze die Ablenkung und ziehe meine Pistole. Bevor die Mexikaner reagieren können, schieße ich und treffe die Schmalzlocke in den linken Oberschenkel. Es ist nur ein Streifschuss, aber es reicht aus, damit er stürzt und die Waffe fallen lässt. Ohne abzuwarten, ziele ich auf den Aggressiven und schieße drohend nah an ihm vorbei. Gleichzeitig kicke ich die Pistole von Schmalzlocke weg.

Der Zwerg fletscht die Zähne und spuckt vor mir auf den Boden. »Leck mich, Green!«

»Hinknien«, verlange ich. Als Antwort spuckt er erneut auf den Boden. »Wird's bald?«, brülle ich und richte den Lauf der Pistole direkt auf seine Brust.

Dieses Mal hört er widerwillig auf mich und kniet sich hin.

»Arme über den Kopf«, befehle ich. »Du auch!«, rufe ich dem Grünschnabel zu und warte, bis auch er gehorcht. Ich weiß, dass sie im Kopf Pläne schmieden, wie sie mich überrumpeln können, und dass ich schnell handeln muss, wenn ich hier lebend rauskommen will. Aber es geht mir in erster Linie darum,

Zeit für Camy zu schinden, also muss ich noch durchhalten. Inzwischen müsste sie am Ende des Tunnels angekommen sein und die Leiter hochsteigen.

Als Ian und ich das Haus damals kauften, gab es diesen Tunnel bereits. Er ist ein Überbleibsel aus der Prohibition. Ein alter Schmuggelweg für Alkohol, den wir erneuert haben, um ihn wieder passierbar zu machen. Die meisten unserer Sicherheitshäuser haben versteckte Fluchtwege, aber als ich hier mit Camy ankam, habe ich nicht damit gerechnet, so schnell Gebrauch davon machen zu müssen. Sie waren bereits nah an uns dran. Zu nah.

»Wie konntet ihr mich so schnell finden?«, will ich wissen. Keine Antwort. »Wie«, wiederhole ich und betone jede Silbe. »habt ihr mich gefunden?«

Da sie wieder nicht antworten, löse ich einen weiteren Schuss, der dicht am Grünschnabel vorbeigeht und in der Wand hinter ihm einschlägt. Dabei fällt mein Blick auf einen Kleiderhaken neben der Treppe.

»Du da«, sage ich zu ihm. »Nimm den Schal und fessle ihm damit die Hände auf dem Rücken. Keine Tricks, sonst ...« Warnend deute ich auf seinen Kollegen, der sich schmerzverkrampft das blutende Bein hält.

Grünschnabel schluckt schwer und erhebt sich. Wackelig nimmt er den Schal vom Haken und stellt sich hinter den Zwerg. Natürlich versucht dieser, ihm etwas zuzuraunen, was einen weiteren Warnschuss zur Folge hat. Er geht so dicht an seinem Gesicht vorbei, dass er den Wind gespürt haben muss, denn plötzlich verstummt er und presst die Lippen aufeinander. Nachdem der Anfänger fertig ist, steht er wie ein verlorener Welpe im Keller und starrt mich an.

»Komm her.«

Er zögert, gehorcht aber. Sobald er direkt vor mir steht, hole ich aus und schlage ihm mit dem Griff der Pistole auf den Kopf.

Grünschnabel fällt um wie ein nasser Sack und schlägt hart auf dem Boden auf. Blut rinnt aus einer Wunde an seinem Kopf, und seine Augen sind geschlossen. Wieder einer weniger.

»Idiota«, sagt der Zwerg und lenkt meinen Blick so zu ihm. »Denkst du wirklich, ihr könntet gewinnen? Das Spiel ist beinahe vorbei, und ihr liegt zehn Punkte zurück. Deine Freundin gehört so gut wie uns.«

»Sie ist nicht ...«, will ich automatisch richtigstellen, als mich sein erneutes Lachen unterbricht.

»Ich hab Fotos gesehen und *mierda*!«, ruft er und grinst so dreckig, dass es mich juckt, den Abzug zu drücken und dieses Mal nicht vorbeizuschießen. »Es wird Spaß machen, sie bei uns zu haben. Ist wirklich heiß, die Kleine.«

Ein Schalter in mir legt sich um. Klar denken ist nicht mehr möglich, während ich auf ihn zurenne und den Schwung nutze, um ihm meine Faust ins Gesicht zu rammen. Sein Kopf schwingt zur Seite, und Blut spritzt aus seinem Mund. Ich greife ihn am Revers und ziehe sein Gesicht dicht vor meines.

»Diese Frau ist viel zu gut für dich. Ich werde niemals zulassen, dass ihr eure dreckigen Finger an sie legt!«, verspreche ich rasend und stoße ihn mit voller Kraft nach hinten. Er kippt um und knallt ungebremst auf den kahlen Betonboden. Ein widerliches Knacken ist zu hören, dann wird es still im Keller.

Ich sehe mich nach den anderen um, um zu überprüfen, ob sie noch ausgeknockt sind, ehe ich die Waffe zurück in den Bund meiner Hose stecke. Einen Augenblick gönne ich mir zum Durchatmen, dann haste ich die Stufen hinauf. Ich verlasse den Keller, greife mir aus einer Küchenschublade ein Messer und renne durchs Wohnzimmer. Auf der Veranda schaue ich mich nach ihrem Wagen um und muss schnauben, als ich sehe, wie offensichtlich sie an der Straße vorm Haus geparkt haben. Diese Typen waren sich ihrer Sache sicher, und ich bin verdammt froh darüber, dass es solche unfähigen Vollidioten waren, die uns erwischt haben. Erfahrenere Männer mit mehr Verstand hätten es sicherlich geschafft, mich gefangen zu nehmen oder Schlimmeres. Dennoch war es knapp, und dass sie uns so schnell gefunden haben, macht mir Sorgen.

Ich schüttle den Kopf, um fürs Erste nicht weiter darüber nachzudenken, und renne auf ihr Auto zu. Mit dem Küchenmesser schlitze ich die Reifen auf, dann sehe ich zu meinem Auto und stocke. Wenn sie es verwanzt und getrackt haben, ist es unbrauchbar. Vermutlich haben sie uns so aufgespürt. »Verdammt!«, fluche ich und sehe mich hektisch um. Ich muss schnellstmöglich zum Parkplatz gelangen, um Camy abzuholen. Es wird niemand anders kommen. Ich habe gelogen, damit sie geht. Damit sie denkt, es gäbe einen Plan B und jemanden, der ihr bei der weiteren Flucht hilft. Ich wollte sie aus der Gefahrenzone schaffen. Jetzt ist sie allein an einem Ort, an dem sie sich nicht auskennt und an dem sie jeden Augenblick entdeckt werden könnte.

»Beruhig dich, verdammt noch mal!«, ermahne ich mich und sortiere meine Gedanken. »Sie schafft das. Camy ist clever.«

Aus meinem Wagen hole ich die zwei Umschläge mit Geld und stecke auch die zweite Pistole aus dem Handschuhfach ein. Ich fahre mir durch die Locken und sehe die Straße hinunter, die durch den Wald führt. Die Sonne geht gerade unter, und wenn es dunkel wird, weiß ich nicht, wie Camy reagiert, wenn sie allein dort steht und niemand kommt. Sie ist tough, aber dieses Leben nicht gewohnt. Irgendwann knickt sie ein und bricht unter dem Druck zusammen, da bin ich mir leider sicher.

»Keine Panik, Camy«, raune ich und laufe los. »Ich komme und hole dich.«

13

Camy

Immer wieder streifen mich Äste an Armen und Beinen und reißen meine Haut auf. Es brennt, aber ich laufe weiter. Die Situation fühlt sich an, als wäre der Albtraum von heute Morgen Wirklichkeit geworden, und das ist beängstigend. Aber nicht so beängstigend wie der Gedanke daran, was Chris gerade durchmacht. Dass er sein Leben für meines aufs Spiel gesetzt hat und ich nichts tun konnte, um ihm zu helfen, drückt wie ein riesiger Felsen auf meine Brust und schnürt mir die Luft ab.

Nachdem ich durch den Tunnel gekrochen war, dauerte es nicht lange, bis ich einen Schuss hörte. Jede Faser in mir wollte umdrehen. Aber ich tat es nicht.

Am Ende des Tunnels wartete eine Leiter auf mich. Oben musste ich einen schweren Metalldeckel aufdrücken, und sobald ich durch die Luke gestiegen war, fand ich mich im Wald wieder. Dunkelheit empfing mich, und der Wind raschelte durch die Blätter der Bäume wie das Geflüster von Geistern. Ich riss mich zusammen, drängte den Albtraum zurück und konzentrierte mich auf mein Ziel – dann fing ich an zu rennen. Irgendwann wurden die Bäume weniger, der Boden fester und die Peitschenhiebe der Äste blieben aus. Ich hatte den Waldrand erreicht. Hier hocke ich nun seit einer gefühlten Ewigkeit und starre zwischen zwei Büschen hindurch auf den schwach beleuchteten Parkplatz einer Bar. Motorräder stehen in einer ordentlichen Reihe davor, und über der Tür hängt ein Schild, an dem die meisten Lampen kaputt sind. Ich kann nur *Ra h 's Bar & B k* erkennen. Bisher konnte ich nichts Verdächtiges ausmachen, allerdings bin ich kein geschulter Cop, sondern Reporterin. Wobei ich selbst das momentan nicht bin.

Irgendwann beginnen die Schrammen auf meiner Haut stärker zu brennen und lassen meine Konzentration schwinden. Ich muss die Wunden reinigen, auch wenn sie nicht sonderlich tief sind. Andernfalls riskiere ich eine Entzündung, und damit würde ich alles zusätzlich verkomplizieren.

Unentschlossen starre ich auf den Parkplatz, dann stehe ich auf und verlasse mein Versteck. Je weiter ich mich aus den Büschen wage, desto ungeschützter fühle ich mich. Um nicht zu sehr aufzufallen, drossle ich mein Tempo und schlendere zum Eingang der Bar, als wäre ich schon Hunderte Male dort gewesen. In der Sekunde, in der ich durch die Tür trete, blicke ich unzähligen Fremden entgegen. Einige sehen kurz von ihrem Glas auf, andere bemerken mich nicht, und wieder andere mustern mich so intensiv, dass ich mir wie ein Eindringling in einem fremden Ökosystem vorkomme.

Dass ich in einer Bikerbar gelandet bin, ist mir sofort bewusst. Dunkle Farben, mehrere Poolbillardtische, der eindeutige Geruch von schalem Bier in der Luft und viel Leder an den Menschen. Lange Haare und dichte Bärte unterstreichen das Bild, und auf merkwürdige Weise beruhigt mich das. Biker gehören wohl kaum zu den vornehm gekleideten Mexikanern, und ich bezweifle, dass sie an einem solchen Ort die Finger im Spiel haben. Da man sich aber nie vollkommen sicher sein kann, verhalte ich mich möglichst normal und gehe direkt an die Bar. Eine Frau im mittleren Alter legt neugierig den Kopf schief und lässt das Geschirrtuch sinken, mit dem sie eben noch über den Tresen gewischt hat.

»Was kann ich für dich tun, Süße?«

»Dürfte ich die Toilette benutzen?«

Ihr Blick schießt über meine nackten Arme, weiter zu meinen vermutlich katastrophalen Haaren und endet an den Erd- und Dreckflecken auf meinen Shorts. Auch meine Reisetasche hat sie wahrgenommen, da bin ich mir sicher.

»Ich habe keine Ahnung, was passiert ist, Süße«, setzt sie an. »Aber ich weiß, dass du dringend eine Dusche brauchst. Komm mit.«

Damit dreht sie sich um und kommt hinter dem Tresen hervor. Überrumpelt bleibe ich stehen und starre sie an.

»Ich beiße nicht, und Frauen sind nicht mein Typ«, erklärt sie sachlich. »Wenn du mir deine Geschichte nicht erzählen willst, ist das dein Ding. Es geht mich nichts an. Ich biete dir lediglich eine warme Dusche und einen Ort an, an dem du dich umziehen und frisch machen kannst. Mehr nicht.«

Skeptisch betrachte ich ihre an den Knien zerrissenen Jeans, das bauchfreie Top, das den Anhänger ihres Bauchnabelpiercings in Form eines Totenkopfs freigibt, und sehe weiter über die dunkelroten Strähnen in ihren schulterlangen dunklen Haaren. Das alles mag nicht sehr vertrauenserweckend wirken, aber mir zeigt es, dass es dieser Frau egal ist, was andere denken. Das imponiert mir.

»Danke«, erwidere ich ehrlich.

»Ich bin Rachel. Hier oben wohne ich. Komm mit«, sagt sie, ehe sie sich zu einem Mann mit einer Schlangentätowierung im Gesicht umdreht, der einen Hocker an der Bar besetzt. »Ich bin kurz oben, Bob. Übernimm bitte so lange für mich.«

Meinen Namen behalte ich lieber für mich. Während ich ihr durch eine Tür neben dem Tresen und die überraschend hellen gepflegten Stufen hinauffolge, denke ich an Chris. *Hoffentlich geht es dir gut. Und hoffentlich sehen wir uns irgendwann wieder.*

Nie zuvor hat sich eine einfache Dusche dermaßen gut angefühlt. Okay, stellenweise war es unangenehm, als das aufgeschäumte Duschgel in die Schrammen lief, aber es war nötig. Blätter rieselten aus meinen Haaren auf den Boden der Wanne, die ich nach dem Duschen einsammelte und die Toilette runterspülte. Aus meiner Reisetasche krame ich ein schwarzes Top mit V-Ausschnitt hervor, das am Rücken aus schwarzer Spitze besteht. Dazu entscheide ich mich für lange dunkle Jeans. In dem Outfit falle ich in der Bar vermutlich am wenigsten auf. Nachdem ich die Haare zu einem unordentlichen Knoten hochgebunden habe, verlasse ich das Bad und treffe in der Küche auf Rachel. Sie sitzt an einem weißen Plastiktisch und nippt an einem Becher. Ihre Wohnung ist nicht sonderlich groß, dafür aber mit Liebe zum Detail eingerichtet. Überall hängen Fotos, und auf dem winzigen Tisch im Wohnzimmer habe ich einen Stapel mit Büchern entdeckt.

»Kaffee?«, fragt Rachel und hebt den Kopf. Sie mustert mich kritisch und nickt schließlich, als wäre sie mit dem, was sie sieht, zufrieden.

»Das wäre toll, danke.«

Aus einem Schrank mit schief hängender Tür holt sie einen Becher und schenkt Kaffee aus einer Thermoskanne ein. »Hier, Süße«, sagt sie und reicht ihn mir. »Setz dich endlich hin. Du machst mich ganz nervös, wie du da rumstehst und nicht weißt, wohin mit dir.«

Ich setze mich zu Rachel an den Tisch und nippe am Kaffee, um mich zu beschäftigen.

»Also«, beginnt sie irgendwann und sieht mich aus dem Augenwinkel heraus an. »So wie du aussahst, als du an meinem Tresen aufgetaucht bist, bist du gerade durch den Wald gerannt. Ex-Freund, Stalker oder Polizei?«

»Wie bitte?«, frage ich überrumpelt.

»Du musst es mir nicht sagen. Geht mich nichts an. Aber glaub mir, vor gefährlichen Männern musste ich auch schon abhauen, und eins kann ich dir verraten.« Vertrauensvoll beugt sie sich zu mir vor. »Weglaufen ist meistens nicht der richtige Weg. Du musst solchen Typen die Stirn bieten und ihnen zeigen, dass sie dir nichts anhaben können.«

»So einfach ist das leider nicht«, erwidere ich und reibe mir erschöpft über die Stirn. »Glaub mir, an Mut mangelt es mir nicht. Und auch nicht an Sturheit oder Kampfeswillen. Aber die Möglichkeiten, diese Sache zu regeln, sind beschränkt.«

Statt darauf einzugehen, deutet sie auf meine Tasche. »Längerer Ausflug geplant?«

Vage zucke ich mit den Schultern und halte ihrem forschenden Blick stand. »Könnte sein.«

»Okay, ich habe gesagt, du musst es mir nicht erzählen, und dazu stehe ich«, setzt sie ernst an. »Allerdings bist du hier unter meinem Dach, deshalb muss ich wissen, ob ich damit rechnen muss, dass die Cops auftauchen. Wenn ja, dann sag es mir, und wir denken uns etwas aus.«

»Nein, keine Polizei. Versprochen«, erkläre ich und zwinge mich zu einem zuversichtlichen Lächeln. »Glaub mir bitte, wenn ich dir sage, dass die Polizei von Oklahoma sich nicht im Geringsten für mich interessiert.«

Rachel nickt knapp, als würde ihr diese ungenaue Aussage reichen, dann steht sie auf. »Schnapp dir dein Zeug. Wir gehen runter. Bob soll dir etwas zu essen machen. Er ist ein toller Koch, insofern du nichts gegen Fleisch und Kalorien hast.« Sie zieht eine Braue hoch und überkreuzt die Arme vor der Brust. »Wollen wir mal sehen, was du halbe Portion verträgst.«

14

Camy

»Ich fasse es nicht!«

»Das schafft sie nie.«

»Willst du drauf wetten?«

Mindestens zwanzig Augenpaare sind gebannt auf mich gerichtet und beobachten, wie ich das nächste Stück vom Steak herunterschlucke und nach meiner Coke greife. Ihre Verwunderung tut gut, denn sie lenkt mich von den Sorgen des echten Lebens ab. Oder eben von dem Leben, zu dem meines in Minutenschnelle wurde, als der Mexikaner in meiner Wohnung auftauchte.

»Ich setze hundert Dollar darauf, dass die Kleine auch diese Portion schafft!«, ruft Bob neben mir, was Rachel auf der anderen Seite des Tresens amüsiert den Kopf schütteln lässt. Gerade will ich mir ein weiteres Stück in den Mund stecken, als die Tür zur Bar aufgeht und es erschreckend leise um mich herum wird. Wie von selbst sehe ich zur Tür und lasse augenblicklich die Gabel fallen. Mein Herz beginnt zu rasen, und ehe ich es begreife, bin ich bereits aufgesprungen und quetsche mich hektisch durch die Menschen zu ihm durch.

Ich kreische auf und spüre Tränen der Erleichterung in meinen Augen aufsteigen. »Du bist hier! Du bist in Sicherheit!« Schluchzend werfe ich mich in seine Arme und vergrabe das Gesicht an seiner Brust. Er fängt mich auf und umschließt mich so fest, als wollte er mich nie wieder loslassen. Meine Hände fahren über seinen Rücken, um meinem Kopf den haptischen Beweis dafür zu liefern, dass sein Auftauchen keine Illusion ist.

»Gott sei Dank geht es dir gut«, raunt er in mein Ohr und presst mich noch fester an seine Brust.

Ich genieße es, von ihm gehalten zu werden, und verliere mich in dem sicheren Gefühl, das seine Berührung mir schenkt. Wärme kriecht mir in die Poren und spült einen großen Teil der Unsicherheit fort, die mich in den vergangenen Stunden begleitete.

»Ich hab mir Sorgen um dich gemacht«, wispere ich. »Als ich den Schuss gehört habe, wollte ich umdrehen und zu dir zurückkommen. Aber ich wusste, dass ich das nicht tun darf.«

»Ach, Curls«, murmelt er sanft und streicht mir übers Haar. »Mich kriegt so schnell keiner.«

»Wenn dir etwas passieren würde … Damit könnte ich nicht leben.«

Chris versteift sich augenblicklich und nimmt die Arme von meinem Rücken, als hätte er sich an mir verbrannt. Schlagartig ist die Vertrautheit verloren, und zwischen uns entsteht eine Mauer, die mich von ihm fernhält. Er stößt mich so offensichtlich von sich, dass mein Herz sich krampfhaft zusammenzieht und mir die Szene auf einmal unsagbar peinlich ist. Ich will nicht, dass er merkt, wie sehr er mich damit verletzt, also lasse ich ihn ebenfalls los und trete einen Schritt zurück, um ihn anzusehen.

Chris hat dunkle Ringe unter den Augen, und die Züge um seinen Mund wirken erschreckend hart. Sein Shirt ist nass geschwitzt, als wäre er kilometerweit gerannt, und wer weiß? Vielleicht ist er das tatsächlich.

»Wir müssen hier schnellstmöglich weg«, erklärt er und will nach meiner Hand greifen, aber ich trete weiter zurück und bringe mich außer Reichweite.

»Müssen wir nicht«, erwidere ich. »Was wir müssen, ist uns ausruhen. Wir beide. Außerdem sollten wir reden.« Ohne seine Antwort abzuwarten, gehe ich zurück zu meinem Platz am Tresen. Seelenruhig setze ich mich auf den Hocker und greife nach der Gabel.

Die Stimmung in der Bar hat sich seit seinem Auftauchen spürbar verändert. So ausgelassen und lustig es eben noch war, so angespannt ist es nun. Viele Augen sind auf Chris gerichtet, als wäre er eine potenzielle Gefahr. Vor allem Rachel mustert uns argwöhnisch. Nach wenigen Sekunden entdecke ich Chris im Augenwinkel. Er setzt sich auf den freien Hocker neben meinem und sieht flüchtig auf meinen Teller.

»Das ist ihre dritte Portion«, lässt Rachel ihn wissen. In ihrer Stimme schwingt ein vorwurfsvoller Unterton, der nicht zu überhören ist. »Wenn du der Kerl bist, mit dem sie unterwegs ist, sollte es deine Aufgabe sein, dafür zu sorgen, dass sie genug isst. Das Mädchen war halb ausgehungert, als sie hier ankam.«

»Diese Frau ist immer kurz vor dem Verhungern«, feixt er. »Sie kann Mengen essen, die weit entfernt von jedem normalen Maßstab liegen. Sie sollten sehen, was passiert, wenn sie Süßkram vor die Flinte bekommt. Dagegen ist ein Junkie auf Entzug ein Witz.«

Der Vorwurf verschwindet ebenso schnell aus Rachels Gesicht, wie er gekommen ist. Stattdessen schleicht sich ein sanftes Lächeln darauf. »Bier?«

»Whisky. Egal welchen«, entgegnet Chris und nickt ihr dankend zu. Sobald Rachel sich abgewandt hat, raunt er: »Wir können nicht lang bleiben. Außerdem brauchen wir ein neues Auto. Und das schnell.«

»Zuerst will ich Antworten. Was ist in dem Haus passiert, Chris?«, frage ich und lege die Gabel beiseite.

»Die Typen sind fürs Erste kein Problem mehr, also mach dir keine Sorgen. Ich habe das geregelt. Aber wo sie hergekommen sind, gibt es noch sehr viele andere, die dich mit Freuden in einen Sack packen und mitnehmen würden. Weil sie denken, dass du – weil du zu uns gehörst«, teilt er mir schonungslos mit.

»Danke für die Info, aber das ist mir mehr als bewusst. Ich will wissen, was passiert ist, und mit Halbwahrheiten lasse ich mich nicht abspeisen.«

Chris seufzt genervt, bevor er antwortet. »Ich musste das Auto dalassen, weil ich vermute, dass sie es getrackt oder verwanzt haben.«

»Wie kommst du darauf?«

»Sie haben uns viel zu schnell aufgespürt. Dass sie uns auf kurz oder lang an den Fersen hängen, war vorauszusehen, aber wie schnell es ging, kann kein Zufall gewesen sein«, erklärt Chris. »Daher stehen wir jetzt ohne Auto da. Allerdings habe ich die Umschläge mitgenommen, sodass wir zumindest nicht mittellos sind.«

»Dein Whisky.« Rachels rauchige Stimme durchbricht den Sturm aus Problemen, der sich vor mir zusammenbraut.

Chris zieht einige Scheine aus seiner Hosentasche und legt sie auf den Tresen. »Reicht das für die Rechnung?«

»Steck das wieder ein«, wiegelt Rachel ab. »Wenn ich eure Lage richtig einschätze, baucht ihr jeden Cent. Außerdem habe ich gehört, dass ihr kein Auto mehr habt. Und bevor ihr euch beschwert«, setzt sie streng nach, »ich hab nicht gelauscht. Du sprichst einfach zu laut, Junge. Jedenfalls steht im Hinterhof ein alter Transporter. Nichts Besonderes, aber er fährt zuverlässig und bringt euch fürs Erste voran. Außerdem hat er ein großes Heck, in dem ihr mühelos schlafen könnt, falls ihr Motels meiden wollt.«

»Was möchten Sie dafür?«, will Chris wissen.

»Ihr könnt ihn haben«, erwidert Rachel und tut, als wäre das keine große Sache. »Ein Gast hat den Transporter hier stehen gelassen, um seine Schulden bei mir zu begleichen. Seitdem steht er da rum und nimmt mir Platz weg.«

»Rachel«, mische ich mich ein und sehe voller Bewunderung zu ihr auf. »Du bist großartig, und ich weiß wirklich nicht, wie ich dir für deine Hilfe danken soll.«

»Bleib gesund und besuch mich, wenn sich die Wogen geglättet haben.« Sie zwinkert und lächelt mich an. »So, dann schnappt euch euer Zeug und folgt mir nach oben. Dein Freund hier hat eine Dusche fast dringender nötig als du vorhin. Ich kann ihn über den Tresen riechen.«

Rachel wendet sich von mir ab, dafür spüre ich nun Chris' Blick auf mir. Ich drehe mich zu ihm und muss bei dem, was ich in seinen Augen lesen kann, schwer schlucken. Da ist Bewunderung in ihnen, aber auch noch etwas Stärkeres. Etwas, was mich innerlich wärmt und mich an die Szene im Häuschen erinnert, bevor die Mexikaner uns fanden.

»Wir sollten über das reden, was vorhin beinahe passiert wäre, Christian«, flüstere ich und kann dabei zusehen, wie er sich erneut verändert. Als würde sich eine Tür vor seinem wahren Ich schließen, verschwindet alles Helle aus seinen Augen. Übrig bleibt bloß ein selbstgefälliges Grinsen.

»Du meinst, darüber, dass du mich küssen wolltest, Camy?«

»Ich dich?«, wiederhole ich vor den Kopf gestoßen. »*Wir uns* müsste es heißen, und das weißt du genau. Du wolltest mich ebenso küssen. Streite es nicht ab und tu nicht so, als wäre ich beschränkt und hätte es nicht gemerkt.«

Blitzschnell legt er seine Hand auf mein Knie und beugt sich zu mir vor. »Ja, ich wollte dich küssen, Camy Owsen«, flüstert er dunkel. »Und nicht nur das. Ich wollte dich ausziehen, dich nackt unter mir spüren und so laut zum Stöhnen bringen, dass irgendwer aus der Nachbarschaft die Cops gerufen hätte.« Ruckartig nimmt er seine Hand von mir und setzt sich aufrecht hin. »Aber dazu ist es nicht gekommen, und das war gut so. Es würde die Situation verkomplizieren. Wir können es uns nicht leisten, eine Ablenkung entstehen zu lassen. Dafür steht zu viel auf dem Spiel. Außerdem würde Violet mich töten, wenn ich dir wehtue.«

Einen Moment lang starre ich ihn an und bekomme kein Wort heraus. Bilder entstehen vor meinem inneren Auge. Aber wir dürfen uns nicht von Lust steuern lassen und uns etwas hingeben, was noch mehr Probleme verursachen würde. *Es ist doch bloß Lust, die uns zueinander treibt, oder?* Ich kann nicht leugnen, dass da noch etwas anderes ist, was über die körperliche Anziehung hinausgeht. Aber ich muss es unterdrücken und ignorieren. Denn wie er schon sagte, es würde die Situation verkomplizieren, und das können wir uns nicht leisten. Emotionale Distanz ist der Schlüssel, um nicht wieder so gebrochen zu enden wie nach der Sache mit Erik.

Und obwohl ich das weiß, ruft eine Stimme in mir, dass es so einfach nicht sein wird.

15

Chris

Camy hat mich angesehen, als wäre ich der größte und gefühlloseste Idiot der Welt. Und genau so kam ich mir vor, als ich sie zurückwies. Ich hasse es, der Vernünftige sein zu müssen, aber diese Frau lässt mir keine andere Wahl. Wenn ich das, was zwischen uns brodelt, zulasse, würde ich kopflos die weitere Reise antreten, und das könnte uns alles kosten. Lieber ertrage ich dieses anklagende Schweigen, als sie an die Herreros zu verlieren.

Nach der Dusche fühlte ich mich wieder sauber, doch es bleibt das ungute Gefühl, Camy verletzt zu haben. Die Barbesitzerin hat mir Klamotten ins Bad gelegt, die vermutlich irgendeinem Verflossenen gehören. Das weiße Shirt ist zu weit, und die dunklen Jeans sind zu lang. Aber besser als meine durchgeschwitzten Kleider von vorhin.

Ich hatte geplant, die Nacht in Durant zu verbringen und morgens in Richtung Tulsa zu starten. Der Zeitplan hat sich allerdings vorverlegt, da wir dringend aus der Gegend verschwinden müssen. Und dank Rachel sitzen wir in einem Transporter, der erstaunlich gut erhalten und wesentlich unauffälliger ist als mein SUV. Da Camy sich weigerte mitzufahren, wenn ich nicht ein wenig schlafe, ruhte ich mich zwei Stunden im Heck des Wagens aus. Ich wollte Camy zwar nicht aus den Augen lassen, aber gegen ihren Sturkopf komme ich schon nicht an, wenn sie nicht sauer auf mich ist. Momentan habe ich also nicht die geringste Chance.

Als ich aufwachte und aus dem Wagen stieg, stolperte ich beinahe über einen Haufen Zeug. Schlafsäcke, Isomatten, Wasserflaschen, Proviant und eine Landkarte lagen vor Camy auf dem Boden des Parkplatzes.

»Du bist nicht ernsthaft ohne Rückendeckung shoppen gegangen«, herrschte ich Camy an und erntete einen bitterbösen Blick.

»Für wie dämlich hältst du mich eigentlich?«, erwiderte sie und überkreuzte wütend die Arme vor der Brust. »Bob hat die Sachen organisiert. Ich habe ihn darum gebeten, damit wir vorgesorgt haben, bevor wir losfahren.«

Das war das Letzte, das sie zu mir sagte, ehe wir uns von Rachel verabschiedeten und losfuhren. Inzwischen sind wir seit gut drei Stunden unterwegs. Drei extrem lange Stunden, denn meine Begleitung schweigt mich seither eisern an. Ich hätte nie gedacht, dass es mir fehlen würde, sie sprechen oder von mir aus auch meckern zu hören. Aber das tut es.

Also überwinde ich mich und breche das Schweigen als Erster. »Wir kommen bald in Tulsa an«, lasse ich Camy wissen und sehe weiter auf die Straße vor uns. Der Berufsverkehr hat begonnen, sodass mehr Autos unterwegs sind. Für uns ist das gut, denn so können wir in dem Strom untergehen, statt auf leerer Fläche herauszustechen.

Im Augenwinkel sehe ich Camy nicken und beiße die Zähne zusammen.

»Es gibt dort einen Laden, in den ich muss«, führe ich betont ruhig aus, obwohl es in mir brodelt.

»Du wirst schon wissen, was zu tun ist.« Das war's. Mehr sagt sie nicht.

Es dauert nicht lange, bis wir in Tulsa ankommen. Gezielt umfahre ich die Hauptstraßen und lenke den Transporter durch winzige Gassen und heruntergekommene Viertel. Ich kann förmlich spüren, dass Camy Fragen auf der Zunge brennen und dass sie hartnäckig dagegen ankämpft, sie zu stellen.

»Vor einigen Jahren habe ich hier gewohnt«, erkläre ich ungefragt und spüre prompt ihren Blick auf mir. »Nur für wenige Monate, aber ich kenne die Stadt trotzdem noch gut.«

Sie nickt und setzt sich aufrechter hin, um mir zu bedeuten fortzufahren.

»Daher kenne ich auch Dylan, zu dem wir fahren. Er hat früher in Philadelphia gelebt und für meine Familie gearbeitet. Als er aussteigen wollte, habe ich ihm geholfen, legal Fuß zu fassen.«

»Wie das?«, fragt Camy.

»Er bekam eine Ausstiegsprämie«, verrate ich ihr und biege auf den Lemon Drive ab, während ich mir ein zufriedenes Grinsen verkneife. »Mit der Prämie stellen wir sicher, im Guten auseinanderzugehen und keine ehemaligen Angestellten zu verärgern. Ärger kann zu unüberlegten Taten animieren und eine Kettenreaktion auslösen, die niemand von uns will.«

»Bestechung«, schlussfolgert Camy, als ich den Transporter in eine Parkbucht am Straßenrand steuere. Ich stelle den Motor ab und wende mich ihr zu. Ihre sonst olivfarbene Haut wirkt fahl, was mir einen Stich versetzt.

»Nicht ganz«, antworte ich. »Es ist eher ein Abschiedsgeschenk, mit dem wir ihre Arbeit und Loyalität würdigen wollen. Außerdem wollen wir unseren ehemaligen Mitarbeitern den Weg in die Zukunft erleichtern. Wer keine Schwierigkeiten hat, kommt nicht auf dumme Gedanken.«

Einen Moment lang sieht Camy mich ausdruckslos an, dann nickt sie und wendet sich ab. »Wo sind wir?«

»In einem ruhigeren Gebiet von Tulsa«, sage ich und löse den Gurt. »Ich gehe nicht davon aus, dass du im Wagen bleibst, wenn ich dich darum bitte?«

Sie löst ebenfalls ihren Gurt. »Niemals.«

Da ich mir das bereits gedacht habe, zucke ich bloß mit den Schultern und greife in die Sonnenblende, wo ich etwas von unserem Geld verstaut habe. »Dann tu mir wenigstens den Gefallen und verrate nicht, wer du bist oder in welcher Situation wir stecken«, setze ich nach und zähle die Scheine in meiner Hand ab. »Auch wenn ich Dylan eigentlich vertraue, ist fast jeder Mensch käuflich, wenn man ihm nur genug bietet.«

»Ganz schön zynisch«, kommentiert Camy und lässt mich in der Bewegung stocken.

Langsam sehe ich zu ihr und schüttle den Kopf. »Verwechsle Erfahrung und Realismus nicht mit Zynismus. Ich habe in meinem Leben schon mehr erlebt und gesehen, als du dir vorstellen kannst. Glaub mir«, führe ich weiter aus und kann das schmerzliche Lächeln nicht unterdrücken. »Das Einzige, das Menschen unumstößlich loyal macht, sind wahre Liebe und ein tief verwurzeltes Ehrgefühl. Freundschaft, guter Sex oder Vernarrtheit sind viel zu vergänglich.«

»Wenn das stimmt, wieso bist du dann deinem Cousin gegenüber loyal, und wieso bin ich es gegenüber Violet?«

»Weil ich ihn liebe. Nicht im romantischen Sinne natürlich. Ian ist meine einzig verbleibende Familie und bedeutet mir alles. Das Gefühl kennst du ja, immerhin hast du liebevolle Eltern und eine Schwester. Und was dich und Violet angeht«, erkläre ich und zwinge mich, sie nicht sehen zu lassen, wie sehr mir ihre Einstellung imponiert. »Du liebst Vi ebenso wie ich Ian. In deinem Herzen gehört sie zu deiner Familie, und um seine Familie zu beschützen, tut man alles. Selbst wenn es einem das Herz bricht. Außerdem bist du einer der wenigen Menschen, die ein unerschütterliches Ehrgefühl besitzen. Ich habe schon sehr viele Menschen kennengelernt, von denen man annehmen sollte, sie würden nach ihrem Gewissen handeln und immer zu einem stehen. Tja, die meisten enttäuschen einen am Ende. Selbst die, bei denen man nie damit gerechnet hätte. Bei dir glaube ich das allerdings nicht.«

»Wieso glaubst du das nicht?«, fragt Camy interessiert.

Wenn ich ehrlich antworten würde, würde ich sie erneut an mich heranlassen, und das will und darf ich nicht riskieren. »Weil Violet dir vertraut und ich viel auf ihre Meinung gebe«, erwidere ich und sehe aus dem Fenster, um ihr nicht ins Gesicht sehen zu müssen. »Außerdem bist du zu stur, um von deinen Prinzipien abzuweichen und dich kaufen zu lassen. Das entspricht nicht deinem Charakter.«

Ich rechne nicht mit einer Erwiderung, daher öffne ich die Tür und steige aus, ohne abzuwarten. Es dauert einen Augenblick, bis Camy mir folgt und ich sie neben mir entdecke. Ihr zierlicher Körper wirkt steif, und sie ignoriert mich. Sie hat auf eine andere Erklärung gehofft. Auf eine, in der ich preisgebe, dass ich ihr vertraue und nicht nur Violets Meinung von ihr. Aber das ginge zu weit. Also gehe ich schweigend auf den unscheinbaren Elektroladen zu, der direkt vor uns liegt. Es ist Jahre her, seit ich zuletzt hier war und mit Dylan sprach. Er ist ein toller Typ, mit dem man viel Spaß haben kann. Wichtiger ist jedoch, dass er einer der klügsten Köpfe ist, die ich je kennengelernt habe – was der Grund ist, aus dem wir nun hier sind.

Eine altmodische Glocke über der Tür verkündet unser Eintreten. Die Metallregale an den Wänden sind noch genauso ordentlich mit Ware bestückt wie vor vier Jahren. Auch der Tresen in glänzendem Weiß hat sich nicht verändert. Nur die Kasse darauf ist eine andere. Früher war es ein altes Ding, dessen Tastatur der einer Schreibmaschine glich. Heute ist es ein hochmodernes Gerät mit Handscanner.

»Ich komme sofort!«, ruft es aus dem Hinterzimmer.

Gemächlich schlendere ich zu einem der Regale und sehe mir die Tabletdummys darin an. Camy geht zum anderen Ende des Geschäfts. Sie bleibt vor einer Auslage mit Minikameras, die in alles Mögliche verbaut werden können, stehen und beäugt sie neugierig.

»Hallo«, erklingt es freundlich neben mir. »Was kann ich für Sie tun?«

Ich unterdrücke das Grinsen und wende mich betont langsam um. Vor mir steht ein athletischer Typ mit runder Nerdbrille. Sein Shirt spannt sich an den Schultern, aber der Aufdruck des Supermansymbols schmälert die Wirkung seiner Muskeln deutlich. Dylan legt es nicht darauf an, hart oder tough zu wirken. Im Gegenteil. Er sagte früher häufig, dass es viele Vorteile hat, wenn dein Gegner dich unterschätzt. Dieser Fehler würde mir bei ihm nie passieren. Er ist mehr als intelligent, und die Muskeln kommen nicht vom Controllerhalten, während er *Mario Kart* zockt. Sie stammen vom regelmäßigen Kampfsporttraining.

Dylan reißt die Augen auf, als er erkennt, wer vor ihm steht. Einen Moment lang wirkt es, als wüsste er nicht, wie er reagieren sollte, doch dann lacht er plötzlich laut auf und breitet die Arme aus. »Chris!«, ruft er und legt die Hände auf meine Schultern. »Ich fass es nicht! Was treibt dich nach Tulsa, Kumpel?«

»Lange Geschichte«, erwidere ich knapp, und prompt verschwindet die gute Laune aus seinem Gesicht.

»Was ist los?« Er nimmt die Hände von mir und sieht sich vorsichtig um. Erst jetzt fällt ihm Camy auf, und er gibt sich sichtlich Mühe, sie nicht zu sehr anzugaffen.

Camy winkt und begrüßt ihn mit einem knappen »Hey«.

Ein Instinkt in mir regt sich. *Meins*, erklingt es in meinem Kopf, und am liebsten würde ich Dylan zwingen, den Blick von ihr abzuwenden. Aber das erlaube ich mir nicht. Ebenso wie ich mir den Gedanken verbiete, sie als *meins* zu betrachten. Etwas Ernstes kommt nicht infrage. Mein Lebensstil ist nicht für eine Beziehung geeignet, außerdem weiß ich aus Erfahrung, dass man sich besser nicht zu sehr an einen anderen Menschen bindet.

Er kann einem von einer Sekunde auf die andere entrissen werden. Aber bei Camy … Wenn ich sie ansehe, verpuffen meine Vorsätze, und übrig bleibt nur der Wunsch, sie nie mehr gehen zu lassen.

»Ich brauche einige Dinge von dir, Dylan«, lenke ich meine Gedanken wieder zurück aufs Wesentliche.

»Klar. Was brauchst du?«

»Eine Menge«, antworte ich ausweichend. »Wie lange hat der Laden noch geöffnet? Wir sollten das nicht hier besprechen, wo wir auf dem Präsentierteller rumstehen.«

Statt zu antworten, geht Dylan zielstrebig auf die Tür zu. Er dreht das Schild an der Glasscheibe um, sodass es auf *Geschlossen* steht, und zieht einen Schlüsselbund aus seiner Tasche. Die Tür wird abgeschlossen, und er drückt auf einen Knopf an der Wand daneben. Es summt kurz, dann schiebt sich ein Rollgitter von außen vor Fenster und Tür. Das Licht dimmt sich automatisch, und ein leises Klacken signalisiert, dass das Gitter eingerastet ist.

»Jetzt kannst du reden«, verkündet Dylan und überkreuzt abwartend die Arme vor der Brust. »Der Laden ist abhörsicher, und glaub mir, wenn ich dir sage, dass mein Alarmsystem absolut unfehlbar ist.«

»Gut, dann lass uns loslegen«.

16

Camy

Technik ist nicht mein Ding, weshalb ich mich bewusst im Hintergrund halte. In der Redaktion der *Rosehill News* hatte ich den Aktenvernichter auf dem Gewissen, ebenso wie ich es geschafft habe, dass der Kopierer den Geist aufgab. Man könnte also sagen, dass ich zufrieden damit sein kann zu wissen, wie ich mein Handy und den Laptop benutzen muss. Chris hingegen kennt sich eindeutig mit diesem Kram aus. Er ist vielschichtiger, als ich ihm noch vor wenigen Tagen zugetraut habe. Außerdem hat er es geschafft, mir unter die Haut zu gehen. Von ihm so klar abgewiesen zu werden, kratzt nicht nur an meinem Selbstbewusstsein, es verletzt mich wesentlich tiefer. Ich muss mich davon – von ihm – fernhalten, wenn ich nicht mit gebrochenem Herzen enden will. Aber wie soll mir das gelingen, wenn ich an ihn gekettet bin? Außerdem ruft eine Stimme in mir, dass ich mich gar nicht von ihm trennen will und unsere Geschichte noch lange nicht vorbei ist. *Nervige Stimme.*

»Die Handys dürfen keinen Standort übertragen«, erklärt er Dylan konzentriert. »Trotzdem muss ich auf Straßenkarten zugreifen können.«

»Das ist kein Problem. Ich habe welche da, die man unmöglich orten kann. Und was die Karten betrifft«, fährt Dylan fort und zieht einen USB-Stick aus der Schublade unter der Kasse, »die kann ich dir offline draufspielen. Ohne Internet aktualisieren sie sich allerdings nicht. Solltest du dich in einer Woche an den Karten orientieren, kann es also sein, dass du eine Baustelle oder eine gesperrte Straße vor dir hast. Es kommen täglich neue Umwege hinzu, auf die zu keinen Zugriff hast. Ich weiß nicht, wie lange ihr vorhabt, unterwegs zu sein, aber wenn es um die Karten geht, wäre es am besten, wenn es nur wenige Tage sind.«

Ruckartig schießt Chris' Blick zu mir. In seinen hellen Augen erkenne ich ein Unwetter, das ich nicht begreife. Was hat ihn so aus der Fassung gebracht?

»Das Risiko gehe ich ein«, antwortet Chris, ohne den Blick von mir zu lösen. Doch ebenso schnell, wie der Moment gekommen ist, verfliegt er, als Chris sich von mir losreißt und erneut Dylan ansieht. »Das wäre alles.«

»Alles klar. Dann hole ich die Handys und stelle sie direkt so ein, dass ihr sie gefahrlos benutzen könnt. Bist du sicher, dass du ansonsten nur noch die Störsender brauchst?«, hinterfragt Dylan.

Chris denkt nicht lange nach, bevor er nickt. »Wäre es okay für dich, wenn wir heute hierblieben?«, fragt er zu meiner Überraschung. »Für uns ist es sicherer, nachts zu fahren. Wir würden dich also nicht lange stören.«

»Kumpel«, erwidert Dylan beinahe beleidigt. »Als würdest du mich stören. Macht es euch oben gemütlich, ich organisiere in der Zeit alles Nötige.«

»Danke, Mann. Ich schulde dir was.«

Dylan rollt hinter der Brille mit den Augen und winkt ab. »Du schuldest mir gar nichts. Außer vielleicht irgendwann zu erzählen, was hier eigentlich los ist.«

»Irgendwann«, verspricht Chris ihm und drückt bestätigend seine Schulter.

Der nerdige Kraftprotz verschwindet im Hinterzimmer. Er ist noch nicht ganz aus dem Verkaufsraum gegangen, da wendet Chris sich bereits zu mir. Sein Blick gleitet betont langsam über meinen Körper und bringt meine Haut zum Glühen. Schleichend wie ein Jäger, der seine Beute nicht verscheuchen will, tritt Chris auf mich zu.

Mein Impuls ist es auszuweichen, doch ich zwinge mich, es nicht zu tun und keine Schwäche zu zeigen.

Er bleibt so dicht vor mir stehen, dass ich das Zucken des Muskels an seinem Hals deutlich erkenne. Wir werden voneinander angezogen wie Ertrinkende von einer rettenden Insel.

»Lass uns hochgehen«, sagt Chris leise und lässt es wie eine verheißungsvolle Drohung klingen.

Ich nicke stockend, ohne unseren Blickkontakt zu unterbrechen. Und auch Chris sieht nicht weg oder verschließt sich vor mir. Im Gegenteil. Er greift nach meiner Hand und verschlingt unsere Finger ineinander. Perplex lasse ich es geschehen und genieße den elektrischen Schlag, der sich von meiner Hand aus durch meinen Körper schlängelt. Die Stimmung ist aufgeladen wie die Luft kurz vor einem Gewitter.

Wortlos führt Chris mich hinter den Tresen in einen winzigen Flur, von dem zwei Türen und eine schmale Treppe abgehen. Ich muss aufpassen, vor Aufregung nicht über meine eigenen Füße zu stolpern, während ich die Stufen hinaufsteige.

Ohne mich loszulassen, stößt er eine Tür auf und zieht mich hindurch. Ehe ich mir die Umgebung genauer ansehen kann, lässt Chris meine Hand los und greift stattdessen nach meinen Schultern. Er drängt mich mit dem Rücken gegen eine Wand, packt meine Handgelenke und zieht sie über meinen Kopf. Dass seine freie Hand gleichzeitig sanft wie eine Feder über meine Lippen streicht, stellt einen erregenden Kontrast dar.

»Chris«, hauche ich, sobald sein Finger meine Lippen verlassen hat und über meinen Hals streicht.

»Hm?«, murmelt er und beobachtet meinen Mund beim Sprechen, als wäre er das Interessanteste auf der Welt.

»Was hat sich verändert?«, will ich wissen.

Träge richtet sich sein Blick wieder auf mein Gesicht. Seine Augen wirken trüb und doch klar. Als wäre er in Gedanken und wiederum genau hier. »Als Dylan von den Offlinekarten gesprochen hat, schoss mir eine Frage durch den Kopf«, erwidert er schließlich.

»Welche?«

»Was ist, wenn die Flucht bis dahin vorbei ist? Was, wenn Camy in ihr Leben und zu ihrer Familie zurückkehrt und mich vergisst? Oder was wäre, wenn die Herreros gewinnen und ich sie nie wiedersehe?«

»Was …«, wispere ich und schlucke. »Was wäre dann?«

»Dann hätte ich meine Chance vertan und würde nie wissen, wie es sich anfühlt, dich für mich zu haben.«

»Das ist es also? Du willst wissen, wie es sich anfühlt?«

Seine Mundwinkel zucken amüsiert, dann drängt er sich plötzlich an mich. Sein Unterleib presst sich gegen meinen, und ich spüre seine eindeutige Härte. Alles in mir will sich ihm hingeben und den Moment voll auskosten. Jedoch verbiete ich es mir. Zumindest vorerst.

»Dich für mich zu haben, bedeutet nicht, dass ich dich bloß einmal unter mir liegen sehen will, Camy«, lässt er mich wissen, und sein Grinsen wird breiter. Chris' Finger fährt meinen Hals auf und ab, und diese harmlose Bewegung treibt mich beinahe in den Wahnsinn. »Es bedeutet, dass ich wissen will, wie es ist, wenn du mir gehörst. Ganz«, verkündet er, und für eine Sekunde, die sich ewig anfühlt, bleibt die Welt um mich herum stehen. »Ich will alles über dich wissen. Jedes noch so kleine Detail. Was dir wichtig ist, was du hasst. Was du für Träume und Ziele hast. Und vor allem will ich herausfinden, was das ist, das uns zueinander treibt.«

Im nächsten Augenblick finden seine Lippen meine, und eine Explosion schießt durch meinen Körper. Nichts existiert mehr. Nichts ist von Bedeutung. Nichts außer ihm, mir und unsere Verbindung.

Chris ist nicht vorsichtig oder herantastend. Sein Kuss wirkt ausgehungert, und ebenso erwidere ich ihn. Ich zupfe mit den Zähnen an seiner Unterlippe. Bitte um Einlass, den er mir nur zu gern gewährt. Mit einem Raunen öffnet Chris die Lippen, und unsere Zungen beginnen einen verzehrenden Tanz. Mein Becken kreist an Chris' Körper, was ihn kurz aus dem Takt bringt und mir eine gewisse Genugtuung verschafft. Aber er revanchiert sich, indem er seine Hüften vorstreckt und mich mehr als deutlich spüren lässt, wie sehr er mich begehrt. Er lässt meine Handgelenke los, löst gekonnt mein Haargummi und vergräbt die Finger in meinen Locken. All das geschieht so schnell, dass mein ohnehin benebelter Verstand Mühe hat mitzukommen. Plötzlich löst sich sein Mund von meinem und trifft auf meinen Hals. Er saugt an der empfindlichen Haut, und mir entschlüpft ein heiseres Stöhnen.

»Ich liebe dieses Geräusch«, höre ich ihn flüstern, und prompt flattert es in meinem Magen. »Liebe es, wie du schmeckst und dich anfühlst«, fährt er fort und bahnt sich mit den Lippen einen Weg zu meinem Dekolleté. Willig strecke ich ihm meinen Oberkörper entgegen und schließe die Augen – da öffnet sich die Tür neben uns.

Ich reiße erschrocken die Lider auf, und vor meinen Augen dreht sich die Welt für eine Sekunde.

»Verdammt!«, ruft Dylan. »Sorry, Leute. Ich wusste nicht … Ich meine, hätte ich geahnt, dass ihr …«

Chis' Kopf sackt auf meine Schulter, und sein Körper bebt. Zuerst denke ich, er bebt vor Wut oder Frust, doch dann höre ich ihn immer lauter lachen und kann nicht anders, als mit einzustimmen. Irgendwann hebt Chris den Kopf und verstummt. Wir sehen uns an und müssen lächeln. Er verschließt sich nicht vor mir, wie ich befürchtet habe. Nein. Er zeigt mir, dass dieser Moment zwischen uns kein Fehler war und er ihn ebenso genossen hat wie ich.

»Dylan«, sagt Chris und schießt flüchtig die Augen, ehe er den Kopf zur Seite wendet. »Ich hoffe, es ist wichtig. Andernfalls müsste ich dir wehtun, Kumpel.«

Dylans Gesicht ist tiefrot, und sein Blick flattert aufgeregt durch den Raum, ohne uns anzusehen. »Die Handys sind fertig«, lässt er uns wissen. »Ich wollte fragen … Na ja, ich bin hochgekommen, um zu fragen, ob du sie dir ansehen willst.«

»Klar. Ich bin gleich so weit«, erwidert Chris, dann gleitet sein Blick erneut zu mir. »Wir sind noch nicht fertig«, raunt er verheißungsvoll und jagt damit aufgeregte Wellen durch meinen Körper. »Warte auf mich, Schönheit.«

»Immer«, antworte ich leise und weiß in der Sekunde, in der ich es ausspreche, dass ich es genau so meine.

Christian Green, du hast dich in mein Leben geschlichen, und ich werde dich nicht wieder gehen lassen.

17

Camy

Dylans Einrichtungsstil ist mit einem Wort zu beschreiben: minimalistisch. Im Wohnzimmer gibt es ein schwarzes Ledersofa und einen Glastisch mit Fettflecken darauf. Auf der anderen Seite des kleinen Raums steht ein riesiger Fernseher, unter dem so viele Spielkonsolen wohnen, dass jeder Zockernerd vor Neid erblassen würde. Bilder oder Fotos gibt es in der gesamten Wohnung keine. Weder im großzügigen Schlafzimmer mit dem einfachen Bett aus Holzpaletten noch im Gästezimmer, in dem nichts weiter als ein Bett, eine Kommode und ein Spiegel stehen. Selbst die Küche wirkt, als wäre dies eine Musterwohnung. Der Herd glänzt, als wäre hier drinnen noch nie gekocht worden, und im Kühlschrank ist nicht viel mehr zu finden als Reste von diversen Lieferdiensten, Bier und eine halbe Flasche Wasser. Bei der Auswahl fällt es mir nicht sonderlich schwer, mich für ein Bier zu entscheiden. Mit der Flasche in der Hand schlendere ich ins Wohnzimmer zurück und lasse mich aufs Sofa plumpsen. Aus Langeweile greife ich nach der Fernbedienung und zappe durch die Kanäle, bis ich unerwartet bei CNN stoppe und mein Herz schlagartig stehen bleibt. Ruckartig setze ich mich auf und versuche zu begreifen, was auf dem Fernseher zu sehen ist.

Mein Haus wird in Großaufnahme gezeigt, dann wechselt das Bild zum Inneren meiner Wohnung. Ein Feuerwehrmann kommt aus dem Wohnzimmer und setzt seinen Helm ab. Er wirkt erschöpft, als hätte er eine langwierige und schwierige Schlacht geschlagen.

»Können Sie schon etwas zum Grund des Feuers sagen?«, fragt eine Reporterin und hält ihm das Mikrofon vors Gesicht.

»Bisher gehen wir von einem Kabelbrand aus. Allerdings sind die Ermittlungen noch nicht abgeschlossen, weshalb ich mich mit dieser Aussage vorerst zurückhalten möchte.«

Das Bild wechselt. Die Kamera schwenkt durch die Wohnung, und ich hole zitternd Luft. Meine Möbel sind kaum noch zu erkennen. Die Wände sind rußgeschwärzt, und alle möglichen Gegenstände liegen auf dem Boden verteilt. Inmitten der Trümmer erkenne ich einen runden Gegenstand, dessen Anblick mein Herz vor Schmerz zerspringen lässt. Er ist beinahe vollkommen vom Ruß bedeckt, doch eine Stelle sticht gelb hervor. Die Uhr, die Olivia mir geschenkt hat.

»Von der Wohnungseigentümerin fehlt nach wie vor jede Spur«, verkündet eine Sprecherin aus dem Off. »Camy Owsen wird seit nunmehr zweiundsiebzig Stunden vermisst.« Es folgt ein Foto von mir. Ich stehe im Vorgarten meiner Eltern und lächle in die Kamera. An den Tag kann ich mich genau erinnern. Es war vor wenigen Monaten, an Dads Geburtstag. Wir veranstalteten ein Barbecue, und die halbe Nachbarschaft war da. Viele fragten mich, wo Violet beziehungsweise Eliza, wie sie früher hieß, stecke. Ich versuchte auszuweichen und antwortete, sie unternehme eine Reise mit ihrem Freund.

»Sollten Sie sachdienliche Hinweise zum Verbleib der jungen Frau haben, melden Sie sich bitte unter …«

Ich schalte den Fernseher aus und sacke kraftlos zurück. Anscheinend gelte ich als vermisst, und meine Wohnung ist abgebrannt. Wie erkläre ich den Leuten, wo ich so lange war, wenn dieser ganze Mist endlich vorbei ist? Wie soll ich mein altes Leben wieder aufnehmen und weitermachen, wenn nichts mehr davon übrig ist? Ich habe keinen Job und nun auch kein Zuhause mehr.

Der Albtraum drängt sich erneut in meinen Kopf, und prompt überrennt mich ein eiskalter Schauer. »Camy Owsen existiert nicht mehr«, schallt es in mir und ich springe abrupt auf. Ohne nachzudenken, stelle ich das Bier auf den Tisch, renne in die Küche und greife nach dem Telefon auf der Arbeitsplatte. Es ist ein altes Festnetztelefon mit Kabel. Vorhin habe ich mich noch darüber gewundert, dass der Technikfreak Dylan so ein Teil besitzt, jetzt bin ich unglaublich dankbar dafür. Meine Finger fliegen über die Tasten, dann klingelt es. Bereits nach dem zweiten Klingeln knackt es in der Leitung, was mein Herz vor Erleichterung aufatmen lässt.

»Owsen?«

»Mom!« Ihre Stimme zu hören ist gleichzeitig Qual und Freude. Ich vermisse sie so schrecklich.

»Camy?«, ruft sie aufgeregt. »Bist du das? Wo steckst du? Geht es dir gut?«

»Mir geht's gut, Mom«, beruhige ich sie und zwinge mich, sie nicht hören zu lassen, wie ich mich wirklich fühle. »Ich musste weg, aber mach dir bitte keine Sorgen. In ein paar Tagen bin ich wieder zu Hause.«

»Weg? Wieso weg? Camy, kannst du dir vorstellen, was wir uns für Sorgen gemacht haben! In deiner Wohnung hat es gebrannt, und die Polizei geht von Brandstiftung aus.«

»In den Nachrichten hieß es, sie seien sich nicht sicher«, werfe ich irritiert ein.

»Weil sie die Ermittlungen nicht behindern wollen«, verrät sie mir. »Aber das ist im Moment egal. Ich will wissen, wieso du abgehauen bist und wo du steckst.«

»Das kann ich dir nicht sagen. Zumindest nicht jetzt«, setze ich traurig nach. »Es ist kompliziert.«

»Steckst du in Schwierigkeiten?«, fragt sie alarmiert. »Dein

Dad und ich können dir helfen. Du musst nur ehrlich sein und mir sagen, was los ist. Wir finden eine Lösung.«

»Nein«, flüstere ich bebend. »Das könnt ihr leider nicht.«

»Camy, wir …«

»Ich muss auflegen«, unterbreche ich sie. »Ich wollte nur, dass ihr wisst, dass es mir gut geht und ich euch vermisse. Wir sehen uns bald wieder.«

»Camy!«

»Ich liebe euch.« Damit lege ich schweren Herzens auf und sacke an die kahle Wand hinter mir. Tränen brennen in meinen Augen und untermauern den Schmerz in meiner Seele. Nie zuvor habe ich Mom etwas vorenthalten. Egal was ich auch angestellt hatte, ich sagte ihr immer die Wahrheit. Wir setzten uns hin, sprachen darüber und fanden einen Weg, die Sache zu bereinigen. Natürlich bekam ich anschließend eine Strafe. Hausarrest zum Beispiel. Aber damit konnte ich leben, immerhin hatte ich die Strafe verdient und wusste, dass meine Eltern mich trotz allem liebten. Die Situation heute ist eine ganz andere. Ich habe keinen Mist gebaut, stecke unverschuldet in den größten Schwierigkeiten meines Lebens und darf sie, zu ihrer eigenen Sicherheit, nicht einweihen.

Ich reibe mir übers Gesicht, stelle mich aufrecht hin und erinnere mich selbst daran, dass ich stark bleiben und die Sache durchstehen muss. Völlig egal, wie schwer es ist oder noch wird. Eine andere Wahl bleibt mir ohnehin nicht.

Ich raffe mich auf und gehe zurück ins Wohnzimmer. Das Fernsehprogramm meide ich, stattdessen greife ich mir einen von Dylans unzähligen Controllern und schalte seine Playstation ein. Die Zeit vertreibe ich mir mit einem Autorennspiel, das eindeutig nichts für Anfänger ist. Auch wenn ich immer wieder aus der Bahn fliege und fluche, hilft es mir, meine Gedanken von dem Telefonat abzulenken. Ich darf die Hoffnung nicht aufgeben und muss darauf vertrauen, dass sich alles regeln wird. Dass ich bald wieder in Rosehill sein werde und mein Leben neu aufbauen kann.

Als die Wohnungstür wenig später aufgeht und ich Schritte höre, drücke ich auf Pause und stelle erstaunt fest, dass ich knapp zwanzig Level durchgespielt habe. *Gar nicht so schlecht dafür, dass ich nie zuvor einen Controller in den Händen hatte*, denke ich beeindruckt.

»Sag mir nicht, du bist ein Zockergirl«, begrüßt Chris mich mit einem Lächeln in der Stimme.

Ich lege den Controller auf dem niedrigen Couchtisch ab und wende mich über die Sofalehne zu ihm. Chris hat sich lässig an den Rahmen der Wohnzimmertür gelehnt. Seine Haltung ist so locker, als wären alle Probleme meilenweit von uns entfernt.

»Ich musste mich ablenken.«

Sofort runzelt er besorgt die Stirn und stößt sich vom Rahmen ab. Chris kommt auf mich zu und stellt sich auf die andere Seite der Sofalehne. »Was ist los?«

»CNN hat ein paar tolle Aufnahmen meiner Wohnung gezeigt«, erkläre ich bitter. »Oder eben von dem, was übrig ist.«

»Der Brand«, murmelt Chris.

»Du hast es gewusst?«, frage ich anklagend und richte mich stocksteif auf. »Du wusstest, dass jemand meine Wohnung in Brand gesteckt hat, und hast nichts gesagt?«

»Ich hab's eben erst erfahren«, verteidigt er sich. »Über Dylans sichere Leitung hab ich mit Ian telefoniert, und der hat's mir erzählt. Deshalb bin ich hochgekommen. Ich wollte, dass du es von mir erfährst.«

»Waren das die Herreros?«, will ich wissen.

Chris fährt sich angespannt durchs Haar und beginnt ziellos auf und ab zu laufen. »Vielleicht hattest du damals recht, als du meintest, es wäre besser gewesen, hätten Ian und ich uns von Violet weiter ferngehalten«, verkündet er plötzlich und sieht flüchtig zu mir. Seine Miene ist voller Selbsthass, und um seine

Lippen spielt ein harter Zug. »Hätten wir Violet nicht in diese Lage gebracht, wärst du nicht mit reingezogen worden. Dein Leben wäre normal, deine Wohnung wäre heil, und du müsstest nicht quer durchs Land fliehen.«

Chris bleibt stehen und starrt auf einen Punkt an der Wand. Sein Körper bebt, und ich bin mir nicht sicher, ob vor Zorn, Frust oder Anspannung. So oder so hat er es nicht verdient, sich zu quälen. Entschlossen steige ich vom Sofa und trete vorsichtig auf ihn zu. Chris scheint so in Gedanken, dass er mein Näherkommen erst bemerkt, als ich bereits dicht vor ihm stehe. Sein Blick schießt zu mir, und seine gesamte Haltung wirkt dermaßen abweisend, dass ich in der Bewegung stoppe. Aber nur kurz, denn ich weiß instinktiv, dass es Selbstvorwürfe sind, die ihn quälen und dazu bringen wollen, erneut auf Abstand zu mir zu gehen.

»Hey«, flüstere ich sanft. »Du bist nicht schuld an dem Chaos, Christian.«

Er schnaubt herb und will den Blick abwenden. Bevor er sich wegdrehen kann, umfasse ich sein Gesicht mit den Händen und zwinge ihn, mich anzusehen.

»Du bist nicht schuld an dem Schlechten«, wiederhole ich eindringlich. »Woran du schuld bist, ist die Tatsache, dass ich hier stehe und nicht irgendwo in einem Versteck der Herreros verrotte. Wärst du nicht gewesen, hätte ich keine Chance gehabt. Und selbst wenn ich entkommen wäre, hätten sie mich später erwischt oder sich an meine Familie herangemacht. Ohne dich stünde ich jetzt nicht hier.«

»Ohne Ian und mich wärst du gar nicht erst in dieser Situation«, widerspricht er, und die Traurigkeit in seiner Stimme tut mir unendlich leid.

»Ohne diese Situation wären wir beide uns nie nähergekommen«, kontere ich spontan. »Schmerzt es, meine Wohnung verloren zu haben?«, fahre ich ruhig fort. »Ja, extrem sogar. Tut es weh, von meiner Familie getrennt zu sein? Verdammt, das tut es. Habe ich in dem Chaos etwas gefunden, was mich aufrecht hält, mich hoffen lässt und was sich so gut anfühlt, wie kaum etwas es je tat?«, frage ich und spüre ein zärtliches Lächeln auf meinem Gesicht. »Ja. Dich. Dich, Christian Green. Du bist der einzige Grund, aus dem ich nicht durchdrehe, also rede dir nicht ein, ich wäre ohne dich besser dran. Ohne dich hätte ich vor Tagen schon aufgegeben.«

Das Lächeln verrutscht keinen Zentimeter, während ich in Chris' helle Augen sehe. Er blinzelt mehrmals, dann beginnt er ebenfalls zu lächeln, und ich atme erleichtert auf.

»Du bist unglaublich«, murmelt er. »Ich hab gar nicht gewusst, dass du so tiefsinnig sein kannst.«

»Es gibt viel, was du nicht über mich weißt«, wispere ich.

»Das glaube ich dir sofort. Und ich kann es nicht erwarten, alles über dich zu erfahren«, flüstert er und hebt die Hand. Seine Finger finden mein Gesicht und tänzeln zärtlich über meine Wange. »Ich will herausfinden, wie du reagierst, wenn ich dich an bestimmten Stellen berühre«, lässt er mich wissen, und prompt zieht es in meinem Unterleib. »Jeder Millimeter deines Körpers wird zu meinem persönlichen Instrument werden, Curls. Und ich habe vor zu lernen, wie ich darauf spielen muss.«

18

Chris

»Klingt, als hättest du einiges vor«, erwidert sie rau. »Wir sollten bald anfangen, sonst bleibt uns keine Zeit mehr.«

»Wir haben alle Zeit der Welt«, sage ich. »Wenn das hier vorbei ist, werden sich unsere Wege nicht trennen. Das lasse ich nicht zu.«

»Was, wenn ich dich nicht in meinem Leben will?«, fragt sie und sieht herausfordernd zu mir auf.

Meine Hand auf ihrem Gesicht verrutscht, und mein Lächeln versiegt. Es ist nicht ihre Frage an sich, die mich schockt, sondern wie ich mich bei dem Gedanken, Camy zu verlieren, fühle. Angst ist keine Emotion, mit der ich besonders vertraut bin, und doch weiß ich, dass ich genau das empfinde. Mein Magen zieht sich so stark zusammen, dass mir übel wird. Mein Puls steigt, sodass ich das Blut in den Ohren rauschen höre, und auf meiner Brust liegt plötzlich ein riesiger Fels, der das Atmen zu einer Mammutaufgabe macht. *Fuck! Kann es sein, dass ich dabei bin, mich in sie zu verlieben?* Der Gedanke klingt komplett absurd, aber ein einziger Blick auf ihr Gesicht reicht, um mir zu beweisen, dass es dennoch stimmt. Wie Camy vor mir steht, so zierlich, verwundbar und vollkommen offen, keimt in mir der Wunsch auf, sie zu beschützen. Nicht nur jetzt, wo die Gefahr greifbar ist und jeden Moment durch die Tür stürmen kann, sondern für immer.

»Sag mir ehrlich, dass du mich nicht in deinem Leben haben willst, wenn dieser Mist vorbei ist«, fordere ich und bete, dass sie es nicht tut. »Sag es, und ich lasse dich in Ruhe.«

Camy zögert, was mich beinahe wahnsinnig macht. Aber dann sieht sie mich mit so funkelnden Augen an, dass ich die Antwort kenne, ohne dass sie sie aussprechen muss. Vor Erleichterung stoße ich scharf die Luft aus. Ihre Zustimmung bedeutet mir mehr, als ich für möglich gehalten hätte. Ebenso wie sie.

»Wo steckt Dylan?«, fragt Camy wispernd.

»Dylan?«, wiederhole ich verwirrt. »Der hockt in seinem Büro und bastelt an irgendeinem Funksender.«

»Also ist er noch eine Weile beschäftigt?«, hakt sie nach, und da macht es bei mir klick.

»Mir gefällt, wie du denkst, Owsen.«

»Und mir, dass du es verstehst.«

Ohne noch etwas zu erwidern, greife ich nach ihrer Hand und führe sie aus dem Wohnzimmer den winzigen Flur entlang zum Gästezimmer. Ich stoße die Tür auf, und sofort gerät das Bett in unser Blickfeld. Camys Augen glimmen erwartungsvoll, und ich werde einen Teufel tun, ihre Erwartungen nicht zu erfüllen. Entschlossen ziehe ich sie zum Bett und umfasse ihre Hüften. Camy quietscht überrascht auf, als ich sie schwungvoll auf die Matratze werfe. Dann verstummt sie und sieht unter schweren Lidern zu mir auf. Ich kann an nichts anderes denken als daran, sie zum Stöhnen zu bringen. Ich will, dass sie meinen Namen schreit. Dass sie unfähig wird zu denken und nur noch fühlt. Nur noch mich wahrnimmt und jede Erinnerung an die Männer vor mir sich in Luft auflösen.

Den Blick starr auf die Schönheit im Bett gerichtet, streife ich mein Shirt über den Kopf und werfe es auf den Boden. Camys Augen verfolgen jede meiner Bewegungen und landen auf meinem nackten Oberkörper. Sie leckt sich verheißungsvoll über die Lippen, und prompt pocht es drängend in meiner Hose.

»Provozier mich nicht«, warne ich sie dunkel. »Ich will es langsam angehen lassen, aber wenn du mich weiter so anguckst, garantiere ich für nichts.«

Sie grinst und lehnt sich auf die Unterarme zurück. »Komm doch her und hol mich.«

»Ich hab dich gewarnt«, erwidere ich und klettere zu ihr aufs Bett. Meine Beine umschließen ihre Hüften. Ich lege eine Hand auf ihr Schlüsselbein und drücke sie vorsichtig nach hinten, bis sie auf dem Rücken liegt. Es ist verflucht schwer, dem Drang nicht nachzugeben und ihr sofort die Klamotten vom Leib zu reißen. Bei jeder anderen würde ich es tun. Ich würde sie ausziehen, ohne abzuwarten oder mir Zeit zu lassen, und egoistisch darauf hinarbeiten, den Druck loszuwerden. Aber nicht bei Camy. Hier geht es um mehr als bloßen Sex, sondern darum, sie auf die intensivste Art kennenzulernen und zu spüren. Wäre es nicht so, würde ich es nicht tun, denn ich würde riskieren, von Vi dafür kastriert zu werden.

Betont langsam greife ich nach dem Saum von Camys Top und schiebe den Stoff bis über den BH nach oben. Allein der Anblick ihrer vollen und festen Brüste unter dem fast durchsichtigen grünen Teil lässt mich hart werden. Mit der Fingerspitze streiche ich federleicht über ihren Nippel und grinse zufrieden in mich hinein, als er sich mir gierig entgegenreckt und ich Camy ein lustvolles Stöhnen entlocke. Sie bäumt das Becken auf und drückt ihre Mitte hart gegen meinen Unterleib. Ich beiße die Zähne zusammen und atme mehrmals tief durch, um mich zu beherrschen und nicht wie ein wildes Tier über sie herzufallen.

Sobald ich mich halbwegs wieder im Griff habe, schiebe ich die Körbchen des BHs nach unten und entblöße diese verflucht perfekten Brüste. Ich reibe über die empfindliche Haut, streiche über ihre Spitzen – dann packe ich zu. Ihre Brüste passen perfekt in meine Hände, als wären sie nur für mich gemacht worden.

Auch wenn ich sie am liebsten nie wieder loslassen würde, löse ich eine Hand von ihnen und zeichne einen trägen Weg über Camys Leiste. Gleichzeitig beuge ich mich vor und küsse sie auf den Hals. Mein Mund wandert über ihre Schlagader, hinab zum Schlüsselbein und tastet sich Stück für Stück ihren Oberkörper entlang. Sie zittert und windet sich unter mir, wodurch ihre Mitte immer wieder gegen meine pulsierende Härte stößt und das fragile Band meiner Selbstbeherrschung gefährlich dünn werden lässt.

»Chris, bitte«, wimmert Camy, und ich will ihr nachgeben. Will den Kopf ausschalten und nur noch genießen. Aber das geht nicht. Erst muss ich mir sicher sein.

»Noch kannst du zurück.«

Ein zärtliches Lächeln schleicht sich auf ihr schönes Gesicht. Bedächtig schüttelt Camy den Kopf. »Es gibt kein Zurück, Christian. Zumindest nicht für mich.«

Damit verabschiedet sich der letzte Rest meiner Selbstkontrolle. Ich gebe das Zögern auf und öffne erst den Knopf, dann den Reißverschluss ihrer Hose. Ungeduldig hebt Camy den Hintern an, damit ich ihr den unnötigen Stoff abstreifen kann. Aus meiner Hosentasche ziehe ich ein Kondom und lege es neben mich, dann entledige ich mich der Jeans und werfe sie achtlos in den Raum. Ihr Höschen folgt unmittelbar, ebenso wie meine Boxershorts. Gekonnt schiebe ich das Kondom über meine Spitze, dann lege ich mich auf Camy, bis wir Haut an Haut auf dem Bett liegen. Unsere Blicke verfangen sich, halten einander fest, und das Feuer knistert so heiß zwischen uns, dass die Luft vibriert.

»Es gibt kein Zurück«, flüstere ich.

Camy nickt und zieht meinen Kopf zu sich hinunter. Unsere Lippen finden sich, und gleichzeitig versenke ich mich in ihr.

19

Camy

Vor meinen Augen explodiert die Welt in strahlenden Farben. Ich schließe die Lider und gebe mich ganz dem wundervollen Gefühl hin, Chris so nah zu sein wie irgend möglich. Mein Kopf ist leer, jeder Millimeter meines Körpers steht unter Strom und kribbelt dermaßen überreizt, dass sogar ein Windzug zu einer stürmischen Berührung wird.

Wieder und wieder versenkt Chris sich in mir, stöhnt und küsst mich wild. Ich komme ihm mit der gleichen Gier entgegen, unfähig, auch nur für eine Sekunde etwas anderes als Verlangen zu spüren. Lustvoll werfe ich den Kopf in den Nacken und schreie seinen Namen, während sich der Druck immer stärker in mir aufbaut. Meine Nägel krallen sich besitzergreifend in seinen Rücken. Seine Bewegungen werden fordernder und der Druck in mir schier unerträglich. Chris zieht sich beinahe völlig aus mir heraus und stößt erneut fest in mich. Plötzlich löst sich ein Knoten und entfesselt nichts als pures Glück, das sich wie flüssiges Gold durch meinen Körper schlängelt. Ich rufe seinen Namen und kralle mich so heftig in seine Haut, dass ich mit Sicherheit Spuren hinterlasse.

Chris stöhnt noch einmal auf, und seine Bewegungen werden stockend, dann hält er abrupt inne. Schwer atmend sackt er auf mir zusammen und legt den Kopf auf meine Schulter. So liegen wir da, eng aneinandergeschmiegt, und genießen die auslaufenden Wellen des Höhepunkts.

War es eben noch laut, ist es jetzt umso stiller. Nur unser langsamer werdender Atem und das Klopfen unserer Herzen ist zu hören. Keine Ahnung, wie viel Zeit vergeht, bis Chris den Kopf hebt und mich mit trägem Blick ansieht.

»Du bist perfekt, Curls«, raunt er liebevoll und bringt mein eben erst beruhigtes Herz erneut zum Rasen.

Röte schießt mir in die Wangen, was im Grunde lächerlich ist, immerhin habe ich noch vor wenigen Momenten alle Hemmungen fallen gelassen. Dennoch schafft es dieser winzige Satz, mich in Verlegenheit zu bringen.

»Du auch«, erwidere ich und gebe ihm einen scheuen Kuss auf die Lippen.

Chris schmunzelt. »Bin gleich wieder da.«

Ich starre ihm nach, als er aus dem Raum huscht, und bewundere seine grandiose Rückansicht. Unfassbar, dass das eben tatsächlich passiert ist. Chris und ich haben uns gestanden, dass wir uns auch nach der Flucht nicht loslassen wollen. Dass wir gemeinsam vorwärtsgehen wollen und ein Zurück für uns nicht existiert. Aber was genau sind wir? fragt eine skeptische Stimme in meinem Kopf. Ehe ich darüber nachdenken kann, kommt Chris zur Tür herein. Sein Blick gleitet über meinen halb nackten Körper, und im Augenwinkel sehe ich ungläubig, wie seine Härte zuckt.

»Das ist nicht dein Ernst, oder?«, frage ich mit fassungslosem Kichern.

»Wenn du nackt vor mir auf dem Präsentierteller liegst, kann ich eben nicht genug von dir bekommen.«

Amüsiert ziehe ich eine Braue hoch, richte demonstrativ meinen BH und das Top und schnappe mir die Decke. »Tut mir leid«, scherze ich, als sich die Stimme erneut in mir regt und mir das Lachen schlagartig vergeht.

Beunruhigt hockt Chris sich auf die Bettkante und sucht meinen Blick. »Hey. Was ist los?«

»Was sind wir?«

»Wie meinst du das?«

»Sind wir Freunde mit Vorzügen, in einer sehr offenherzigen Datingphase, ein Paar …?«, frage ich und zwinge mich, meine Stimme ruhig klingen zu lassen.

»Ich dachte, es wäre klar, dass wir inzwischen mehr als bloß Freunde sind«, antwortet er nachdenklich. »Und von Datingphase kann keine Rede sein. Es sei denn, du siehst das extrem romantische Essen im Diner und den Abend in der Bikerbar als Dates an.«

»Also sind wir was genau?«, hake ich nach und weigere mich, ihm das Label, das ich so erschreckend gern hören würde, vorzugeben.

Chris legt eine Hand auf mein Bein, das unter der Decke hervorlugt, und streicht zärtlich darüber. »Ich will, dass wir alles sind«, beginnt er überraschend sanft zu erklären. »Freunde, Begleiter, Partner. Du und ich, wir sind Menschen, die keine halben Sachen machen. Alles oder nichts.«

Perfekter hätte er nicht antworten können. Quietschend werfe ich mich nach vorn und lande in seinen Armen. Chris drückt mich lachend an seine Brust und streicht mir über die wild abstehenden Locken. Ich küsse ihn auf den Oberarm, und meine Finger fahren neugierig die Kontur seiner Tätowierung nach. »Wo wir gerade so offen miteinander sprechen«, setze ich an. »Was bedeutet das Tattoo?«

»Einiges«, murmelt Chris in mein Haar. Hellhörig geworden sehe ich zu ihm auf. »Du gibst nicht auf, bis ich dir geantwortet habe, oder?«, fragt er mit zuckenden Mundwinkeln.

Ich nicke feierlich und entlocke ihm damit erneut ein Lachen, doch dann wird er plötzlich ernst und starrt auf die schwarze

Tinte, die sich über seinen Arm, die Schulter und weiter übers Schulterblatt bis auf den Rücken zieht.

»Das Tribal hat mir gefallen«, beginnt er ruhig zu erklären. »Aber es hatte zu wenig Bedeutung, also hab ich es anpassen lassen. Kannst du die Buchstaben erkennen?«

Ich bejahe und streiche behutsam über ein winziges, ins Muster eingebettetes B.

»Oben auf der Schulter ist ein I, auf dem Rücken ein D, und das B hast du ja schon gefunden.«

»Steht das I für Ian?«

Chris küsst mich auf die Schläfe und sieht abwesend durch die offene Tür. Er ist hier, und doch sind seine Gedanken weit entfernt. »I für Ian und D für Dominic«, erklärt er tonlos. »Und das B steht für Beatrice.«

»Deine Eltern?«, rate ich leise.

»Ja«, antwortet er und schüttelt den Kopf, als müsste er sich zwingen, nicht in der Vergangenheit zu versinken.

»Du hast gesagt, deine Eltern seien kurz nacheinander gestorben«, erinnere ich mich. »Das war bestimmt sehr hart für dich.«

Chris versteift sich und zieht die Schultern hoch. »Mein Vater war ein sturer Bock«, verrät Chris. »Er hat mir zwar viel beigebracht, war aber nur selten da. Die Arbeit war ihm immer wichtiger als die Familie. Ich erinnere mich, wie ich meine Eltern eines Abends habe streiten hören. Ich muss acht oder neun Jahre alt gewesen sein. Mom hat ihm vorgeworfen, sich zu wenig um uns zu kümmern und Affären zu haben, womit sie sicherlich recht hatte.«

Ein schmerzlicher Zug huscht über sein Gesicht. Ich schlinge die Arme um seinen Bauch und küsse ihn tröstend auf die Brust, doch das scheint er nicht wahrzunehmen.

»Dad hat ihr im Gegenzug vorgeworfen, zu viel Geld auszugeben und sich keine Gedanken darum zu machen, dass er jeden Cent erst verdienen muss, bevor sie ihn zum Fenster rauswerfen kann. Ihre Beziehung war …« Er bricht ab und fährt sich durch die Locken. »Nachdem er erschossen wurde, sollte Mom sich um die Geschäfte kümmern. Sie war eine geborene Green, wollte aber nichts damit zu tun haben. Dad hat sich an ihrer Stelle um alles gekümmert. Als er nicht mehr da war, entschied sie, alle Anteile an Ians Eltern zu verkaufen und sich zurückzuziehen. Sie wollte nicht, dass ich mit den Familiengeschäften in Berührung komme. Sie war der Meinung, ein anderes Leben, eines ohne krumme Geschäfte, sei das Beste für mich.«

»Dann ist sie gestorben, und du bist doch eingestiegen«, werfe ich ein und drücke mich fester an ihn. Chris wäre diesem Leben beinahe entkommen. Wäre seine Mutter nicht gestorben, hätte er einen geregelten Alltag gehabt, wäre in Sicherheit gewesen und müsste jetzt nicht fliehen.

»Genau«, raunt er und beißt die Zähne zusammen, als wäre er auf einmal wütend. »Als sie … Als sie starb, war ich dankbar, dass meine Tante mich aufnahm. Sie behandelte mich wie ihren eigenen Sohn, und Ian war wie ein Bruder für mich. In ihrem Haus habe ich mich nie wie ein Gast gefühlt, sondern wie ein Teil der Familie. Aber sie und mein Onkel führten die Geschäfte aus Überzeugung, und für sie stand es außer Frage, dass ich meinen Beitrag leisten muss, sobald ich älter werde. Darüber gab es keine Diskussion.«

»Also wolltest du nie kriminell werden?«

Chris schüttelt den Kopf, dann nickt er, und ein schiefes Grinsen umspielt seine Lippen. »Weißt du noch, wie du dich bei der Flucht von der Tankstelle gefühlt hast?«

»Ja. Lebendig und irgendwie euphorisch.«

»So fühle ich mich auch«, gesteht er. »Der Gefahr immer wieder zu entkommen, ist wie ein Rausch. Das Herz klopft, dein Puls rast, und du fühlst dich einen kurzen Moment unbesiegbar. Danach kann man süchtig werden«, gibt Chris zu. »Ich liebe es, ständig unterwegs zu sein und die Cops auszutricksen. Für ein normales Leben bin ich nicht gemacht. Auf Dauer würde es mir mit Sicherheit zu langweilig werden.«

»Es gibt aber auch legale Berufe, die dir Abenteuer und viele Reisen bieten können«, werfe ich ein.

»Vermutlich«, entgegnet Chris schulterzuckend. »Es gibt seltene Momente, in denen ich mich frage, wo ich heute wäre, wenn Mom mich nicht allein gelassen hätte. Vielleicht würde ich in einem Bürojob versauern und zum Ausgleich ständig irgendeinen Mist bauen. Bungeejumpen, von Klippen springen, durch die Welt reisen oder mich in Bars prügeln.«

»Vielleicht wärst du aber auch selbst der Besitzer einiger Bars, würdest in deiner Freizeit durchs Land reisen, die unterschiedlichsten Menschen treffen und stündest permanent unter Strom. Und am Abend würdest du nach Hause kommen, die Schuhe ausziehen und ohne Sorgen entspannen.«

»Das klingt gar nicht so schlecht«, flüstert Chris, und in seiner Stimme schwingt eine tief verborgene Sehnsucht mit, die mir direkt ins Herz sticht. Da sitzt ein Mann, der nie die Chance auf Normalität bekommen hat und sich ein solches Leben daher nicht vorstellen kann. Für Chris wirkt der bürgerliche Alltag reizlos – zumindest will er sich das einreden. Wie er auf meine Idee reagiert hat, zeigt allerdings mehr als deutlich, dass er ebenso ohne die Kriminalität hätte glücklich werden können.

»Nachdem das geklärt ist«, wechselt er das Thema. »Wie wäre es mit etwas zu essen?«

Ich öffne den Mund, um zu antworten, als ich die Wohnungstür aufgehen höre. Hektische Schritte stürmen durch jeden Raum, bis sie in der offenen Tür stoppen.

»Dylan, verdammt!«, ruft Chris und drapiert die Decke fester um meinen Körper. »Schon mal was von anklopfen gehört?«

»Hat einer von euch das Festnetz benutzt?«

»Nein, so dumm sind wir nicht«, erwidert Chris genervt, und ich zucke getroffen zusammen.

Langsam drückt er mich von sich, um mir ins Gesicht zu sehen, und was ich in seiner Miene lese, sorgt dafür, dass mir eiskalt wird.

»Oh nein«, sagt er fassungslos. »Was hast du getan?«

20

Camy

»Nach dem Bericht auf CNN hab ich meine Mom angerufen«, gestehe ich kleinlaut. »Sie sollte wissen, dass es mir gut geht. Immerhin ist meine Wohnung abgebrannt, und sie hat seit Tagen kein Wort von mir gehört«, versuche ich zu erklären und sehe ihn verständnissuchend an. »Es war unüberlegt, das sehe ich ein. Aber hierbei geht es um meine Familie, Chris. Würden sie noch leben, würdest du wollen, dass deine Eltern wissen, ob es dir gut geht und wo du steckst.«

Chris' Gesicht verliert jegliche Regung. Ruckartig wendet er den Blick ab und sieht wie versteinert auf seine Hände. *Hat die Erwähnung seiner Eltern ihn aus der Fassung gebracht? Bin ich damit zu weit gegangen?* Mein Magen wird zu einem festen Knoten, und die Angst packt mein Herz mit eisernem Griff.

»Chris, bitte«, wispere ich und kämpfe gegen das Brennen in meinen Augen an. Ich darf jetzt nicht weinen. Muss stark bleiben und versuchen, den Mist, den ich uns eingebrockt habe, irgendwie wiedergutzumachen. Stünde vor mir jemand anders als Christian Green, würde ich mich entschuldigen. Sowohl für den Anruf als auch dafür, seine verstorbenen Eltern hineingezogen zu haben. Bei ihm brauche ich es damit nicht zu versuchen. Für Chris sind Taten wichtiger als Worte, also muss ich handeln, statt zu reden.

Ohne auf meine Worte einzugehen, wirft er die Decke von sich und steht auf. Eilig sucht Chris seine Klamotten zusammen und schlüpft in die Boxershorts. »Wie schlimm ist es?«, fragt er Dylan.

»Schlimm«, erwidert dieser und kneift sich in die Nasenwurzel. »Anscheinend wurde die Leitung ihrer Familie abgehört. Wer auch immer dahintersteckt, hat den Anruf zurückverfolgt und ist vermutlich schon auf dem Weg zu uns.«

»Das geht so einfach?«, mische ich mich ein und fühle mich wie der dümmste Mensch auf Erden.

»Wenn der Anruf länger als vierzig Sekunden dauert und keiner der Empfänger eine gesicherte, also über mehrere Server laufende Leitung benutzt, ist das für Leute, die sich auskennen, ein Kinderspiel.«

»Das wusste ich nicht«, sage ich und klemme die Decke um mich herum fest, um aufzustehen. »Ich hab nicht drüber nachgedacht und bin davon ausgegangen, alles bei dir sei gesichert.«

»Der Anschluss ist absichtlich ohne große Sicherung«, gesteht Dylan und wendet sich höflich von mir ab, während ich meine Kleidung zusammensuche. »Wenn ein Mensch keine digitalen und damit nachzuverfolgenden Spuren hinterlässt, wird zwangsläufig irgendwer auf ihn aufmerksam. Deshalb habe ich diese Leitung. Ab und zu telefoniere ich darüber, um einen Fingerabdruck im Netzwerk zu hinterlassen.«

Das schlechte Gewissen lähmt mich beinahe, dennoch gebe ich mich gefasst und schlüpfe unter der Decke unbeholfen in meine Kleidung. »Was tun wir jetzt?«, will ich wissen. »Schnellstmöglich abhauen und untertauchen?«

Die Männer schütteln beinahe gleichzeitig den Kopf. »Wir können hier nicht weg«, erklärt Chris. »Ian und Vi wollen uns hier treffen. Wenn wir abhauen, laufen sie unvorbereitet in eine Falle.«

»Können wir sie nicht irgendwie kontaktieren?«

Chris fährt sich angestrengt durchs Haar und stößt hart die Luft aus. »Jedes Telefon wird nur einmal benutzt«, erklärt er überraschend sachlich. »Ich hab keine Nummer, unter der ich die beiden erreichen kann. Ian wollte sich auf dem gesicherten Handy melden, sobald er in der Nähe ist.«

Dylan tritt einen Schritt vor und sieht zwischen uns hin und her. »Ich denke, es ist an der Zeit, dass ihr mir verratet, wer hinter euch her ist.«

»Die Herreros«, antwortet Chris, ohne zu zögern.

»Fuck!«, ruft Dylan außer sich. »Die Scheiben sind kugelsicher, das verschafft uns Zeit. Ich bezweifle allerdings, dass ein Wunder geschieht und sie es über kurz oder lang nicht schaffen, ins Gebäude zu kommen und Kleinholz aus meiner Einrichtung zu machen.«

Bedeutungsschwer wendet Chris mir den Kopf zu. »Ich hoffe, du hast dir gemerkt, wie man eine Waffe hält, Curls. Du wirst kämpfen müssen.«

Immer wieder habe ich mir gesagt, dass ich stark bleiben muss. Dass ich das durchstehen werde und nicht zurückweichen darf. Jetzt ist der Moment gekommen zu beweisen, dass mehr dahintersteckt als leere Phrasen.

»Alles klar«, erwidere ich und verstecke meine Angst hinter einer Mauer aus Entschlossenheit. »Lasst uns kämpfen und den Typen in den Hintern treten.«

Ein beeindrucktes Grinsen umspielt Chris' Lippen, das mich innerlich aufatmen lässt, dann wendet er sich Dylan zu. Sie nicken sich zu und eilen zielstrebig aus der Wohnung, als hätten sie sich stumm abgesprochen. Ich folge ihnen die Treppe hinunter und bleibe in dem schmalen Flur hinter dem Verkaufsraum stehen. Dylan und Chris gehen ins Büro und stellen sich vor einen hohen Schrank aus dickem Metall. Da ich keine Ahnung habe, was sie vorhaben, bleibe ich im Hintergrund und stelle mich in den Türrahmen. Ich hab schon genug angerichtet, im Weg zu stehen soll nicht auch noch auf meiner Liste landen.

Das Büro ist chaotisch, allerdings denke ich, Dylan ist der Typ, der das Chaos beherrscht und sich perfekt darin zurechtfindet. Auf dem schwarzen Schreibtisch entdecke ich zwei aufgeklappte Laptops, neben denen einige Handys und winzige metallische Teile liegen. Ansonsten stehen in dem Büro bloß drei dunkle Stühle, deren Bezüge schon bessere Tage gesehen haben, ein niedriges Regal mit wenigen Ordnern darin und der Metallschrank, den Dylan gerade mit einem Schlüssel öffnet. Zwischen den breiten Schultern der Männer kann ich zwar nicht viel erkennen, doch das Wenige reicht aus, damit ich erschrocken nach Luft schnappe. Die verschiedensten Waffen kommen zum Vorschein, ebenso wie jedmöglicher Technikschnickschnack und Munition. Dafür, dass Dylan inzwischen angeblich legalen Tätigkeiten nachgeht, ist er erstaunlich gut für einen Krieg gerüstet.

Chris nimmt einige der Waffen in die Hand und zielt damit prüfend auf die Wand. Schließlich steckt er sich zwei in den Hosenbund, ehe er sich zu mir wendet und auffordernd eine Pistole in meine Richtung hält.

Kneifen ist keine Option, Camy. Beweg dich und bade den Mist aus, den du angestellt hast. Tief Luft holend trete ich vor und nehme ihm die Waffe ab. Sie ist überraschend leicht und nicht so kühl wie die, die Chris mir damals in meiner Wohnung gab. Trotzdem gefällt es mir nicht, ein Todeswerkzeug in den Händen zu halten.

»Weißt du, wie du sie laden musst?«

Beschämt schüttle ich den Kopf. Chris nimmt mir die Pistole wieder ab und demonstriert geschickt, was ich tun muss, um sie zu laden, und was nötig ist, um zu schießen. Eine Waffe zu bedienen, ist erschreckend einfach. Zumindest in der Theorie. Viel Zeit zum Üben bekomme ich jedoch nicht, also muss ich darauf hoffen, das Gezeigte in die Praxis umsetzen zu können, wenn es darauf ankommt.

Ein schrilles Piepen dröhnt aus einem der Laptops. Erschrocken sehe ich zum Schreibtisch, und unvermittelt fühlt es sich weniger schlimm an, eine Pistole in den Händen zu halten. Auch wenn ich es ungern zugebe, schenkt es mir zumindest die Hoffnung, mich selbst verteidigen zu können.

Dylan starrt auf den Monitor, als würde er vor dem sagenumwobenen Monster unterm Bett stehen. Seine Augen sind weit aufgerissen, die Wangen aschfahl, und selbst vom anderen Ende des Raums aus kann ich erkennen, wie hektisch seine Brust sich hebt und senkt.

»Sie sind da«, verkündet er in unheilvollem Ton.

Chris eilt sofort an seine Seite. Keine Ahnung, was er auf dem Monitor sieht, doch was es auch ist, es sorgt dafür, dass er in sich zusammensackt. Seine Schultern fallen herab, und seine Miene ist plötzlich leer. Es dauert einen nervenzerreißenden Augenblick, ehe er sich übers Gesicht reibt und wieder Leben in ihn kommt. Chris' Blick gleitet über den Bildschirmrand und bleibt an mir hängen.

»Du hältst dich zurück«, fordert er streng. »Egal was passiert, du bleibst im Hintergrund.«

»Auf keinen Fall lasse ich euch allein.«

Auch wenn meine Knie vor Panik weich wie Wackelpudding sind und allein der Gedanke daran, einen Schuss abzugeben, mir unheimliche Angst einjagt, weigere ich mich, wie ein kleines Mädchen in den Schrank zu flüchten und mich tatenlos zu verstecken.

»Ach, verdammt!«, flucht Chris und schlägt mit der Faust auf die Schreibtischplatte. »Du hörst nicht auf mich, völlig egal, was ich sage, oder?«

»Freunde, Begleiter, Partner«, antworte ich bedeutsam. »Wir gehen da zusammen durch oder gar nicht.«

»Hier geht es nicht um Tapferkeit oder falschen Stolz«, sagt Chris. »Hier geht es um dein Leben.«

»Denkst du, das weiß ich nicht? Ich bin mir mehr als bewusst darüber, wie gefährlich die Situation ist. Und ich weiß auch, dass ich schuld daran bin, dass sie uns gefunden haben. Würde ich mich jetzt zurücklehnen und euch das allein klären lassen, könnte ich mich nie wieder im Spiegel ansehen.«

»Aber …«

»Lass es, Christian. Ich habe meine Wahl getroffen, und die beinhaltet, an deiner Seite zu bleiben. Es gibt kein Zurück für mich.«

Seine Augen strahlen so hell auf, dass es mir trotz der Umstände ein Lächeln ins Gesicht zaubert. Ich bin sicher, dass meine Worte genau so bei Chris angekommen sind, wie sie gemeint waren.

»Freut mich, dass ihr so verliebt seid«, mischt Dylan sich ein. »Aber die Bonnie-und-Clyde-Nummer müsst ihr später weiter ausdiskutieren. Wir haben Besuch.«

21

Chris

Zu sagen, dass ich besorgt bin, ist die Untertreibung des Jahrtausends. Mich juckt es in den Fingern, mir eine Zigarette zur Beruhigung anzuzünden, aber ich wette, Dylan würde mich lynchen, wenn Nikotin in die Schaltkreise seines Technikschnickschnacks zieht.

Normalerweise freue ich mich auf solche Situationen. Nicht weil ich Todessehnsucht habe, sondern weil ich es liebe, mich in den Kampf zu stürzen. Wenn der Adrenalinpegel hochklettert, jeder Muskel unter Strom steht und ich nur noch instinktiv handle, fühle ich mich lebendig. Heute allerdings klopft mein Herz nicht vor Adrenalin, sondern vor Angst. Nicht um mich, sondern um die Frau am anderen Ende des winzigen Raums, die ich bis zur letzten Sekunde verteidigen werde.

In Alarmbereitschaft starre ich auf die Bilder der Überwachungskamera und warte darauf, dass sich bei den drei schwarzen SUVs vor dem Laden endlich etwas regt. Die Wagen kesseln den Transporter ein, den wir von Rachel übernommen haben, und blockieren somit unsere Fluchtmöglichkeit. Sekunden vergehen, dann eine Minute und noch eine, in der im Büro absolute Stille herrscht. Mit einem Mal öffnen sich alle Türen der SUVs gleichzeitig, und eine Schar Männer in dunklen Hosen und weißen Hemden strömt heraus. Einige halten Waffen in den Händen, bei anderen kann ich glänzendes Metall am Hosenbund erkennen. Aus dem vordersten SUV steigt die einzige Frau der Runde aus, und bei ihrem Anblick läuft es mir kalt den Rücken hinunter. Die Mexikanerin von der Tankstelle ist mit von der Partie, und unter Garantie ist sie noch angefressen, weil wir ihr entkommen sind.

»Wie viele sind es?«

»Acht Männer und eine Frau«, antworte ich Camy und überschlage im Kopf, wie unsere Chancen stehen. Dylan und ich sind gute Kämpfer. Zu schießen ist ein natürlicher Reflex für uns. Bei Camy sieht das ganz anders aus. Am liebsten würde ich sie packen und in der hintersten Ecke anbinden, damit sie nicht in die Gefahrenzone laufen kann. Leider steht das nicht zur Debatte, das hat sie überdeutlich klargestellt. Es macht mich gleichzeitig stolz und wütend, dass sie an meiner Seite kämpfen will. Diese Frau ist nicht einfach kleinzukriegen, aber diese Eigenschaft hat bereits einigen Menschen das Leben gekostet. So wie meinem Vater.

»Wie lautet der Plan?«, will sie wissen.

»Verhandeln und Zeit schinden, bis ein Wunder passiert«, verkünde ich und weiß selbst, wie dämlich das klingt. Es wird kein Wunder geschehen. Sie werden nicht tatenlos wieder abziehen, und wenn wir Pech haben, steuern Ian und Violet in genau diesem Moment den Herreros in die Arme. Das alles soll Camy aber nicht belasten, denn ich werde sie hier rausholen. Was es mich kosten wird, spielt dabei keine Rolle. Das Einzige, das für mich zählt, ist, dass die Frau, die unschuldig in diesen Mist hineingezogen wurde, nicht für Taten büßen muss, die sie nie begangen hat.

»Dann zeig mal, was du draufhast, Kumpel«, fordert Dylan mit verkniffenem Lächeln und deutet auf einen Knopf auf der Tastatur, der die Sprechanlage am Eingang steuert. In Filmen sind Knöpfe, die den Untergang hervorrufen können, immer rot. Dieser hier ist grau, winzig und unscheinbar. Ihn zu drücken, wirkt nicht besonders spektakulär, und doch öffne ich damit die Büchse der Pandora.

»Der Laden hat geschlossen«, sage ich ins winzige Mikrofon. »Kommen Sie bitte zu unseren Öffnungszeiten wieder.«

Auf der Kamera kann ich die Frau mit den Augen rollen sehen. Sie tritt näher an die Tür heran, und kurz darauf ertönt ihre Stimme aus den Lautsprechern am Laptop. »Sie sind nicht halb so witzig, wie Sie denken, Christian.«

»Ich gebe mir Mühe.«

»Lassen Sie uns keine Zeit vergeuden«, fordert sie hörbar genervt. »Kommen Sie einfach raus, dann können wir die Sache von Angesicht zu Angesicht regeln.«

Im Augenwinkel bewegt sich etwas und lenkt meinen Blick vom Monitor weg. Camy sieht nachdenklich zur Tür, und ihr Bein zuckt verräterisch. Sofort ziehe ich den Finger vom Knopf weg.

»Du wirst einen Teufel tun und da rausgehen«, stelle ich klar.

»Wenn sie zumindest einen von uns bekommen, lassen sie den Rest vielleicht in Ruhe.«

Ich schnaube. »Camy, sie werden erst aufgeben, wenn sie uns alle haben und niemand mehr eine Aussage machen kann. Glaub mir, wenn diese Möglichkeit bestehen würde, wäre ich schon lange da draußen und würde dafür sorgen, dass du in Sicherheit bist.«

»Anscheinend wollen Sie nicht verhandeln«, unterbricht die Mexikanerin mich. »Ihr Fehler. Alles, was ab jetzt passiert, geht auf Ihre Verantwortung.«

Ich sehe zurück auf den Monitor, behalte Camy aber vorsichtshalber im Auge. Die Männer ziehen ihre Waffen und richten sie direkt auf den Laden – dann bricht ein ohrenbetäubender Krach über uns herein. Camy lässt vor Schreck ihre Waffe fallen und presst sich die Hände auf die Ohren, und auch Dylan verzieht schmerzlich das Gesicht. Ohne Unterlass feuern die Männer auf die Scheiben des Ladens. Ich höre, wie die Sicherheitsscheiben bersten, dann wird es unvermittelt still. Gebannt beobachte ich, wie sie ihre Waffen sinken lassen. Anscheinend haben die Angreifer begriffen, dass sie auf diese Art nicht weiterkommen. Sie sehen ratlos zu der Frau, und damit ist klar, dass sie nicht nur das Sprechen übernimmt, sondern auch sonst das Sagen hat. Dass eine Frau die Truppe anführt, irritiert mich. Soweit ich weiß, sind die Herreros auf Tradition bedacht und halten an alten Weltanschauungen fest. Für sie ist der Platz einer Frau zu Hause, wo sie die Kinder hütet und den Haushalt schmeißt.

Die Mexikanerin hebt den Blick und starrt geradewegs in die Kamera. Ihr Mund öffnet sich, doch sie kommt nicht dazu, etwas zu sagen. Aus heiterem Himmel rasen Autos auf sie zu und bremsen mit quietschenden Reifen dicht vor ihr scharf ab. Die Anführerin reißt schockiert die Augen auf und brüllt ihren Männern irgendwelche Kommandos zu. Dann geht alles ganz schnell. Schiebetüren öffnen sich, und Menschen in Kampfmontur überschwemmen die Straße. Camy steht auf einmal neben mir und starrt ebenso fassungslos auf die Szene wie Dylan und ich.

»Das FBI!«, ruft Dylan mit einer Begeisterung, die ich nie zuvor von ihm gehört habe, wenn es um Cops ging.

Die Mexikaner heben erneut ihre Waffen und schießen, was das Sondereinsatzkommando mit einer Härte erwidert, der sie nicht standhalten können. Wenige schaffen es zurück in die SUVs, darunter auch die Frau. Der Rest bleibt verwundet oder mit erhobenen Händen zurück. Etliche Rufe ertönen durch die Lautsprecher, Handschellen klicken, und Menschen werden bäuchlings auf den Boden gedrückt. Das alles passiert so unfassbar schnell, dass ich Mühe habe hinterherzukommen.

Hätte mir vor wenigen Monaten jemand gesagt, dass ich mich eines Tages darüber freuen würde, Cops zu sehen, hätte ich denjenigen ausgelacht. Aber, verdammt, jetzt bin ich heilfroh!

»Was bedeutet das?«, flüstert Camy unsicher.

»Dass wir gewonnen haben«, verkünde ich und sehe zu ihr. »Zumindest für den Moment.«

Camy blinzelt mehrmals, als bräuchte ihr Gehirn Zeit, um meine Worte zu verarbeiten. Dann kreischt sie ohne Vorwarnung schrill auf und wirft sich in meine Arme. Lachend fange ich sie auf und presse sie fest an mich. Erst jetzt, als die Sorge von mir abfällt, wird mir bewusst, wie viel Angst ich wirklich um sie hatte und wie weit ich tatsächlich gegangen wäre, um sie zu beschützen. Es existiert keine Grenze, die ich nicht überschritten hätte.

Hinter uns atmet Dylan tief durch und plumpst kraftlos auf seinen Bürostuhl. »Versteh mich nicht falsch«, sagt er. »Aber wenn du mich das nächste Mal besuchst, wäre es cool, wenn du ohne einen Drogenring im Rücken auftauchst.«

»Ich kann nichts versprechen«, scherze ich, drücke mein Gesicht in Camys Locken und ernte einen Schlag auf den Hinterkopf.

»Es ist vorbei«, verkündet Camy und rückt von mir ab, um mir ins Gesicht zu sehen. »Wir haben es geschafft, Christian. Es ist tatsächlich vorbei.«

Ihre Augen funkeln so glücklich, dass ich es mir verkneife, sie daran zu erinnern, dass es erst endgültig überstanden sein wird, wenn der Prozess gelaufen ist. Ich will nicht, dass ihre Euphorie einen Dämpfer bekommt. Die Realität wird uns noch früh genug einholen. Da bin ich mir sicher.

22

Camy

Nachdem Dylan die Türen geöffnet hat, stürmen mehrere Agents den Laden und sichern jeden noch so kleinen Winkel des Gebäudes. Chris und ich beobachten das Treiben vom Verkaufsraum aus, Dylan jedoch rennt ihnen kopflos nach. Vermutlich will er verhindern, dass sie gewisse Dinge finden, die höchstwahrscheinlich illegal sind und ihm Ärger einhandeln könnten.

Chris hält mich dicht an seine Seite gedrängt. Obwohl die Gefahr vorüber ist, scheint er sich nicht entspannen zu können. Seine Stirn ist angestrengt gerunzelt, und der Muskel an seinem Hals zuckt unaufhörlich, was mir Sorgen bereitet. Irgendetwas dämpft seine Freude über den Sieg, doch vor den FBI-Leuten kann ich ihn nicht darauf ansprechen, auch wenn es meine Neugier ins Unermessliche steigert.

Einer der Agents rennt wie aus dem Nichts so nah an mir vorbei, dass ich den Luftzug auf der Wange spüre. Ich starre ihm irritiert nach, als er sich stramm vor einem Mann im Eingang positioniert. »Alles gesichert, Sir.«

Der Mann nickt ihm knapp zu, dann nimmt er seinen Kampfhelm ab und sieht zu uns. Wir werden aus dunklen, emotionslosen Augen gemustert, und prompt spüre ich, dass Chris' Hand um meine Hüfte sich versteift. Der Agent tritt mit langen Schritten zu uns, dabei geht sein Blick an Chris vorbei und fokussiert ausschließlich mich, als würde er sich weigern, die Anwesenheit des Mannes neben mir anzuerkennen.

»Mister Green, Miss Owsen«, begrüßt er uns, wobei er *Green* ausspricht, als wäre es ein Schimpfwort. »Ich bin Agent Right. Das FBI schickt mich, um Sie in Sicherheit zu bringen und bis zur Verhandlung zu schützen.«

»Wo sind Ian und Violet?«, will Chris wissen.

Agent Right deutet mit einem Nicken zum Ausgang. »Sie warten draußen im Wagen«, erklärt er. »Weitere Fragen können wir unterwegs klären, falls nötig.«

»Unterwegs wohin?«

Der Agent wirft mir einen abschätzigen Blick zu und schaut verächtlich auf die Hand um meine Hüfte. »Im Namen des FBI entschuldige ich mich dafür, dass Sie in diese Sache mit hineingezogen wurden, Miss Owsen«, verkündet er förmlich. »Wir sind nicht davon ausgegangen, dass die Organisation auch Jagd auf Sie machen würde. Aber mitgehangen, mitgefangen, wenn man sich mit solchen Leuten wie den Greens abgibt. Um diesen Fehler zu kompensieren, bin ich befugt, Ihnen anzubieten, Sie für die kommenden Monate getrennt von den Greens und Miss Hasting unterzubringen.«

»Auf keinen Fall!«, ruft Chris und krallt sich besitzergreifend an mich. »Camy bleibt bei mir.«

»Diese Entscheidung liegt bei Miss Owsen«, bestimmt Agent Right.

Es steht fest, dass ich bis zum Prozess unter Schutz gestellt werde. Die Frage lautet, will ich diese Zeit an Chris' Seite verbringen? Es wäre sicherer, mich allein unterbringen zu lassen, das steht fest. In der Gruppe wären wir leichter aufzuspüren. Außerdem würden wir nicht alle relevanten Aussagen auf einmal verlieren, sollte das Versteck auffliegen – und obwohl ich das weiß, schafft mein Innerstes es nicht, sich von Chris abzuwenden. Nicht einmal für wenige Monate.

»Ich bleibe bei Christian«, flüstere ich und kann dabei zusehen, wie das Gewitter an uns vorbeizieht und den Himmel für die Sonne freigibt.

Leidenschaftlich presst Chris seine Lippen auf meine. Der Kuss fühlt sich an wie ein Versprechen auf pures Glück. Ein Versprechen, das nicht wir uns geben, sondern unsere Herzen. Beinahe verliere ich mich in dem intimen Moment, doch leider nur beinahe.

»Dann wäre das also geklärt«, unterbricht Agent Rights Stimme uns. Beschämt will ich mich von Chris lösen, aber das lässt er nicht zu. Seine Lippen verziehen sich an meinen zu einem überheblichen Grinsen und verstärken den Druck. Es dauert einige Sekunden, bis er schließlich nachgibt und sich zurückzieht. Frech zwinkert er mir zu, was ich mit einem Augenrollen quittiere. Dass ich dabei nicht aufhören kann zu lächeln, untergräbt den Effekt allerdings erheblich.

»Wir sollten keine weitere Zeit verlieren«, kommentiert der Agent, und dass er meine Entscheidung nicht nachvollziehen kann, merkt man ihm an. Vermutlich hielt er mich für ein unschuldiges Opfer, das gegen seinen Willen in diese Welt hineingezogen wurde – und damit hat er recht. Ich wollte nie aus meinem Leben gerissen und auf die Flucht geschickt werden. Wollte nicht von meiner Familie getrennt sein müssen und weiß Gott wo vom FBI versteckt werden. Aber nun ist es so, und auch wenn es merkwürdig klingt, ist es das Beste, das mir hätte passieren können. Denn ohne die Reise der vergangenen Tage würde ich noch immer allein gegen die Stille in meinem Leben ankämpfen. Gegen eine Stille, die Chris mit Lachen erfüllt.

»Wo ist Mister Harper?«, will Agent Right wissen.

»Was wollen Sie von Mister Harper?«, ruft es skeptisch, und nur einen Moment später steht Dylan neben uns.

»Sie müssen uns ebenfalls begleiten«, verkündet der Agent, als läge das auf der Hand.

Dylan flucht so laut auf, dass meine Mom ihn dafür auf sein Zimmer geschickt hätte. »Warum?«

»Weil der Organisation nun bekannt ist, dass Sie ein Unterstützer der Greens sind«, erklärt er sachlich. »Sie können es selbstverständlich ablehnen, mit uns zu kommen, aber davon würde ich Ihnen dringlichst abraten.«

Ungläubig starrt Dylan an mir vorbei zu Chris. Das Grinsen auf dessen Gesicht reicht von einem Ohr zum anderen. »Herzlich willkommen im Zeugenschutz, Kumpel.«

Eineinhalb Jahre später.
An einem Tag,
an dem Liebe und Glück
die Schatten der Vergangenheit
unter sich begraben.

23

Camy

Ich stecke tatsächlich in der wahr gewordenen Definition eines Prinzessinnenkleides. Wenn ich früher über diesen besonderen Tag fantasiert habe, habe ich mir ein eng anliegendes Kleid vorgestellt, das verspielt ist und bunte Farbtupfer hat. Als ich vor einigen Wochen im Geschäft vor dieser Schönheit stand, verblassten meine Kindheitsträume allerdings. Es war, als würde das Kleid mich zu sich rufen und als wüsste ich instinktiv, dass es genau das Richtige für mich ist.

Ich überprüfe jedes Detail im Spiegel. Meine wilden Locken wurden zu einem züchtigen Knoten im Nacken gebunden, und ich trage bloß wenig Make-up mit dunkelrotem Lippenstift, sodass nichts vom Kleid ablenkt. Der Ausschnitt ist herzförmig, und der feste Stoff umschmeichelt meine Haut bis zur Taille. Der restliche Stoff bauscht sich um meine Beine wie ein aufgeplatztes Kissen und versteckt die glitzernden Schuhe mit den schwindelerregend hohen Absätzen. Mein Rückenbereich ist halb transparent und wird von feinster Spitze dominiert, die sehr elegant und doch wieder modern ist. Wie ich in dem Kleid wirke, gefällt mir. Trotzdem werde ich das Gefühl nicht los, dass etwas an dem Outfit nicht stimmt. Dass etwas fehlt, zu viel ist oder nicht ins Bild passt. *Vielleicht wäre ein kürzeres Kleid doch besser? Noch könnte ich mich umziehen und ersatzweise das Kleid tragen, das für die Feier nachher gedacht ist. Immerhin ist es bloß knielang, sodass ich darin wesentlich problemloser laufen kann. Vielleicht sollte ich …*

»Hör auf, so viel zu denken. Davon bekommst du Kopfschmerzen und Falten.«

Ohne mich zu ihr umzudrehen, strecke ich Isabella den Mittelfinger entgegen. Die hübsche blonde Frau hinter mir ist ebenso nervtötend wie fantastisch, und meine Gefühle für sie schwanken regelmäßig von Freundschaft zu einer juckenden Handfläche. Dass sie in meiner offenen Schlafzimmertür steht und vermutlich gehetzt auf ihre Armbanduhr schaut, hat einen unschönen Grund: Nachdem sie vor einigen Monaten bei Gericht Angaben zu Jacks Geschäften mit den Herreros machte, erhielt sie Morddrohungen, deren Texte selbst einen hartgesottenen Horrorfan verstören würden. Doch trotz dieser Nachrichten wollte sie sich weigern, mit uns ins Zeugenschutzprogramm zu gehen. Isabella sagte, sie würde gut auf sich selbst aufpassen können und brauche diesen bürokratischen Mist nicht. Ihre Worte, nicht meine. Da sie eine der langjährigen Freundinnen von Violet und den Greens ist, ließen die drei nicht eher locker, bis sie schließlich doch nachgab und mit uns zusammen nach Irland ging.

Don Juan Herrero und seine Söhne sitzen inzwischen dank unserer Aussagen zwar hinter Gittern, ebenso wie Jack, aber ihre Organisation existiert weiterhin. Somit ist die Gefahr, trotz allem, was wir getan und geopfert haben, noch immer nicht aus der Welt. Wir haben den Behörden so viele Informationen geliefert, dass die Herreros das Tageslicht für den Rest ihres Lebens nur noch durch Gitterstäbe sehen werden – gegen die anderen in der Organisation hatten wir aber leider nichts in der Hand. Chris belastete die Anführer durch sein Wissen über ihre Schmuggelrouten. Violet konnte detaillierte Angaben zu der Art machen, wie sie ihre Geschäfte abwickeln, und Ian sprach im Zeugenstand darüber, welche Drogen sie zu welchen

Konditionen in seinen Klubs und Bars vertreiben wollten. Außerdem gab es noch mich. Ich sagte über die Zeit aus, in der sie mich jagten. Darüber, wie Chris und ich vor ihnen flohen, was sie verlangten und dass sie damit drohten, uns zu töten. Vermutlich hat das den Ausschlag für die Höhe des Strafmaßes gegeben. Drogenhandel und -besitz sind schlimm genug, aber versuchter Mord und Anstiftung zu einem Mordkomplott gaben Don Juan und seinen Söhnen den Rest. Dass wir direkt nach der Urteilsverkündung in einen Wagen der CIA gesetzt und aus dem Land geschafft wurden, hat mich ebenso traurig gemacht, wie es mich beruhigte. Denn zumindest lauert die Gefahr jetzt sehr weit von uns entfernt auf einem anderen Kontinent. Unsere Vergangenheit und Familien sind aber ebenso weit weg.

»Ich wusste, dass einer von euch einen Rückzieher macht«, verkündet Isa schnaubend. »Allerdings habe ich auf Chris getippt. Dass der Womanizer sich an die Kette legen lässt, klang unwahrscheinlicher, als dass du kalte Füße bekommst.«

»Hier macht niemand einen Rückzieher«, mischt Violet sich ein und reibt mir beruhigend über den nackten Arm. »Camy ist nur aufgeregt. Das ist normal für eine Braut.«

Isa schnaubt. »Ach, ist das so, ja? Warst du denn aufgeregt, als du Ian geheiratet hast?«

»Das war etwas völlig anderes«, murmelt sie und sieht aus dem Augenwinkel vorsichtig zu mir.

Bis heute bin ich verletzt, weil meine beste Freundin ihre große Liebe ohne mich geheiratet hat. Zugegeben, es war während der Flucht aus Rosehill, als wir getrennt voneinander unterwegs waren. Und ja, es war eine spontane Situation, als die zwei sich in einer Kirche versteckt hielten. Trotzdem wäre ich gern dabei gewesen – so wie sie heute an meiner Seite steht und mir den Rücken stärkt.

»Wollen wir endlich runtergehen, oder soll ich Chris sagen, er muss sich eine andere Braut suchen?«

»Meine Güte, Isa!«, rufe ich. »Wenn dir langweilig ist oder du unbedingt einen Drink brauchst, dann geh!«

»Da ist jemand super gelaunt«, kommentiert sie trocken.

Ich verkneife mir eine Erwiderung und konzentriere mich stattdessen auf meinen Ruhepol: Violet. Die Schwangerschaft hat ihr Gesicht runder und ihre Brüste voller werden lassen, was ihr unverschämt gut steht und von dem nachtschwarzen Kleid perfekt betont wird. Allgemein hat sich ihre Ausstrahlung in den vergangenen sechzehn Monaten stark verändert. Früher wirkte ihr Blick oft rastlos und suchend, heute ist sie angekommen und geerdet. Zwar weit weg von ihrer Heimat, dafür aber umgeben von Menschen, die wie eine Familie zusammenstehen und sich unterstützen.

Der Wind trägt ein heiteres Lachen durchs offen stehende Fenster herein, und der Klang *seiner* Stimme treibt meinen Blutdruck sofort in astronomische Höhen. Ich liebe ihn. Aus vollem Herzen und mit jeder Faser meines Seins. Chris ist der Mensch, der mich komplett macht und ohne den ich mir mein Leben nicht mehr vorstellen kann. *Gott, das klingt so kitschig!* Aber es ist wahr und fühlt sich wundervoll an.

Entschlossen wende ich mich meinen Freundinnen zu. »Ich bin so weit. Lasst uns runtergehen.«

Isas Mundwinkel verziehen sich zu einem seltenen Lächeln. »Dann wollen wir dich mal zu einer ehrbaren Frau machen, bevor du es dir doch noch anders überlegst.«

Ein letztes Mal hole ich tief Luft und sehe zum Verlobungsring an meinem Finger hinab. Der Ring ist perfekt. Schlichte Fassung, verziert mit winzigen Diamanten, die im Sonnenlicht in allen möglichen Farben funkeln. Dass Chris genau diesen Ring für mich ausgesucht hat, zeigt deutlich, wie gut er mich kennt.

Ich raffe den Saum des Kleides, verlasse hinter Violet und Isa das Schlafzimmer im ersten Stock und stakse vorsichtig die

Treppen hinab. Der Eingangsbereich unseres Hauses wurde von der Hochzeitsplanerin in den unterschiedlichsten Tönen dekoriert, ebenso wie der Rest des Grundstücks. Wo man auch hinsieht, stehen hüfthohe Vasen, in denen rote, gelbe und violette Blumen stecken, die in ein grünes Gebinde drapiert wurden. Die Hochzeitsplanerin wollte es klassisch und schlicht halten, was ich sofort abgelehnt habe. Chris und ich sind alles andere als ein klassisches Paar, und wir wollten, dass die Hochzeit unsere Persönlichkeiten widerspiegelt. Wenn wir schon nicht unter unseren richtigen Namen in unserer Heimat heiraten können, sollte zumindest das Drumherum echt sein. Ich liebe es, wie die bunten Farben der Dekoration mit der Schönheit unseres Zuhauses harmonieren. Dieses Haus zu finden, war ein absoluter Glücksgriff. Es steht abseits der Stadt und bietet genügend Platz für Chris, Isa, Dylan und mich. Auch wenn wir hier zu viert leben, kommen wir uns nur sehr selten in die Quere. Der Garten ist weitläufig, mit vielen Pflanzen und Büschen umzäunt, und es gibt eine niedliche Hollywoodschaukel direkt neben der Tür, auf der Chris und ich abends häufig sitzen.

Das großzügige Wohnzimmer ist menschenleer, als wir den Raum betreten, aber durch die offen stehende Terrassentür kann man die Gäste im Garten sehen und auch hören. Es sind überwiegend Nachbarn und Menschen aus dem Ort, die wir in den vergangenen Monaten kennengelernt haben. Aus unserem alten Leben ist kaum jemand anwesend, was einen dunklen Schatten auf den fröhlichen Tag wirft. Ich vermisse meine Familie so sehr, dass meine Seele vor Schmerz aufschreit. Dad wird mich nicht zum Altar führen, wie ich es mir als kleines Mädchen vorgestellt habe. Olivia beschwert sich nicht über ihr Brautjungfernkleid, Mom hat das Hochzeitskleid nicht mit mir ausgesucht, und mein Styling hat sie ebenfalls nicht übernommen.

Inzwischen weiß meine Familie, dass ich im Zeugenschutz bin. In den ersten Wochen nach unserer Abreise aus den USA habe ich mir ständig vorgestellt, was für Sorgen sie sich trotz dieses Wissens um mich machen und welche albtraumartigen Dinge sie sich ausmalen. Irgendwann hielt ich die Vorstellung nicht mehr aus und kontaktierte sie. Dass es riskant ist, ist mir mehr als bewusst. Aber ich lerne aus meinen Fehlern und plane die kurzen Telefonate akribisch genau voraus. Eine stundenlange Autofahrt in verschiedene Orte und die spontane Erlaubnis, das Telefon einer Bar oder eines Geschäfts zu benutzen, sind nötig. Es ist viel Aufwand, aber den nehme ich nur zu gern in Kauf, wenn ich damit für wenige Augenblicke gegen die Sehnsucht ankomme und meiner Seele Trost spende, indem ich ihre Stimmen höre.

»Da ist ja die wunderschöne Braut!«

Unsere wie immer übertrieben gut gelaunte Hochzeitsplanerin Trina klatscht aufgeregt in die Hände. Sie stolziert aus der Küche, als wäre sie hier zu Hause, und stellt sich mit einem so breiten Lächeln zu uns, dass ihr morgen mit Sicherheit die Wangenmuskeln wehtun werden.

»Alles ist vorbereitet«, verkündet sie zufrieden. »Sagen Sie, wann es losgeht, und ich gebe das Zeichen.«

Es ist so weit. In wenigen Minuten bin ich eine verheiratete Frau. Vermutlich sollte ich jetzt nervös werden und alles ein letztes Mal hinterfragen. Aber das tue ich nicht. Macht es mir Angst, mich für den Rest meines Lebens an einen einzigen Mann zu binden? Überraschenderweise nicht. Im Gegenteil. Ich kann es nicht erwarten, endlich Mrs. Christian Green zu werden. Kann nicht erwarten, dieses wundervolle neue Kapitel mit dem Mann zu beginnen, dem mein Herz gehört.

Und obwohl ich aufrichtig so empfinde, ist da eine kaum hörbare Stimme, die mir eindringlich zuraunt, vorsichtig zu sein und niemals meine Umgebung aus den Augen zu lassen.

24

Chris

»Ich muss auf die Toilette.«

»Wenn du jetzt gehst und ihren Auftritt nicht filmst, wird Camy dich kastrieren«, lasse ich Dylan wissen und zucke unschuldig mit den Schultern. »Aber geh ruhig. Ist deine Beerdigung, Kumpel.«

»Ich glaube, ich halte es doch noch ein bisschen aus«, erklärt er plötzlich und stellt sich artig zurück auf seinen Platz neben dem Altar. *Kluge Entscheidung.*

»Na, bekommst du kalte Füße?«

»Niemals.«

Ian, der heute natürlich als mein Trauzeuge auftritt, nickt zufrieden und sieht verliebt zur ersten Stuhlreihe. Laurel, das Kindermädchen, schaukelt den winzigen Caleb behutsam im Arm. Dass mein Cousin es hinkriegt, so ein niedliches Wesen zu produzieren, hätte ich ihm nicht zugetraut.

»Wollt ihr Kinder?«

»Ja«, antworte ich ihm ehrlich. »Aber das hat noch Zeit. Zuerst müssen wir uns hier ein Leben aufbauen. Außerdem möchte ich die Zeit zu zweit genießen, solang es geht.«

Bis ich Camy traf, war der Gedanke, irgendwann Vater zu werden, unvorstellbar für mich. Ich komme aus einer verkorksten Familie, da ist es naheliegend, nicht unbedingt den Wunsch zu verspüren, das an kommende Generationen weiterzugeben.

Auch wenn es makaber klingt, aber Dads Tod hat mein Leben nicht großartig geändert. Er war sowieso nie da. Als Mom ging, sah das anders aus. Ich war unglaublich wütend und habe meine Tante in den ersten Wochen viele Nerven gekostet. Dass sie mich nicht aufgegeben oder rausgeworfen hat, war ein Wunder.

Bis vor eineinhalb Jahren war ich fest davon überzeugt, mein Leben als Junggeselle zu verbringen, und habe Gefühle für unwichtig erklärt. *Dann kam Camy Owsen und stellte alles auf den Kopf.*

Wie aufs Stichwort setzt die Musik aus den Lautsprechern ein, und die Gäste verstummen abrupt. Die Flügeltüren werden von zwei Kellnern in schwarzen Anzügen geöffnet, während die Musik lauter wird und der Text von »My heart belongs to only you« von Bobby Vinton einsetzt. Alle Blicke sind gebannt auf den schmalen Gang zwischen den wenigen Stuhlreihen gerichtet, durch den als Erste Isabella läuft. Ich kenne diese Frau seit meiner Teenagerzeit, und dass sie hier ist, ebenso wie Dylan, Ian und Vi, verschafft dem Tag zumindest einen Hauch von Normalität.

Isa kommt am Altar an und zwinkert mir unauffällig zu, ehe sie sich auf die Seite der Braut stellt. Der Traualtar besteht aus einem weißen Tisch mit blutrotem Überwurf, auf dem unsere Ringe und eine Bibel liegen. Überdacht wird er von einem Rundbogen, der mit weißen und roten Rosen bestückt ist und das einzig wirklich Klassische darstellt, das man heute findet.

Bei der Frau, die als Nächstes den Garten betritt, strahlt mein Trauzeuge übers ganze Gesicht. Die zwei haben etwas, was auch Camy und ich bald unsers nennen werden und nach dem ich mich mehr sehne, als ich je für möglich hielt: eine liebevolle Ehe und bedingungslose Partnerschaft.

Sobald Vi sich neben Isa gestellt hat, verstummt die Musik aus den Lautsprechern. Stattdessen setzt die Band das Lied an genau der Stelle fort, an der es stoppte, und der Sänger erweckt den Text mit seiner tiefen Stimme zum Leben.

Ein bewunderndes Raunen zieht durch die Stuhlreihen. Camy erscheint im Durchgang, und ihr Anblick verschlägt mir den Atem. Wie ein Engel schwebt sie auf mich zu und lächelt so unschuldig, dass ich sie sofort in den Arm nehmen und vor dem Rest der Welt beschützen will. Ihr Kleid, das Make-up und auch die Frisur sind mir dabei völlig egal. Sie könnte einen Müllsack tragen, und ich würde sie trotzdem so ansehen, denn sie ist alles für mich. Camy besitzt mein Herz. Sie ist ein Teil meiner Seele und der einzige Inhalt meines Lebens, der zählt. Diese einzigartige Frau, die mit einem einfachen Lächeln jeden in ihren Bann zieht, wird in wenigen Momenten meine Ehefrau sein. *Womit habe ich so viel Glück verdient?* Nichts existiert außer ihr und mir. Die Gäste sind egal, unsere Freunde ebenso, und auch der Pfarrer hinter mir ist vergessen.

Ohne es beeinflussen zu können, strecke ich die Hände aus und greife nach ihren. Ein Blitz explodiert zwischen uns und entlädt sich in einem heißen Prickeln unter meiner Haut. Mein Herz klopft so stark, dass ich förmlich spüre, wie es mein weißes Hemd spannt und die rote Krawatte anhebt.

»Liebe Gäste.« Die rauchige Stimme des Pfarrers bricht den Bann und lässt mich mehrfach blinzeln. Ich verkneife mir einen Fluch, weil er den Moment zerstört hat, und erinnere mich daran, wo und weshalb wir hier sind.

»Heute ist ein besonderer Tag«, verkündet der Pfarrer. »Wir sind hier, um Camy Lilien Peach und Christian Andrew O'Harrington in den heiligen Bund der Ehe zu begleiten. Vor Gott und ihren Freunden werden sie sich das Versprechen geben, bis dass der Tod sie scheidet, eine Einheit zu bilden. Sich zu unterstützen und zu lieben, in guten wie auch in schlechten Zeiten.«

Wütend beiße ich die Zähne zusammen und drücke Camys Hand. Dass wir im Zeugenschutz andere Namen tragen, ist unvermeidlich. Trotzdem stört es mich, denn ich hätte in ihrem Ausweis zu gern den Namen Green gelesen. Die Behörden wissen, dass wir heute heiraten, und haben versprochen, ihren Namenswechsel zu notieren. Sollten die Herreros uns irgendwann von ihrer schwarzen Liste streichen, könnten wir unser altes Leben zurückbekommen, und falls dieses Wunder passiert, wird Camy meinen Nachnamen tragen. Bis dahin muss ich mich damit begnügen, sie nur hinter verschlossener Tür Mrs. Green zu nennen – auch wenn ich die ganze Welt wissen lassen will, dass sie zu mir gehört.

»Gemeinsam mit ihren engsten Vertrauten wagte das Paar den mutigen Schritt, ihre Heimat zu verlassen. Sie mussten viele Hürden überwinden und sich Schwierigkeiten stellen, die ihre Liebe wachsen ließ und sie in dem Wissen bestärkten, dass ihre Seelen zusammengehören.« *Wenn du wüsstest, wie viel Mist wir tatsächlich hinter uns haben, würdest du uns einen Orden verleihen, Padre.* »Das Brautpaar hat eigene Eheversprechen geschrieben, die sie sich nun gegenseitig vortragen werden«, schließt er und nickt uns auffordernd zu.

Camy nimmt ihre Hand aus meiner und zieht einen gefalteten Zettel aus dem Ausschnitt. Unsicherheit glitzert in ihren Augen, als sie ihn auseinanderfaltet und den Kopf hebt.

»Christian«, beginnt sie mit bebender Stimme. »Als ich dich kennenlernte, warst du ein Besserwisser, der dachte, die Welt gehöre ihm. Zumindest glaubte ich das. Aber dann durfte ich hinter diese Fassade blicken, und was ich dort gefunden habe, hat mein Herz sofort in Besitz genommen. Du bist gütig, liebevoll, beschützend und loyal. Egal wie schlecht es mir geht, du bringst mich zum Lachen und schiebst die dunklen Wolken fort.«

Dass mich bloße Worte einmal so berühren würden, hätte ich nie geglaubt. Ebenso wenig, jemals zu heiraten. Aber hier stehe ich und kann mir nichts vorstellen, was richtiger wäre.

»Bevor ich dich traf«, liest sie weiter, »war die Stille unerträglich. Aber dank dir macht sie mir keine Angst mehr. Sie ist nicht mehr von Einsamkeit geprägt und erstickt mich nicht mehr. Dank dir folgt auf jede stille Sekunde eine Stunde voller Lachen. Erst durch dich habe ich begriffen, was für Wunder die Liebe bewirken kann.«

Camy faltet den Zettel zusammen und reicht ihn an Vi weiter. Ich weiß, dass ich jetzt dran bin, aber ich kann mich nicht rühren. Plötzlich spüre ich eine Hand auf meiner Schulter. Ian streckt mir den Zettel mit meinem Eheversprechen entgegen, allerdings brauche ich ihn nicht. Jedes geschriebene Wort ist fest in meinem Kopf verankert.

»Kein Zurück«, sage ich leise, und Camys Augen strahlen hell wie die Sonne auf. »Unser Start war nicht einfach. Du konntest mich nicht leiden, und ich hab es genossen, mich mit dir anzulegen. Und die Umstände waren auch nicht besonders toll. Aber dann kam ein Moment, der mich bis heute nicht loslässt und der Auslöser für all die Liebe war, die ich heute für dich empfinde.« Ich breche ab und räuspere mich. »Wir waren irgendwo im Nirgendwo. Ich bin ausgeflippt, hab geschrien und gegen das Auto getreten. Aber statt mir Vorwürfe zu machen, dass ich nicht den Kopf verlieren darf, hast du dich zu mir gesetzt. Du hast gesagt, dass Schreien manchmal das Einzige sei, was hilft, und dass ich alles rauslassen soll. In diesem Augenblick habe ich zum ersten Mal gespürt, wie ähnlich wir uns sind. Camy, du bist alles, was ich mir nie gewünscht und doch erträumt habe.«

Meine Braut wirft sich in meine Arme. Schmunzelnd fange ich sie auf und drücke sie an mein heftig schlagendes Herz.

»Ich liebe dich, Curls.«

»Ich dich auch, Christian«, nuschelt sie in mein Hemd.

»Das waren sehr bewegende Worte, die verdeutlichen, dass Gott zusammenbringt, was zusammengehört«, ertönt die

Stimme des Pfarrers. »Ich möchte Sie nun um die Ringe bitten.«

Noch einmal drücke ich Camy an mich, dann lasse ich sie los und wende mich zum Altar. Ian nimmt die Schatulle vom Tisch und reicht sie an den Pfarrer weiter, der sie mit einem Nicken annimmt. Dann schließt er die Augen und umfasst die Schatulle mit beiden Händen. »In Gottes Namen segne ich diese Schmuckst…«

Unvermittelt ertönt ein durchdringender Knall, und nur einen Wimpernschlag später schießt ein Windzug zwischen unseren Köpfen hindurch. Die Schatulle kracht zu Boden, und der Pfarrer fällt ungebremst nach hinten, wobei er den Tisch mit sich reißt und den Blumenbogen zum Wackeln bringt. Auf seiner Stirn ist eine Wunde zu sehen, aus der Blut sickert, und seine Augen sind leer.

Mein Körper reagiert instinktiv. Ohne nachzudenken, schlinge ich die Arme um Camy und ziehe sie mit mir nach unten. Von überall ertönen plötzlich Schüsse, und panisches Kreischen zerreißt die Luft. Im Augenwinkel sehe ich, dass Isa Vi hinter den umgekippten Tisch zieht und ihren Kopf schützend herunterdrückt. Ian rennt geduckt zu den Frauen und hält den kleinen Caleb dabei an seine Brust gepresst.

»Geh zu den anderen hinter den Tisch!«, rufe ich Camy über den Lärm hinweg zu.

Obwohl sie am ganzen Körper zittert, schüttelt sie entschieden den Kopf und greift nach meiner Hand. »Ich bleibe bei dir.«

»Jetzt ist nicht die richtige Zeit zum Diskutieren«, erwidere ich streng und entziehe ihr meine Hand. »Geh!«

Der Widerwille steht ihr deutlich ins Gesicht geschrieben, dennoch nickt sie, was mich erleichtert ausatmen lässt. Ich verharre auf dem Boden vor dem Rundbogen, bis sie um den Tisch herumgekrochen ist, erst dann richte ich mich vorsichtig auf, um mir einen Überblick zu verschaffen. Unsere Gäste sind in

Panik verschwunden und haben dabei Stühle und Dekoration umgerissen. Niedergetrampelte Blüten liegen neben heruntergerissenen Girlanden, und inmitten des Chaos stehen Männer mit weißen Hemden und schwarzen Hosen. Sie gehen auf die Sicherheitsleute los, die Ian und ich Gott sei Dank für den heutigen Tag engagiert haben. Der Garten ist im Bruchteil einer Sekunde von einer romantischen Location zum Schlachtfeld geworden.

»Chris!«

Mein Blick schießt zur anderen Seite und landet auf Camy. Ihr Make-up ist verschmiert, in ihren Augen steht die blanke Furcht, und an ihrem Ausschnitt kann ich rote Flecken erkennen. Das sollte der schönste Tag in ihrem Leben werden, aber irgendwelche Mistkerle haben ihn in ein Massaker verwandelt. Sie haben unser neues Leben in Fetzen gerissen, den unschuldigen Pfarrer erschossen und bedrohen meine Familie. Dafür werden sie bezahlen.

25

Camy

Hysterisch brülle ich seinen Namen, aber er wendet sich von mir ab und richtet sich auf, als wären meine Rufe nichts weiter als ein Zischen im Wind. Seine Schultern beben wie die Erde vor einem Vulkanausbruch, und seine Bewegungen wirken steif vor Zorn und Hass.

»Chris!«, versuche ich es erneut. Entweder hört er mich durch den Lärm nicht, oder er ignoriert mich absichtlich. Statt zu mir zu sehen, zieht Chris eine Pistole unter seinem schwarzen Jackett hervor, deren Anblick mich schockiert den Atem anhalten lässt. War es ein Reflex, sich zu bewaffnen, oder hat er damit gerechnet, dass heute etwas Schlimmes passieren wird?

Neben mir flucht Ian. »Ich muss zu Chris, bevor der Idiot sich umbringen lässt!« Mit traurigem Blick zu Violet zieht er seine Waffe und stürmt davon.

Ich will etwas tun, um den Männern zu helfen, aber in meinem Kopf überschlägt sich alles, außerdem macht Calebs bitterliches Weinen es unmöglich, klar zu denken. Kurzerhand reiße ich den Tüll rings um mein Kleid ab und halte ihn Vi entgegen. »Benutz das als Decke für Caleb. Schirm ihn damit vor den Geräuschen ab.«

Mit zitternden Fingern nimmt sie mir den Tüll ab und wickelt darin das Baby ein. Ich ziehe meine Schuhe aus und werfe sie achtlos beiseite, dann krieche ich um die Tischplatte herum, um besser sehen zu können. Chris und Ian stehen inzwischen dort, wo vor wenigen Minuten noch der dekorierte Gang zum Altar war. Hinter ihnen befinden sich Männer mit gezogenen Waffen und schusssicheren Westen. Die Sicherheitsleute, auf die Chris bestanden hat. Ich fand es unnötig, immerhin sind wir Tausende Meilen von der Gefahr entfernt – zumindest redete ich mir das ein. Ich wollte so sehr, dass wir ein normales Leben führen können, dass ich mich in dem Wunschdenken verlor, wir wären hier sicher. Bei dem, was sich nun abspielt, gibt es allerdings keine Möglichkeit mehr, die Wahrheit auszusperren. Ein Dutzend bewaffnete Männer haben sich in unseren Garten gedrängt. Mit erhobenen Waffen verwandeln sie unser friedliches Zuhause in einen Kriegsschauplatz. Der Traum vom ruhigen Leben ist vorbei, noch bevor er richtig beginnen konnte.

»Wer schickt euch?«, ruft Ian, aber niemand antwortet ihm.

»Mein Cousin wiederholt sich nur sehr ungern.« Auch wenn Chris äußerlich ruhig und gefasst wirkt, höre ich ihm an, wie sehr er sich zügeln muss, um nicht blind vor Wut draufloszustürmen.

»*Hijo de puta.* Dachtet ihr wirklich, wir würden euch nicht finden?« Einer der Männer tritt vor und streicht sich gelassen durchs schulterlange schwarze Haar. Aber es sind nicht seine Worte und auch nicht die überhebliche Geste, die mir eine Eiseskälte über den Körper jagen. Nein. Als ich sein Gesicht sehe, ist mir klar, wen ich vor mir habe. Das letzte Mal habe ich ihn bewusstlos auf dem Boden meiner Wohnung liegen sehen.

»Und was habt ihr vor, jetzt, wo ihr uns gefunden habt?«, will Ian wissen. »Wir sind zahlenmäßig gleichauf, und alle sind bewaffnet. Wenn ihr schießt, schießen wir zurück, und am Ende sterben alle.«

Der Mexikaner zuckt mit den Schultern. »Es macht keinen Unterschied, ob wir euch jetzt oder später töten. Eure Leute können nicht immer da sein, und wenn es so weit ist, kriegen wir euch. Immerhin wissen wir jetzt, wo ihr seid.«

»Lass es uns hier und jetzt zu Ende bringen«, höre ich Chris sagen. »Du gegen mich.«

Mein Herz setzt aus, und meine Glieder kribbeln vor Unglaube. Wie gelähmt nehme ich wahr, dass mein Verlobter die Waffe sinken lässt und auf den Fremden zugeht. Am liebsten würde ich aufspringen und ihn anflehen, den Mist sein zu lassen. Aber wenn ich das täte, würde ich die Aufmerksamkeit auf die Frauen und das Baby hinter dem Tisch lenken, und das darf ich nicht riskieren.

»Komm schon!«, ruft Chris provozierend. »Trau dich!«

»Ihr alle seid das Ziel. Aber ich gebe zu, dass wir in einem Patt stecken und die Situation festgefahren ist, daher schlage ich etwas vor«, sagt der Mexikaner gönnerhaft. »Wir ziehen uns zurück und geben euch zehn Stunden Vorsprung. Es macht ohnehin mehr Spaß, ein rennendes Kaninchen zu erlegen als ein humpelndes.«

»Wir sollen glauben, dass ihr einfach so abhaut?«, fragt Ian skeptisch.

»Ihr könnt eure Leute natürlich auch wegschicken, und wir beenden es auf der Stelle, wenn euch das lieber ist.«

»Mit Sicherheit nicht«, höre ich Chris sagen.

»Wie heißt es bei euch?«, sinniert der Mexikaner und reibt sich nachdenklich übers spitze Kinn. »Aufgeschoben ist nicht aufgehoben? Ich habe euch einmal gefunden, ich schaffe es wieder. Ihr bekommt die Möglichkeit, euch zu verstecken. Ich gebe euch zehn Stunden. Dann komme ich und hole euch.« Sein Blick schwenkt über die Männer hinweg zum zerstörten Altar und landet direkt bei mir. »Nach und nach werden wir euch alle erwischen. Und bei einigen wird es mehr Spaß machen als bei anderen.« Er zwinkert mir so auffällig zu, dass ich vor Schreck zusammenzucke, was ihm ein dreckiges Lachen entlockt.

Beinahe entspannt senkt er seine Waffe, und alles in mir brüllt, jemand soll die Gelegenheit ergreifen und auf ihn schießen. Dass wir dem trügerischen Angebot nicht trauen dürfen und dass dieser Moment vielleicht unsere einzige Chance ist. Aber nichts tut sich. Chris und Ian wirken fassungslos und unentschlossen, während die Waffen gesenkt werden und die Mexikaner wortlos im Haus verschwinden. Plötzlich wird es so still, dass man den Wind durch die zerrissenen Lampions wehen hört. Das Knallen der Haustür durchbricht die Lautlosigkeit schließlich.

Es dauert noch einige Sekunden, bis wir nach und nach aus dem Schock erwachen und uns vor dem ramponierten Blumenbogen versammeln. Chris setzt sich zu mir auf den Boden, jedoch sehe ich ihn nicht an. Ich kann nicht. Wie leichtfertig er sein Leben aufs Spiel gesetzt hat, lässt mir keine Ruhe. Ist ihm unser gemeinsames Glück so egal, dass er sich in die Schussbahn wirft, statt dafür zu kämpfen?

»Selbst wenn ich dem Kerl glauben würde, könnten wir nicht einfach verschwinden. Wir können aber auch nicht hierbleiben«, erklärt Ian ernst. »Zuerst brauchen wir einen Plan und mehr Informationen.«

»Wir dürfen nicht zusammenbleiben«, flüstere ich und ziehe damit die Blicke der anderen auf mich. »In einer großen Gruppe können sie uns leichter aufspüren.«

»Damit hat Camy recht«, gibt Isa zu. »Vi, Laurel und das Baby müssen so tief untertauchen, dass nicht einmal wir sie finden können.«

»Ich chartere einen Privatflug für euch«, verkündet Ian entschlossen und zieht sein Handy aus der Hosentasche.

»Wohin?«, fragt Violet.

»Das besprichst du direkt mit dem Piloten«, sagt er. »Wir dürfen nicht wissen, wo ihr seid. Das ist am sichersten.«

»Wir gehen nicht ohne dich.«

»Color, ich muss dabei helfen, das zu klären.«

»Einen Dreck musst du!«, brüllt sie wütend. »Entweder bleibst du bei Caleb und mir, oder er geht mit Laurel und ich mit dir. Ich will ihm nicht irgendwann erklären, dass seine Mom feige war, während sein Dad allein sein Leben gelassen hat.«

»Soll Laurel ihm lieber erklären, dass seine beiden Elternteile getötet wurden, damit er in Sicherheit ist?«, wirft Ian ebenso stur ein. »Wäre das besser für ihn?«

»Mein Entschluss steht fest«, beharrt Vi.

»Geh mit ihnen«, fordert Chris überraschend.

»Ich will euch nicht allein an die Front schicken.«

»Das wissen wir. Und trotzdem wirst du es tun, denn es ist das Beste und Sicherste für deine Familie.«

Einige Sekunden vergehen, in denen sich niemand rührt, dann stößt Ian hart die Luft aus und nickt widerwillig.

»Das wäre geklärt«, mischt Isa sich ein. »Was werden wir tun, während die drei das Baby in Sicherheit bringen?«

»Wir drehen den Spieß um und jagen sie«, antwortet Chris düster.

»Wie genau stellst du dir das vor?«, wirft Ian ein und fährt sich durchs Haar. »Ihr könnt nicht mit gezogener Waffe durch die Gegend rennen und hoffen, einen von ihnen zu erwischen, bevor sie euch finden.«

»Besser, als keinen Tag zu verbringen, ohne Angst haben zu müssen, dass sie uns erledigen«, sagt Chris und springt auf. »Ich werde nicht tatenlos auf den Tod warten.«

»Was ist mit mir?«, frage ich und sehe zu meinem Verlobten. »Wo bleibe ich bei deiner Jagd?«

»Du versteckst dich mit den anderen«, erklärt er knapp.

»Du glaubst nicht wirklich, dass ich dich allein lasse, oder?«

»Du wirst gehen!«, beharrt er und baut sich vor mir auf.

»Nein«, widerspreche ich. »Wenn du dein Leben dermaßen leichtfertig aufs Spiel setzt, bleibt mir nichts anderes übrig, als deinen Babysitter zu spielen.«

»Fuck!«, brüllt Chris und rauft sich die Haare. »Verstehst du nicht, dass ich das für dich getan habe? Ich will, dass du ein normales Leben führen kannst«, erklärt er plötzlich zärtlich und legt mir eine Hand auf die Wange. »Du verdienst es, sicher und glücklich zu sein.«

»Ohne dich will ich kein Leben führen«, lasse ich ihn wissen und lehne mich in seine Berührung. »Vermisse ich meine Familie? Natürlich. Wünsche ich mir ein Leben ohne Gefahr, in dem wir uns als verheiratetes Paar eine Zukunft aufbauen? Mehr als alles andere. Aber wenn das Ziel auf sich warten lässt, dann nehme ich den Umweg in Kauf«, versichere ich ihm. »Was ich hingegen nicht akzeptiere, ist, von dir getrennt zu sein, Christian.«

Er erwidert nichts, doch das ist auch nicht nötig. Das sture Funkeln in seinen blauen Augen ist mir Antwort genug. Keiner von uns wird von seinem Standpunkt zurückweichen, und damit steht die Entscheidung fest: Ich bleibe bei Chris, und er wird nicht aufgeben zu versuchen, die Gefahr auszurotten.

Seine Hand gleitet von meiner Wange und hinterlässt eine kalte Spur auf meiner Haut, die mir beinahe mehr Angst macht als das Auftauchen der Herreros. Wenn ich ihn jemals verlieren sollte, würde sich mein Herz nicht davon erholen. Die Stille würde meine Seele verschlingen und in eine so tiefe Dunkelheit ziehen, dass kein noch so heller Lichtschein zu ihr dringen könnte.

»Lasst uns loslegen«, fordert Chris und wirft einen bedeutsamen Blick in die Runde. »Verschwinden wir von hier und beenden den Mist.«

26

Camy

Ich bin es leid, meine Sachen zu packen und zu fliehen. Bin es leid, alles zu verlieren, was ich mir mühevoll aufgebaut habe. Inzwischen fühle ich mich wie ein Blatt, das vom Wind hin und her getrieben wird, ohne die Richtung beeinflussen zu können. Ich wünschte, mein Leben wäre wie der Baum, der das Blatt trägt. Fest an einem Ort verwurzelt und dem Wind trotzend.

»Alles okay?« Chris macht sich Sorgen, so wie wir alle.

»Ich bin bloß müde«, lüge ich und betrachte die vorbeirasenden Häuser und Straßen aus dem Wagenfenster. Wir sind unterwegs zu einem winzigen Privatflughafen in der Nähe von Dublin. Chris hat dort Bekannte, die er mehr als gut dafür bezahlt, verschwiegen zu sein und uns innerhalb der Zehnstundenfrist aus Irland herauszuschaffen.

»Verrätst du uns endlich, wo wir hinfliegen?«, fragt Dylan vom Rücksitz aus. »Wenn ich mein Ziel nicht kenne, werde ich immer nervös.«

Nachdem wir ins Haus zurückgegangen waren, um alles Nötige für unsere Abreise vorzubereiten, fanden wir den muskulösen Techniknerd im Keller. Er hatte sich unter die ängstlichen Gäste gemischt, die aus dem Garten flohen, und wollte die CIA kontaktieren. Allerdings hatte er nur ein normales Handy dabei und im Keller keinen Empfang. Dass ein Genie wie er von Funkmasten schachmatt gesetzt wurde, barg eine tragische Komik.

»Ihr erfahrt, wohin es geht, sobald das Flugzeug startet und ich sicher bin, dass kein Abhörspielzeug in der Nähe ist«, erklärt Chris sachlich.

»Was glaubt ihr, wie lange Ian damit klarkommt, untätig zu sein?«, wechselt Isa das Thema. »Früher war er der Erste, der in den Kampf gezogen ist. Heute reist er einem Baby nach und wechselt Windeln. Ich kann mir nicht vorstellen, dass er das lang aushält.«

»Das nennt sich Erwachsenwerden«, kontere ich. »Seine Prioritäten liegen jetzt darin, seine Frau und sein Kind zu beschützen. Das ist wichtiger, als allen zu beweisen, wie viel Testosteron man hat.«

Ich drehe beinahe durch, weil ich nicht weiß, wo sie sich verstecken werden. Außerdem tut es weh, schon wieder von meiner besten Freundin und vor allem von meinem Patenkind getrennt zu sein. Wobei Caleb noch nicht offiziell mein Patenkind ist. Die Taufe sollte im kommenden Monat stattfinden. *Ein weiteres Ereignis, das nicht zustande kommt*, denke ich bitter und seufze tief.

»Hey«, sagt Chris behutsam und legt mir eine Hand aufs Knie. »Sprich mit mir, Curls. Ich bin da.«

»Es gibt nichts zu sagen.«

»Irgendwann musst du alles rauslassen und mit jemandem reden, sonst erstickst du an deinen Gedanken.«

Ich erwidere nichts, auch wenn ich weiß, dass Chris recht hat. Zum Diskutieren fehlt mir der Antrieb. Selbst dazu, zum Fahrersitz zu blicken und ihm ein erzwungenes Lächeln zu schenken, reicht es nicht.

Die folgende Stunde verläuft weitestgehend schweigend. Hin und wieder höre ich Isabella leise mit Dylan sprechen, doch auf den vorderen Sitzen bleibt es still. Ich würde am liebsten das Radio anstellen, um die Stille mit Musik zu durchbrechen, aber aus dem Auto wurde alles Elektronische entfernt, das nicht zum

Fahren nötig ist. Zur Sicherheit, damit wir nicht geortet werden können.

Am Straßenrand entdecke ich auf einem runden Schild das Symbol eines Flugzeugs, und prompt zieht sich mein Magen zu einem angespannten Knoten zusammen. In wenigen Minuten verlassen wir Irland und entziehen uns der Kontrolle der CIA. Etwas in mir fragt sich, ob das die richtige Entscheidung ist. Immerhin hat das FBI uns beim letzten Mal gerettet, in Sicherheit gebracht und in die Hände der CIA übergeben. Und auch wenn es nicht lange anhielt, hatten wir schöne Monate, die wertvoll waren, um Luft zu holen und Kraft zu tanken. Kraft, die wir dringend brauchen werden, wenn wir unter der Last nicht zusammenbrechen wollen.

»Wir sind gleich da«, verkündet Chris. Er steuert den Wagen auf eine Schotterstraße, die ins Nirgendwo zu führen scheint. Wiesen in kräftigem Grün ziehen an uns vorbei, ansonsten ist weit und breit nichts zu sehen. Keine Straße, Haus oder Scheune. Wir fahren um eine enge Kurve, und vor uns taucht, wie aus dem Nichts, ein hoher Metallzaun auf, dessen obere Enden durch Stacheldraht gesichert sind. Chris bremst ab und sieht zu einer Kamera hinauf, die den Eingang überwacht. Es vergehen nur Sekunden, dann ertönt ein elektrisches Surren, das selbst durch die geschlossenen Fenster hindurch zu hören ist. Das Tor schiebt sich auf, und Chris fährt unbeirrt hindurch. Er navigiert uns an riesigen Hallen vorbei und steuert bis zum hinteren Ende des weitläufigen Geländes. Vor dem letzten Hangar steht ein Mann mit vollem rötlichem Bart und kahlem Kopf. Chris bremst einige Meter vor ihm ab und stellt den Motor aus. Anscheinend sind wir am Ziel.

»Keiner verliert ein Wort darüber, wieso wir Irland verlassen.« Seine Stimme klingt autoritär und besorgt, nach außen gibt er sich jedoch gelassen und lächelt, als wäre alles in bester Ordnung. »Und keine echten Nachnamen. Benehmt euch normal.« Chris wendet sich zu mir und streicht liebevoll eine Locke von meiner Wange. »Denk daran, was ich dir in Tulsa gesagt habe. Im Transporter.«

Perplex runzle ich die Stirn, da macht es plötzlich klick. *Beinahe jeder Mensch ist käuflich, wenn man ihm genügend bietet*, das hat Chris mir damals versucht zu erklären, bevor ich Dylan zum ersten Mal traf. Damals wie heute finde ich diese Aussage schrecklich. Ich kann mir nicht vorstellen, ernsthaft mit einem Leben glücklich zu werden, in dem ich niemandem vertrauen darf.

Chris wartet, bis ich widerstrebend nicke, dann gibt er mir einen flüchtigen Kuss auf die Stirn und steigt aus. Isa und Dylan folgen ihm, ich hingegen bleibe sitzen und reibe mir matt übers Gesicht. Gedankenverloren blicke ich an mir hinab und versuche unter dem schmerzhaften Stich nicht zusammenzuzucken. Mein Hochzeitskleid ist ein Trauerspiel. Der untere Saum ist ausgefranst, überall sind dunkle Flecken, die beim Verstecken entstanden sind, und ohne den flauschigen Tüll wirkt es unvollkommen und trist. Tränen brennen in meinen Augen, die ich hartnäckig zurückdränge. *Keine Schwäche zeigen. Stark bleiben und durchhalten.* Meine Hochzeit hat nicht stattgefunden, aber wir sind immerhin am Leben, daran muss ich mich klammern. Die Feier können wir irgendwann nachholen, unsere Leben könnten wir hingegen nicht zurückholen. Und obwohl ich mir das einrede, schreit alles in mir vor Qual auf. Um mich abzulenken, sehe ich hinaus und betrachte die anderen. Isas rotes Kleid strahlt makellos, bloß der dünne Träger ist zerrissen. Auch Dylans Anzug hat kaum etwas abbekommen. Bei Chris ist es anders. Sein Jackett hat er zurückgelassen, und die rote Krawatte hängt lose um seinen Hals. Die obersten Knöpfe des Hemdes sind geöffnet, und seine blonden Locken stehen wild ab. Vom Vorzeigebräutigam ist nichts mehr zu erkennen.

Mit erzwungener Entschlossenheit dränge ich die Trauer zurück, steige aus und gehe zu meinen Freunden. Der kahlköpfige Mann bemerkt mich als Erster und nickt mir grüßend zu.

»Sie müssen Miss Peach sein.«

»Richtig«, erwidere ich und stelle mich neben Chris.

»Das ist Michael, ihm gehört der Flugplatz. Außerdem ist er unser Pilot«, erklärt er und legt den Arm um meine Hüfte.

»Wann geht's los?«, will ich wissen.

»Von mir aus sofort«, verkündet Michael und deutet zu einem kleinen weißen Flugzeug auf dem Rollfeld hinter ihm.

»Dann holen wir schon mal das Gepäck.«

»Wir?«, wiederholt Isabella und wirft Dylan einen so trockenen Blick zu, dass die Sahara dagegen wie ein Swimmingpool wirkt. »*Du* holst das Gepäck, meinst du wohl.«

»Und was machst du inzwischen?«

»Ich passe auf, dass du nichts kaputtmachst.«

Dylan rollt übertrieben mit den Augen und schüttelt den Kopf. »Dann los, Prinzessin. Ihr Diener steht bereit.«

»Ich helfe dir«, bietet Michael an.

»Danke, Kumpel. Wenigstens einer, der hilfreich ist«, sagt er und wirft Isa einen eindeutigen Blick zu.

Kichernd sehe ich ihnen nach, als Chris mich plötzlich dichter an sich zieht und die Arme um meinen Rücken schlingt. »Bist du bereit zu verschwinden?«

»Nein«, gestehe ich mit traurigem Lächeln. »Aber wir haben keine Wahl, also ergibt es keinen Sinn, darüber zu reden.«

»Ich will wissen, wie's dir geht, also ergibt es Sinn.«

»Chris …«

»Noch kannst du gehen«, unterbricht er mich, und ein bekümmerter Schatten huscht über sein Gesicht. »Ich würde es verstehen, wenn du lieber irgendwo abwarten willst, bis ich alles geregelt habe.«

»Wie oft muss ich dir noch sagen, dass ich ohne dich nirgendwohin gehe?«, erkläre ich zärtlich und reibe über seine Wangen, um die Traurigkeit aus seinen Zügen zu verscheuchen. »Ich liebe dich, Christian. Du und ich, wir stecken da gemeinsam drin, und wir bringen das auch gemeinsam zu Ende.«

Ohne Vorwarnung reißt er mich an sich und presst seine Lippen auf meine. Der Kuss steckt voller Verzweiflung und Angst. Angst vor dem, was uns bevorsteht, und auch davor, den anderen zu verlieren. Was die Zukunft für uns bereithält, weiß ich nicht. Ich weiß ja nicht einmal, wohin wir fliegen. Worin ich mir aber sicher bin, ist, dass die Flucht aus Rosehill ein Kinderspiel gegen das war, was nun vor uns liegt.

27

Chris

»Das ist nicht dein Ernst!«, schimpft Dylan. »Das ist die dümmste Idee, die du jemals hattest.«

»Im Gegenteil«, mischt Isa sich ein. Sie schlägt die Beine übereinander und lehnt sich so entspannt im Sitz zurück, dass man meinen könnte, sie sei auf den Weg in den Urlaub. »Die Herreros werden nicht damit rechnen, dass wir so dreist sind, uns direkt vor ihrer Nase zu verstecken. Sie werden ihre Leute überall auf der Welt nach uns suchen lassen, aber in Mexiko werden sie sich sicher fühlen.«

»Das ist der Plan«, stimme ich zu und greife nach Camys Hand. Ihre Finger sind eiskalt, was mich aus dem Takt bringt. Sie starrt auf die Knöpfe in ihrer Armlehne und hat noch kein Wort gesagt, seit wir uns gesetzt haben. Ich hasse es, sie leiden zu sehen. Hasse es, dass sie nicht das Leben führen kann, das sie verdient. Denn sie verdient definitiv etwas Besseres.

»Und was gehört noch zum Plan?«

Ich reiße mich von Camy los und sehe hinüber zu Dylan auf die andere Seite der Sitznische. Wir befinden uns in einem Privatjet, der Sitzplätze für acht Personen beinhaltet, und haben uns zusammen in eine Vierernische gesetzt. Zwischen uns steht ein fest verankerter Tisch, und an der Wand neben uns hängt ein Monitor, der alle möglichen Flugdaten anzeigt. Keine Ahnung, ob es Passagiere gibt, die sich für solchen Mist wie die Flughöhe interessieren. Mir ist das jedenfalls herzlich egal, solange wir am Ziel ankommen.

»Zuerst sortieren wir uns«, erkläre ich und merke, dass auch Camy sich nun ins Gespräch einklinkt. Sie sieht mich an, was ich als gutes Zeichen interpretiere. »Geld und falsche Ausweise stehen ganz oben auf der Prioritätenliste.«

»Was ist mit den Ausweisen, mit denen wir gerade unterwegs sind?«, fragt Camy, und innerlich juble ich auf, weil sie endlich aktiv wird.

»Michael musste unsere Namen bei der Flugbehörde angeben. Sobald wir gelandet sind, können wir sie nicht mehr benutzen. Die Herreros werden auf der Suche nach uns jedes Flugzeug überprüfen, das Irland heute verlassen hat. Auch wenn die Nachnamen nicht sofort mit uns in Verbindung gebracht werden können, werden sie jeder Spur folgen.«

Meine Verlobte kräuselt nachdenklich die Nase. »Also neue Namen, okay«, wiederholt sie. »Geld und ein Unterschlupf, macht Sinn. Aber was passiert, sobald wir das alles haben?«

»Dann«, setze ich an, »werden wir sie jagen.«

Camys Augen werden riesig. Ich rechne damit, dass sie mich anbrüllt und mir vorhält, wie dämlich sie die Idee findet. Doch das tut sie nicht. Statt mir ihre Meinung zu sagen, presst sie die Lippen zusammen und wendet den Blick ab, was sich wie ein Schlag in den Magen anfühlt. Camy ist verletzt und macht sich Sorgen. Das verstehe ich. Aber sie muss begreifen, dass wir keine andere Chance haben, als zu kämpfen. Zumindest nicht, wenn wir irgendwann ein halbwegs normales Leben führen wollen.

»Wieso willst du in einen Krieg ziehen, der bereits verloren ist?«, ertönt Dylans Stimme.

Widerwillig reiße ich mich von meiner Verlobten los und sehe ihn an, aber Isa kommt mir mit der Antwort zuvor.

»Meine Güte!«, ruft sie genervt. »Wenn du so einen Schiss

hast, dann schnapp dir einen Fallschirm und spring raus, so lange du noch kannst. Wenn du aber bei uns bleiben willst, dann halt die Klappe, find deine Eier und benimm dich nicht wie ein Waschlappen.«

Nicht zu lachen, fällt mir unheimlich schwer. Vor allem, weil Dylan beleidigt die Arme vor der Brust überkreuzt und einen Schmollmund zieht.

»Ich hab keinen Schiss«, behauptet er.

»Klar doch«, erwidert Isa augenrollend und bringt mich damit endgültig zum Lachen. Aber nur einen kurzen Moment, denn Camys abruptes Aufstehen lässt mich schlagartig verstummen. Sie schnappt sich ihre Reisetasche aus dem Fach über unseren Köpfen und drängt sich wortlos an mir vorbei. Ehe ich reagieren kann, verschwindet sie im winzigen Badezimmer und schließt die Tür hinter sich ab.

Isabella und Dylan führen ihre Sticheleien fort, ich kann mich jedoch auf nichts anderes als die geschlossene Tür konzentrieren. Weint Camy dahinter? Will sie allein sein, um nachzudenken, oder schreit sie ihren Frust in ein Handtuch? Es dauert nicht lange, bis meine Fragen eine Antwort bekommen. Die Tür öffnet sich, und Camy tritt in schlichten Jeans und einem sattgrünen Top heraus. In ihren Händen hält sie ein weißes Bündel, bei dessen Anblick ich hart gegen den wütenden Knoten im Hals ankämpfen muss.

Sie stopft das ramponierte Hochzeitskleid mit so viel Gewalt in den Mülleimer neben der zweiten Sitznische, dass das leblose Ding mir beinahe leidtut. Statt etwas dazu zu sagen, stehe ich auf. Überrascht verfolgt Camy meine Bewegungen, während ich die rote Krawatte aus meiner Hosentasche ziehe und auf sie zutrete. Dicht vor ihr bleibe ich stehen und stopfe die Krawatte zum Kleid in den Müll. Camy sagt nichts, aber das Zucken ihrer Mundwinkel und das Aufleuchten ihrer dunklen Augen ist eindeutig genug, um etwas von der Wut in mir zu mindern.

Die folgenden dreizehn Stunden Flug vergehen nur schleppend. Isa, Camy und Dylan schlafen immer wieder ein, wobei Camy häufig aufschreckt und sich hektisch umsieht. Jedes Mal nehme ich sie in den Arm, küsse sie und rede leise auf sie ein, damit sie sich beruhigt. Irgendwann schlafe auch ich ein, trotzdem fühle ich mich komplett gerädert, als wir schließlich in Cancún landen.

In Mexiko ist es später Vormittag, und Michael will nur schnell auftanken und auf seinen neuen Copiloten warten, ehe er sich auf den Rückflug macht.

»Danke für alles«, verabschiede ich ihn und drücke ihm einen Umschlag mit einigen Hundertdollarnoten in die Hände.

»Passt auf euch auf und genießt den Urlaub!«, ruft er.

Wenn es doch nur ein Urlaub wäre, Kumpel.

Mit den Reisetaschen über den Armen verlassen wir den überlaufenen Flughafen. Touristen hetzen an uns vorbei, ohne uns wahrzunehmen. Einige ziehen schwere Koffer hinter sich her, andere telefonieren oder unterhalten sich. Die Szenerie wirkt harmlos, trotzdem müssen wir schnellstens hier weg. Es genügt ein einziges verschwommenes Bild der Überwachungskameras, und wir fliegen auf.

»Ich schaue mal, ob ich hier irgendwo eine Autovermietung finde«, verkündet Dylan, aber bevor er auch nur den kleinen Finger bewegen kann, greife ich nach seinem Arm und halte ihn zurück.

»Wir nehmen ein Taxi«, erkläre ich. »Es gibt einige, die keine Lizenz haben. Normalerweise sollte man sich von solchen Taxen fernhalten, in unserer Situation sind sie allerdings die beste Option. Ihre Fahrten werden durch kein Taxameter festgehalten und sind somit schwer zurückzuverfolgen.«

Etwas an der Art, wie Dylan auf meine Worte reagiert, gefällt mir nicht. Seine Schultern spannen sich an, und in seinen Augen flimmert es auf eine Weise, die deutlich zeigt, wie wenig ihm mein Plan gefällt. Keine Ahnung, was seine Reaktion zu bedeuten hat, aber sie geht mir nicht aus dem Kopf. Selbst während wir bereits im nichtlizenzierten Taxi sitzen, denke ich noch darüber nach. Auch darüber, dass er sich im Keller versteckt hielt, statt uns beizustehen, als wir angegriffen wurden.

Wir fahren an den Stadtrand von Cancún, wo Ian und ich eine kleine Wohnung besitzen. Es ist nichts Besonderes, aber für unsere Zwecke wird es reichen. Das Wohnhaus wirkt heruntergekommen, im Treppenhaus stinkt es nach Marihuana, und die Wände sind mit Graffiti beschmiert. Hier kennt niemand seinen Nachbarn, oder, besser gesagt, keiner will den anderen kennen. Die Wohnung liegt im dritten Stock, und die Tür klemmt, weil so lange niemand hier war. Um ehrlich zu sein, wundert es mich, dass bisher nicht eingebrochen wurde.

»Was für ein zauberhafter Ort«, kommentiert Isa ironisch und wirft ihre Tasche aufs Sofa.

»Wenn du wegwillst, tu dir keinen Zwang an«, kontert Camy und schenkt ihr ein aufgesetztes Lächeln. Die zwei mögen sich, sind aber auf die gleiche Weise stur, was sie immer wieder aneinanderecken lässt.

Camy läuft durch die Wohnung und sieht in jeden Raum. In der Küche gibt es einen winzigen Kühlschrank, der ausgeschaltet ist, sowie einen Herd und die wichtigsten Utensilien, um zu kochen. Das größere Schlafzimmer verfügt über ein Doppelbett und einen Schrank, der schon beim Angucken beinahe auseinanderfällt. Im zweiten Schlafzimmer stehen zwei Einzelbetten und eine Kommode. Das Wohnzimmer besteht aus einem Sofa mit abgeplatztem Stoff, einem Couchtisch und einer Wohnwand mit Röhrenfernseher.

»Home, sweet home!«, ruft Dylan und plumpst aufs Sofa. »Hat noch jemand Hunger?«

»Fernandez«, murmelt Camy und ignoriert ihn. »Dieses Mal nicht Briscot?«

Ich zucke zusammen, und ohne es verhindern zu können, fliegt mein Blick zu ihr. »Was meinst du?«

»An der Tür«, erklärt Camy betont langsam und mustert mich so eingehend, dass ich mich ermahnen muss, ruhig zu bleiben. »Auf dem Namensschild steht Fernandez.«

»Ja.« Räuspernd wende ich den Kopf ab und treffe auf Isas wissende Augen. Undeutlich schüttle ich den Kopf, was ihr ein stummes Schnauben entlockt. »Jedes Versteck läuft unter einem anderen Namen.«

»Als wir damals in Oklahoma waren, meintest du, ihr verwendet den Namen Briscot öfter«, erinnert Camy sich, und ich fluche innerlich auf. Inzwischen kenne ich meine Verlobte gut genug, um zu wissen, dass sie nicht lockerlassen wird, bis sie die Wahrheit kennt. Aber die darf sie nicht erfahren. Niemals. Ich liebe Camy und vertraue ihr, aber hierbei geht es nicht um mich, sondern um jemanden, der auf mein Schweigen angewiesen ist, um zu überleben. Schlimm genug, dass Ian seine Klappe vor Isabella nicht halten konnte.

»In Oklahoma«, wiegle ich ab und wende mich gespielt unbedarft zu ihr. »Wir benutzen in jedem Bundesstaat andere Namen. Und in diesem Teil von Mexiko eben Fernandez. Das ist ein geläufiger Name, der kaum Aufmerksamkeit erregt.«

Ich sehe Camy an der Nasenspitze an, dass sie weiß, dass ich ihr etwas vorenthalte, und dass dieses Thema noch lange nicht vorbei ist. Für den Moment gibt sie sich damit glücklicherweise zufrieden und nickt.

»Nachdem das geklärt ist«, sagt Isa und tritt zwischen uns, als sei alles in bester Ordnung, »wie geht's weiter?«

»Dylan und ich gehen los und besorgen die Ausweise«, erkläre ich, froh über den Themenwechsel. »Außerdem brauchen wir Einweghandys, und ich muss meinem Kontaktmann einen Besuch abstatten. Vielleicht hat er schon etwas über die Suche nach uns gehört.«

»Ist es nicht zu riskant, jemanden darauf anzusprechen?«

»Es ist gefährlich«, gebe ich Isa recht. »Aber uns bleibt keine Wahl, wenn wir wissen wollen, was vor sich geht.«

»Wir bringen auch etwas zu essen mit«, unterbricht Dylan mich und springt so energiegeladen vom Sofa auf, dass ich ihn verwundert ansehe. »Irgendwelche Wünsche?«

»Schokolade«, antwortet Camy prompt. »Und Gummidrops.«

Mein Blick schießt zu ihr, und zum ersten Mal seit der verpfuschten Hochzeit erkenne ich meine Camy in ihr wieder. Die Camy, die so hartnäckig und stur sein kann, dass es einen in den Wahnsinn treibt und gleichzeitig so niedlich wirkt, dass man nicht anders kann, als sie zu lieben.

»Für dich immer, Curls«, sage ich liebevoll.

Sie lächelt zaghaft, und ihre Wangen verfärben sich rot. Am liebsten würde ich sie ins Schlafzimmer schleppen und für die entgangene Hochzeitsnacht entschädigen.

»Christian«, tadelt Camy lachend. »Hör auf, mich so anzusehen. Dafür ist jetzt nicht die richtige Zeit.«

»Dafür ist immer die richtige Zeit, Schönheit«, widerspreche ich grinsend.

»Camy hat recht«, mischt Dylan sich ein, und meine Faust juckt vor Sehnsucht nach seinem Gesicht. »Wir müssen los. Für den Pornodreh habt ihr in der Nacht Zeit.«

Wie sehr es mich ankotzt, auf der Flucht zu sein, statt mit meiner frisch angetrauten Ehefrau in den Flitterwochen durch die Laken zu toben, kann ich nicht in Worte fassen. Da ich leider nichts daran ändern kann, stimme ich schlecht gelaunt zu und schnappe mir einen Umschlag mit Geld und eine Pistole aus der Reisetasche. Camy hasst Waffen, also drücke ich sie Isa in die Hand und weise sie an, erst zu schießen und dann Fragen zu stellen, sollte jemand durch die Tür kommen, den sie nicht kennt.

»Alles klar.« Mehr sagt Isa nicht. Sie stellt keine Fragen, wird durch die Waffe nicht unsicher und bekommt auch keine Angst. Nein, diese Frau ist ebenso aufgewachsen wie Ian und ich und weiß genau, dass einem manchmal keine andere Wahl bleibt, als zu schießen. Toll finden wir das alle nicht, aber wir erkennen an, dass es notwendig ist, und arrangieren uns mit dem Übel. Es ist eine Sache zu kämpfen, eine ganz andere aber zu töten. Vor allem Camy will ich das ersparen. Auch wenn sie äußerlich tough wirkt, besitzt sie ein sanftes Herz und eine zarte Seele und würde es nicht verkraften, jemandem das Leben zu nehmen. Hoffentlich wird sie das nie tun müssen.

28

Camy

Als Texanerin bin ich Wärme gewohnt und wurde seit Babytagen gegen hohe Temperaturen und unerbittliche Sonnenstrahlen abgehärtet. Mit Mexiko verglichen, ist unser Klima allerdings ein Witz. Der Thermostat am Fenster zeigt einundvierzig Grad an, was nichts ist, das ich nicht kennen würde. Aber Gott! Die Hitze ist so trocken, dass das Luftholen sich anfühlt, als würde ich an einer Heizung nuckeln.

»Geh kalt duschen«, schlägt Isa gelangweilt vor.

»Das wäre das Dämlichste, was ich tun könnte«, erkläre ich und lehne mich an die Wand neben dem Fenster. »Der Körper kühlt runter und braucht dann enorm viel Energie, um wieder auf seine gewohnte Temperatur zu kommen. Dadurch wird es nur schlimmer, und man schwitzt noch mehr als vorher.«

Sie zuckt mit den Schultern und schlendert zu ihrer Tasche. »Tu es oder lass es. Ich gehe jedenfalls duschen und ziehe mich um.« Mit der Tasche in einer und der Waffe in der anderen Hand tritt sie an mir vorbei ins Bad. »Ich lass die Tür offen. Damit ich es höre, sollte jemand kommen.«

Irritiert runzle ich die Stirn. »Und was genau willst du dann tun?«, hake ich nach. »Nackt und mit gezogener Waffe in den Raum springen und jemanden abknallen?«

»Wieso nicht?«, erwidert sie lapidar und lässt mich sprachlos im Wohnzimmer zurück.

Viel weiß ich nicht über Isa. Violet hat mir die Kurzversion anvertraut, nämlich dass Isas Familie im großen Stil Geldwäsche für Kriminelle betrieben hat. Nachdem ihr Vater erwischt wurde, hauten sie nach Frankreich ab und lebten dort unter falschen Namen. Vor wenigen Jahren verstarb er, und Isabella kam zusammen mit ihrer Schwester und ihrer Mutter zurück in die USA. Sie nahmen ihre richtigen Namen wieder an und führten ihr Luxusleben unbeirrt fort. Zumindest bis sie in den Prozess hineingezogen und erneut aus ihrem Leben gerissen wurden.

Ich habe am College genug gelernt, um zu wissen, dass mehr hinter der Story steckt, als ich weiß, und dass es sicherlich eine Schlagzeile wert ist. Die Reporterin in mir kann sich kaum im Zaum halten, Isabella nicht mit Fragen zu löchern. Im Normalfall ist meine rationale Seite chancenlos dagegen, in diesem Fall siegt unüblicherweise jedoch die Vernunft. Es ist ihre Geschichte, nicht meine. Und auch wenn meine Neugier nur zu gern befriedigt werden will, respektiere ich ihre Privatsphäre. *Wo wir gerade davon sprechen …* Mein Kopf läuft hochrot an, als Isa nackt, wie Gott sie schuf, aus dem Bad schlendert und in die Küche geht. Gelassen kramt sie eine Schere aus der Schublade und geht zurück ins Bad, wobei sie mir im Vorbeigehen amüsiert zuzwinkert.

Irritiert und interessiert zugleich folge ich ihr und bleibe in der offenen Tür stehen. Isa hat sich vor den Spiegel gestellt und hält eine Strähne ihres langen blonden Haars zwischen den Fingern.

»Bevor du fragst und ich mich verschneide«, setzt sie an und wirft mir durch den Spiegel einen kurzen Blick zu. »Ich schneide meine Haare ab. Die Länge erregt zu viel Aufsehen, und das können wir nicht gebrauchen. Du solltest übrigens auch etwas mit deinen Locken anstellen«, setzt sie nach und macht den ersten Schnitt. Sanft wie Federn rieseln die Haare ins Waschbecken.

»Meine Locken?«, wiederhole ich unkonzentriert.

»Viel zu auffällig«, antwortet sie und schneidet weiter. Nach und nach fallen dicke Strähnen hinab, und als Isa schließlich die Schere auf den Waschbeckenrand legt, reichen ihre Haare nur noch bis zum Kinn. »Ich hätte die Jungs bitten sollen, mir Haarfärbemittel aus der Drogerie mitzubringen.«

»Macht dir das gar nichts aus?«, frage ich fassungslos.

Sie zuckt mit den Schultern und beugt sich zu ihrer Tasche vor. Gemächlich zieht Isa eine schwarze kurze Stoffhose und ein gelbes Top heraus. »Es sind nur Haare. Die wachsen nach. Wenn mich jemand erkennt und erschießt …« In aller Ruhe richtet sie sich wieder auf und schlüpft ohne Unterwäsche in die Hose. »Mein Leben wächst nicht nach.«

Kopfschüttelnd gehe ich zurück ins Wohnzimmer und setze mich aufs Sofa, wobei ich wie von selbst nach einer meiner Locken greife. Laut würde ich das nie zugeben, aber Isabella hat recht. Meine Mähne ist auffällig und sticht aus der Masse heraus wie ein Hippie auf einer Beerdigung. Sie abzuschneiden, kommt dennoch nicht infrage. Früher habe ich oft darüber nachgedacht, ebenso wie eine chemische Glättung im Gespräch war. Wenn ich jetzt daran denke, zieht sich mein Herz schmerzlich zusammen. Die Locken habe ich von Mom geerbt, die Farbe von Dad. Vermutlich kann das niemand nachvollziehen, aber meine Haare sind zu einer Erinnerung an meine Eltern geworden. Zu etwas, was mich mit ihnen verbindet und mir dabei hilft, niemals zu vergessen, wo ich herkomme. So oft, wie ich in den vergangenen eineinhalb Jahren den Ort und den Namen wechseln musste, tut es gut zu wissen, dass es etwas gibt, was mir immer wieder dabei hilft, mich an meine Wurzeln zu erinnern.

Die Stunden verstreichen, und langsam, aber sicher mache ich mir Sorgen um Dylan und Chris. Immer wieder huscht mein Blick zur Tür, ich spähe durchs Fenster und lausche auf jedes noch so leise Geräusch im Treppenhaus. Doch weit und breit ist nichts von ihnen zu sehen.

»Setz dich endlich hin«, verlangt Isa und sieht flüchtig von ihren Nägeln auf. »Du machst mich nervös.«

»Machst du dir keine Sorgen um die zwei? Sie sind schon viel zu lange weg.«

Seufzend schließt Isabella ihre Nagellackflasche und stellt sie auf den Couchtisch. »Nein«, erwidert sie ruhig. »Ich kenne Chris schon mein halbes Leben, und wenn ich eins über ihn weiß, dann, dass er immer zurückkommt. Zwar nicht an einem Stück, aber er kommt.«

»Das ist nicht witzig!«

»Soll es auch nicht sein«, erklärt sie und sieht untypisch mitfühlend zu mir auf. »Camy, Chris ist dieses Leben gewohnt. Nicht unbedingt, auf der Flucht zu sein, aber sich verstecken zu müssen. Früher versteckte er sich regelmäßig vor der Polizei oder vor den Hastings. Glaub mir, wenn ich dir sage, es gibt keinen Grund zur Sorge.«

Ich zwinge mich, die Finger zu lockern, und atme tief aus. Inzwischen verstehe ich, was Chris damals meinte, als er sagte, wir dürften das zwischen uns nicht zulassen, weil es alles verkomplizieren würde. Um einen Freund würde ich mich auch sorgen, aber die Angst, die ich um Chris habe, bringt mich beinahe um. Ihn zu verlieren, ist mein größter Albtraum. Aus genau diesem Grund hat er mich am Anfang von sich gestoßen, das weiß ich jetzt. Er musste konzentriert bleiben und die Lage im Griff haben. Unsere Beziehung wäre eine Ablenkung gewesen, und heute, wo unsere Lage noch gefährlicher ist, stellt sie sogar einen Risikofaktor dar.

»Woran denkst du?«, will Isa wissen und legt interessiert den Kopf schief.

Ein Knacken im Treppenhaus erspart mir die Antwort. Ich schaue zur Tür, und mein Herz pumpt plötzlich so heftig, dass ich es auf der Zunge spüre. Sofort ist auch Isa in Alarmbereitschaft. Mit erschreckend abgeklärtem Griff packt sie die Waffe vom Tisch und richtet sie geradewegs auf die Tür. Jemand rüttelt von außen daran, versucht sie zu öffnen – dann wird es schlagartig still. Ich halte den Atem an und bete, dass sich bloß jemand in der Tür geirrt hat, da verpufft die Stille und Schritte ertönen. Viele Schritte.

Im Augenwinkel bewegt sich etwas. Isa ist aufgestanden und hat sich breitbeinig in den Raum gestellt. Die Waffe hält sie mit beiden Händen auf die Tür gerichtet, und ihre Augen funkeln, bereit für den Angriff. Dieser Anblick bringt Leben in meinen Körper. Mein Puls schießt in die Höhe, und eine Welle aus Adrenalin überschwemmt mich. Lautlos laufe ich in die Küche und ziehe so leise wie möglich eine Schublade auf. Ohne groß nachzudenken, ziehe ich das erstbeste scharfe Messer heraus und renne zurück ins Wohnzimmer. Isa wirft mir einen kurzen Blick zu, und ein zustimmendes Lächeln umspielt ihre vollen Lippen.

Das Getrampel wird lauter und dröhnt durch die Wände, wie der Bass einer riesigen Box. Zumindest fühlt es sich so an.

»Daros prisa! Mamá ha cocinado!« Die helle Stimme eines Jungen schallt durchs Treppenhaus. Mein Schulspanisch ist zwar nicht sonderlich gut, aber das kann sogar ich übersetzen.

»Eine Gruppe Jungs«, erkenne ich ungläubig und schüttle erleichtert den Kopf. »Wir hatten Höllenangst, weil Kinder nach Hause zum Essen rennen.«

»Halt die Klappe«, verlangt Isa flüsternd, und auf einen Schlag vergeht mir die Heiterkeit.

»Was ist los?«, hauche ich und umfasse das Messer fester.

»Da ist noch jemand«, formt sie mit den Lippen.

Bist du dir sicher? will ich fragen, doch die Worte bleiben mir vor Anspannung im Hals stecken. Jeder Luftzug und jedes noch so leise Geräusch klingen plötzlich überlaut und treiben meinen Puls weiter an. Doch mit den tatenlos verstreichenden Sekunden legt sich die Angst und wird zu einer ertragbaren Unsicherheit. Gerade will ich den Mund öffnen, als erneut Schritte zu hören sind. Ein feines Rauschen erklingt, als würde jemand flüstern, dann rüttelt es wieder an der Tür.

Was auch kommt, Isa und ich schaffen das. Wir müssen.

Entschlossen hebe ich das Messer an und umfasse es mit beiden Händen – da öffnet sich die Tür.

29

Camy

»Das Essen ist da!« Dylan hält abrupt inne und blickt abwechselnd zu meinem Messer und Isas Waffe. »Anscheinend haben wir etwas verpasst.«

Das Messer entgleitet meinen zitternden Fingern und landet scheppernd auf dem kahlen Betonboden. Ein erleichterter Laut entweicht meiner Lunge, als ich Chris hinter Dylan entdecke. Mein Puls beruhigt sich, und mein Herz macht einen befreiten Sprung. Ohne mich zu bremsen, renne ich auf ihn zu und werfe mich mit so viel Schwung in seine Arme, dass er beinahe das Gleichgewicht verliert und Mühe hat, mich aufzufangen.

»Hey, hey, Curls.« Chris lacht und streicht mir übers Haar. »Ich freue mich auch, dich zu sehen.«

»Ich will dich nicht verlieren«, gestehe ich und vergrabe das Gesicht in seinem Shirt. »Niemals.«

»Das wirst du auch nicht«, erwidert er und küsst mich sanft auf den Scheitel. »Versprochen, Curls. Mich wirst du nicht los. Wir gehören zusammen.«

Einen Augenblick gönne ich mir, um seine Nähe zu genießen und meiner Seele zu beweisen, dass er tatsächlich wohlbehalten zu mir zurückgekommen ist, dann sehe ich mich nach den anderen um. Isa hat inzwischen Pappschachteln auf dem Tisch verteilt und sich neben Dylan aufs Sofa gesetzt, womit das winzige Ding voll besetzt ist. Kurzerhand greife ich mir zwei Kissen von der Sofalehne und drapiere sie auf dem Boden, damit Chris und ich uns daraufsetzen können.

»Also«, sagt er, sobald er sitzt, und sieht mit erhobener Braue zwischen Isa und mir hin und her. »Was genau ist in unserer Abwesenheit vorgefallen, dass ihr uns so herzlich in Empfang genommen habt?«

»Jemand hat an der Tür gerüttelt«, sagt Isa desinteressiert. »Gebt ihr mir mal den Ketchup?«

Ohne auf ihre Bitte einzugehen, drückt Chris meine Hand. »Was ist passiert?«

»Im Treppenhaus gab es merkwürdige Geräusche«, erwidere ich und versuche ebenso abgebrüht darüber zu sprechen, wie Isa es tut. »Es wurde an der Tür gerüttelt, und wir dachten, jemand würde versuchen einzubrechen. Schließlich haben Kinder durchs Treppenhaus gebrüllt und sind in eine Wohnung weiter oben gerannt.«

»Und Isabellas Haare sind wie genau unters Messer gekommen?«, will Dylan wissen.

»Die Kinder waren sicherlich nicht diejenigen, die versucht haben, hier einzubrechen«, erklärt Isabella überzeugt und übergeht seine Frage.

»Vielleicht wussten ihre Freunde nicht, welche Wohnung es ist, und haben sich in der Tür geirrt«, werfe ich ein.

»Klar«, kommentiert sie herablassend, und prompt will ich über den Tisch hechten und mich auf sie werfen. »Und weil du nicht daran geglaubt hast, dass jemand einbrechen will, hast du das Messer gewetzt. Gib doch zu, dass du Angst hattest. Ist doch nichts dabei.«

Doch, es ist etwas dabei! brülle ich innerlich. *Immerhin bin ich die Einzige in dieser lustigen Runde, die ein Problem damit hat, jemanden anzugreifen, geschweige denn Tote zu sehen.*

»Lasst uns essen und dann versuchen, etwas Schlaf zu bekommen«, schlägt Dylan diplomatisch vor und reicht mir eine

Pappschachtel. Dankbar nehme ich sie ihm ab und sehe hinein. Darin kommen ein saftiger Burger, Pommes und eine Handvoll Hot Wings zum Vorschein. Wie auf Kommando knurrt mein Magen, und mir läuft das Wasser im Mund zusammen. Seit über zwanzig Stunden habe ich nichts mehr gegessen, was wohl die längste Essenspause meines Lebens darstellt. Hungrig greife ich nach einer Pommes, da hält Chris mir plötzlich eine braune Papiertüte unter die Nase. Neugierig lege ich die Pommes zurück in die Schachtel und öffnet die Tüte.

»Süßkram!«, rufe ich begeistert. »Danke, danke, danke!«

»Für dich immer, Schönheit.«

Ich stelle die Tüte auf den Boden neben mich, gebe meinem Verlobten einen schnellen Kuss auf die Wange und will erneut nach der Pommes greifen, doch Chris hat andere Pläne. Ruckartig packt er mich an der Hüfte und zieht mich zu sich. Ich kichere erschrocken auf und rutsche auf seinen Schoß.

»Hallo, baldige Mrs. Green«, raunt er dicht vor meinen Lippen und streicht mir verheißungsvoll über die Leiste.

»Denkst du wirklich, dass die Hochzeit irgendwann stattfindet?«, frage ich und gebe mir Mühe, die kreisenden Bewegungen seines Schoßes außer Acht zu lassen.

»Natürlich«, erwidert Chris überzeugt und küsst mich zärtlich auf den Kiefer. »Sie wird stattfinden, und du wirst meine Frau. Du wirst meinen Namen tragen, und irgendwann wirst du eine tolle Mutter für unsere Kinder sein.«

Überrascht reiße ich die Augen auf. »Kinder?«

»Wir haben nie darüber gesprochen«, gibt Chris zu. »Aber ich würde gern irgendwann Kinder haben. Du nicht?«

»Einen Haufen kleiner süßer Christians und Camys?«, sinniere ich gespielt nachdenklich und ernte prompt einen Klaps auf den Hintern. »Natürlich will ich Kinder mit dir, Chris. Wie könnte ich auch nicht wollen?«, setze ich verträumt nach und streiche ihm vielsagend über die Lippen. »Mal davon abgesehen, dass es sehr großen Spaß machen wird, es zu versuchen, kann ich mir keinen größeren Beweis für unsere Liebe vorstellen als ein kleines Wesen, das zum Teil aus dir und zum Teil aus mir besteht.«

»Lasst den größeren Teil bitte nach Camy kommen«, kommentiert Dylan trocken. Er hat ein unschlagbares Talent dafür, die Stimmung zu ruinieren.

»Sei froh, dass ich dich mag«, verkündet Chris und funkelt Dylan über meine Schulter hinweg warnend an. »So oft, wie du uns schon gestört hast, ist es ein Wunder, dass ich dich noch nicht gelyncht habe.«

»Hey!«, ruft Dylan und hebt entschuldigend die Hände. »Timing war noch nie mein Ding, das gebe ich zu. Ist aber kein Grund, mich aufzuhängen.«

Der kleine Schlagabtausch lockert die Stimmung spürbar auf. Das Damoklesschwert über unseren Köpfen vergessen wir dennoch nicht. Auch wenn wir lachen, sind wir uns der Gefahr leider überdeutlich bewusst, was die vielen vorsichtigen Blicke zur Tür deutlich beweisen.

Das restliche Essen verläuft friedlich, allerdings vermeide ich es, Isa anzusehen. Es ist irrational, dass ich wütend auf sie bin. Sie hat einen dummen Spruch gemacht, aber so ist sie nun mal. Isabella sagt, was sie denkt, und genau dafür mag ich sie. Ich glaube, das wahre Problem liegt darin, dass ich mich in dieser Situation nicht zurechtfinde. Die anderen wissen, was zu tun ist, leisten einen Beitrag und handeln, während ich planlos danebensitze. Um zumindest irgendetwas beizutragen, räume ich den Tisch auf und wasche das Besteck ab. Dabei höre ich Dylan und Chris nebenan einen Zeitplan ausarbeiten, wann wer Nachtwache hält.

»Ich kann auch eine Schicht übernehmen«, meldet sich Isabella zu Wort.

»Ich halte auch Wache!«, entscheide ich und trete ins Wohnzimmer. »Wenn wir euch unterstützen, bekommt zumindest jeder von uns etwas Schlaf.«

»Kommt nicht infrage«, verkündet Chris und sieht entschlossen zu mir. »Ihr braucht den Schlaf. Dylan und ich wechseln uns ab. Das reicht völlig.«

»Ihr braucht den Schlaf mindestens genauso dringend wie wir«, kontere ich und stemme die Hände in die Seiten. »Außerdem hatten wir das Thema schon. Damals, in Oklahoma. Wag es nicht, wieder mit mir darüber zu diskutieren, Chris.«

»Damals war ich allein, jetzt teile ich mir die Verantwortung mit Dylan. Das verändert die Situation.«

»Du teilst dir die Verantwortung mit uns allen«, korrigiere ich ihn. »Entweder planst du Isa und mich für eine Wache ein, oder ich bleibe die ganze Nacht wach und setze mich aufs Sofa.«

Chris flucht und fährt sich ruppig durchs Haar. »Wenn's sein muss«, gibt er widerwillig nach. »Aber dann haltet ihr gemeinsam Wache. Und ihr bekommt die letzte Schicht. So könnt ihr zumindest durchschlafen.«

Ich nicke zufrieden über diesen Kompromiss und werfe Isa einen Blick zu. Sie steht mit verschränkten Armen vor dem Badezimmer und beobachtet die Szene, ohne sich einzumischen. Keine Ahnung, ob sie ein Problem damit hat, mit mir gemeinsam Wache zu halten. Im Endeffekt ist mir das aber auch egal. Wenn es ihr nicht passt, soll sie liegen bleiben und mich allein lassen.

Die Camy, die in den vergangenen dreißig Stunden vor Angst gezittert und mutlos rumgesessen hat, ist passé. Ich war in meiner Trauer um die Hochzeit und das Leben, das ich mir so sehr wünsche, gefangen. Aber damit ist jetzt Schluss. Wir werden dieses Kapitel gemeinsam überstehen, so wie wir bisher alles gemeistert haben. Und wenn es so weit ist, die Dunkelheit sich verzogen hat und wir in der Sonne stehen, werden wir stärker denn je sein.

30

Chris

Ich wecke niemanden. Morgen früh werden alle stinkwütend auf mich sein, und die Wahrscheinlichkeit, dass Camy mich anbrüllt, ist extrem hoch – allerdings ist mir das egal. Nicht zu schlafen, ist für mich nichts Neues, die anderen hingegen würden ohne genügend Schlaf zu wandelnden Katastrophen mutieren. Okay, Isabella vermutlich nicht, aber Dylan und Camy sind Langschläfer. Es ist mehr als wichtig, dass sie einen klaren Kopf haben, sollte es darauf ankommen. Ich hatte gedacht, es würde Camy reichen, wenn ich behaupte, mir die Wache mit Dylan zu teilen. Tja, wie so oft habe ich den Kampfgeist meiner Verlobten unterschätzt.

In einem der Küchenschränke finde ich eine Schachtel mit Instantkaffee, der vermutlich älter ist als ich. Die Plörre schmeckt nach Schmutzwasser, aber zumindest enthält sie Koffein. Möglichst leise setze ich mich aufs Sofa, nippe gedankenverloren an dem Gesöff und zünde mir eine Zigarette an. Seit dem Angriff auf der Hochzeit frage ich mich, wie sie uns gefunden haben und wer *sie* sind. Don Juan Herrero, seine Frau sowie ihre Söhne Carlos und Eduardo wurden an die USA ausgeliefert und sitzen dort langjährige Haftstrafen ab. Das FBI hat mehr als nur ein Auge auf ihre Aktivitäten und verhindert, dass sie etwas aus dem Knast heraus unternehmen. Wer also leitet das Kartell, und wieso ist diese Person so hartnäckig hinter uns her? Immerhin hätte derjenige diese Position nicht erreicht, wären unsere Aussagen nicht gewesen, da diese die Hauptanführer hinter Gitter gebracht haben. Da es nichts bringt, mir weiter darüber den Kopf zu zerbrechen, stehe ich auf und trete ans Fenster. In der Wohnung sind die Lichter ausgeschaltet, also kann ich den Vorhang bedenkenlos zur Seite ziehen und in der Dunkelheit einen Blick auf die Straße riskieren. Auf der gegenüberliegenden Seite stehen fünf Jungs vor einem Hauseingang und reichen einen Joint herum, ansonsten bewegt sich nichts. Ich ziehe an der Zigarette und sehe weiter die Straße hinab. Ein Auto fällt mir auf, das ein Stück weiter weg geparkt wurde. Das Modell erkenne ich nicht, sehr wohl aber, dass die neuwertigen glänzenden Felgen nicht zum ausgeblichenen Lack passen. Im Dunkeln kann ich nicht erkennen, ob jemand darinsitzt, aber mein Instinkt rät mir, das Auto nicht aus den Augen zu lassen.

Es dauert gut eine Stunde, bis sich tatsächlich etwas regt und mir beweist, dass mein Instinkt mich nicht im Stich gelassen hat. Die Wagentüren öffnen sich. Undeutlich sehe ich zwei Männer in dunklen Hemden und schwarzen Hosen, die aussteigen und zum Kofferraum gehen. Ich kann nicht ausmachen, was genau sie hinter dem Heck tun, aber dass es nichts Gutes ist, steht fest. Sicherheitshalber taste ich nach meiner Pistole am Hosenbund. Es juckt mich in den Fingern, die Schweine dafür leiden zu lassen, dass sie Camy ihren großen Tag versaut haben. Vielleicht bekomme ich heute Nacht endlich die Gelegenheit dazu.

Die Heckklappe wird zugeworfen, und die Männer sehen sich kurz um, dann überqueren sie die Straße und gehen auf unser Wohnhaus zu. Ohne weiter Zeit zu vergeuden, renne ich zu den Schlafzimmern und reiße die Türen auf. Isa setzt sich sofort auf und ist hellwach. Ein knappes Nicken reicht, damit sie nach der Pistole unter ihrem Kissen greift und aufsteht.

»Weck Dylan«, flüstere ich und sehe in Camys Zimmer. Müde reibt sie sich die Augen und gähnt so niedlich, dass es mir einen Stich versetzt. Dass diese unschuldige Frau erneut fliehen muss, ist unfair. So sollte sie nicht leben müssen.

»Sie sind da«, raune ich ihr zu. Schlagartig springt sie aus dem Bett, nimmt das Messer vom Nachttisch und schlüpft in ihre Schuhe. Dylan schleicht unterdessen zur Wohnungstür und drückt ein Ohr daran. Plötzlich zuckt er zurück und reißt den Kopf herum. »Jemand kommt«, wispert er.

Meine Haut kribbelt, mein Herz pumpt unaufhörlich Adrenalin durch meine Adern und setzt meinen Körper unter Strom. Das vorfreudige Lächeln kann ich mir nicht verkneifen, was mir ein Stirnrunzeln meiner Verlobten einbringt. Eilig wische ich es mir aus dem Gesicht und sehe weg. Ich will Rache. Rache für die verpfuschte Hochzeit, dafür, dass sie uns aus den USA vertrieben haben, und dafür, dass die Menschen um mich herum aus ihren gewohnten Leben gerissen wurden. Ich weiß, dass Rache keine Emotion ist, von der man sich leiten lassen sollte, aber ich kann nicht anders. Die Wut hat sich in mir festgesetzt und drückt von innen gegen die fragilen Wände meiner Selbstbeherrschung. Sie will ausbrechen und einen Tornado auslösen, der alles unter sich begräbt, was ihr im Weg steht.

Der Türknauf wackelt. Routiniert hebe ich die Waffe und ziele auf die Tür. Dylan tritt hastig aus der Schussbahn – und stolpert. Ihm entgleitet im Fall die Waffe und rutscht scheppernd über den kahlen Boden. Dann geht alles plötzlich ganz schnell. Isa und ich entsichern die Pistolen, Camy hebt ihr Messer, und Dylan krabbelt zu uns. Er streckt die Finger nach seiner Waffe aus, doch ehe er sie erreicht, springt die Tür auf. Neben mir zuckt Camy zusammen, und ich muss mich zwingen, nicht nach ihrer Hand zu greifen, um ihr Mut zu machen. Ich muss konzentriert bleiben, wenn ich unsere Hintern hier heil rausbekommen will.

Ich fokussiere die Männer im Türrahmen. Sie sind zu zweit, haben dunkle Haare und einprägsame Gesichter. Einer von ihnen hält eine Schrotflinte mit abgeschnittenem Lauf auf uns gerichtet, der andere hält eine Brechstange in den Händen und trägt seine Waffe am Hosenbund. Brechstange ist dünn und groß, womit er perfekt zu seinem Werkzeug passt. Er hat eine Narbe am Kinn, die so wulstig ist, dass ich sie sogar im Halbdunkel erkenne. Der Schrotflintentyp hingegen ist muskulös und hat ungefähr meine Größe. Dass sie nur zu zweit sind, würde uns einen Vorteil verschaffen, wäre da nicht Dylan, der direkt vor den Mexikanern am Boden kauert und eine perfekte Zielscheibe abgibt. Fehlt nur noch der rot-weiße Ring auf dem Rücken.

»Guten Morgen, Jungs«, sage ich, um sie von ihm abzulenken. »Hätte ich gewusst, dass ihr uns besucht, hätte ich einen Kaffee aufgesetzt.«

»Estás muerto«, sagt der Muskulöse und tritt in die Wohnung. »Wir haben euch.«

»Sehe ich anders«, höre ich Isa, und ehe ich eingreifen kann, schießt sie. Der Knall lässt mein Trommelfell vibrieren und entlockt Camy einen erschrockenen Laut. Die Kugel zischt an mir vorbei und schlägt in den Türrahmen ein. Dass Isa nicht getroffen hat, war definitiv Absicht, denn diese Frau trifft immer. Es war eine Warnung, kein Angriff.

Der Brechstangentyp hechtet ins Treppenhaus und bringt sich in Sicherheit. Der andere ist entweder sehr mutig oder einfach nur dumm, denn er tritt einen weiteren Schritt auf uns zu. So nah, dass sein Fuß beinahe an Dylans Leiste stößt.

»Ihr habt verloren«, verkündet er in schlechtem Englisch. »Wenn wir euch nicht kriegen, tun es andere. Kommt jetzt mit, und ich verspreche, dass den Frauen nichts passiert.«

Ich schnaube. »Wieso sollte ich dir glauben?«

»Weil das Kopfgeld auf die Frauen nicht halb so hoch ist wie das auf dich, Christian Green.«

Bähm! Als hätte mir jemand einen Schlag verpasst, zieht sich mein Magen krampfartig zusammen, und meine Augen weiten sich.

Der Mexikaner grinst zufrieden über die Reaktion und senkt seine Waffe. Viel zu entspannt lehnt er sich an die Sofakante und zwinkert Camy zu. Diese Arroganz bringt mein Blut zum Kochen, aber ich bleibe ruhig. Zumindest äußerlich. Wenn er so dämlich ist, uns dieses Detail zu verraten, plaudert er vielleicht noch weitere wichtige Dinge aus.

»Ich fühle mich geschmeichelt. Aber wieso bin ich teurer?«

Er zuckt mit den Schultern. »Keine Ahnung«, erwidert er. »Vielleicht hast du sie mehr genervt als die Weiber. Das Kopfgeld auf sie ist auch nicht schlecht, aber man merkt, bei wem ihre Prioritäten liegen.«

Sie. Uns jagt also eine Frau. Aber welche Frau, und wie konnte sie so viel Macht und Einfluss bekommen, um Befehle zu geben?

Gerade will ich weitere Fragen stellen, da kommt Camy mir zuvor. »Was ist mit ihm?«, will sie wissen und deutet mit dem Messer auf Dylan. »Du hast nichts von einem Kopfgeld auf ihn gesagt. Wieso nicht?«

Der Mexikaner wird kreidebleich, und ich wette, mein Gesicht sieht seinem ähnlich. Ungläubig blicke ich auf meinen Freund hinunter. Er hat den Kopf abgewendet, und sein panisches Keuchen verrät ihn eindeutiger, als ein Geständnis es je könnte.

Für Isa ist anscheinend alles gesagt. Sie wartet nicht weiter ab, sondern schießt dem Mexikaner am Sofa ins Knie. Brüllend fällt er zurück und umschlingt sein blutendes Bein. Kurz nicke ich Isabella zu, dann sprintet sie auch schon an mir vorbei ins Treppenhaus. Flüche ertönen, dann ein weiterer Schuss.

Noch immer fassungslos, hocke ich mich auf den Boden und drücke Dylan den Lauf meiner Waffe in den Nacken. Er schreckt zusammen und legt die Hände auf den Hinterkopf.

»Wieso?«, frage ich und will gleichzeitig nicht glauben, dass er uns verraten hat. Dass er sich hat kaufen lassen und einen Dreck auf unsere jahrelange Freundschaft gibt.

»Chris.« Ich höre Camys besorgte Stimme, doch sie durchbricht den Nebel aus Wut und Schmerz nicht.

»Wieso?«, brülle ich und bohre Dylan den Lauf tiefer in die Haut. Er zittert am ganzen Körper, aber er redet nicht.

»Christian.« Jemand berührt mich an der Schulter. Erschrocken wende ich den Kopf und starre in die traurigen Augen meiner Verlobten. »Wir müssen hier weg«, erinnert sie mich eindringlich und holt mich in die Wirklichkeit zurück. In eine Wirklichkeit, in der sich ein blutender Mexikaner auf dem Sofa krümmt, während ein anderer mit geschlossenen Augen im Treppenhaus liegt und von Isa mit einem Geschirrhandtuch gefesselt wird.

Voller Abscheu sehe ich ein letztes Mal zu Dylan, dann stehe ich auf. Wortlos sammle ich die Waffen der Männer ein, sichere sie und werfe sie in meine Reisetasche. Die gefälschten Ausweise und die Handys sind nutzlos geworden, da ich sie in Dylans Gegenwart besorgt habe, also lasse ich sie auf dem Couchtisch zurück. Die gesamte Zeit über verfolgt mich Camys wachsamer Blick. Sie macht sich Sorgen, ist verängstigt und braucht ein Zeichen von mir, dass alles gut wird. Aber das kann ich ihr nicht geben. Ich bin an einem Punkt angekommen, an dem ich mir nichts mehr vormachen kann. Ohne mich wäre sie besser dran. Ihr Kopfgeld ist anscheinend so niedrig, dass man sie nur fangen würde, wenn man sie zufällig entdeckte. Keiner würde sich die Mühe machen, Camy zu jagen, wenn sie durch sie nicht an mich herankämen. Dass wir verfolgt werden, liegt nur an mir – an mir und meinem miesen Instinkt bei Freunden. *Fuck! Wie konnte ich von meinen eigenen Prinzipien abweichen und jemandem vertrauen, bei dem ich mir nicht zu einhundert Prozent sicher bin?* Ich bin in den vergangenen Monaten zu weich geworden und habe mich von dem Wunsch nach Glück einlullen lassen. Das wird mir kein zweites Mal passieren.

»Nehmt eure Sachen«, verkünde ich tonlos. »Wir verschwinden von hier.«

»Was wird aus ihm?«, will Isa wissen und zeigt auf den Verräter am Boden. Dylan anzusehen, ertrage ich nicht. Allein bei dem Gedanken daran, dass er uns ausliefern wollte, juckt es in meinem Finger.

»Wir nehmen ihn mit«, entscheide ich. »Er schuldet uns Antworten.«

31

Camy

Wenn der persönliche Vorteil nur durch Verrat zu erreichen ist, beginnt man darüber nachzudenken, seine Prinzipien zu übergehen. Aber darüber nachzudenken und es wirklich in die Tat umzusetzen, sind zwei vollkommen verschiedene Dinge. Für das eine braucht man ein Gewissen, für das andere Gier. Bei Dylan überwog leider Letzteres. Er hat unseren Standort und weiß Gott was noch preisgegeben. Hat uns hintergangen und betrogen und uns gleichzeitig ins Gesicht gelächelt, als sei alles in bester Ordnung.

Chris spricht nicht, seit wir in den gestohlenen Wagen gestiegen sind, und Isa ist damit beschäftigt, ihre Waffe auf Dylan zu richten und ihn anzustarren. Ihr Blick erinnert mich an den eines Kindes, wenn es ein Insekt betrachtet und überlegt, ob es es zerquetschen soll.

Wir verlassen Cancún im Schutz der Nacht. Chris lenkt uns die Route 307 entlang. Er scheint genau zu wissen, wo sein Ziel liegt. Irgendwann geht die Sonne am Horizont auf, und die ersten sanften Strahlen erfüllen den Innenraum. Doch die Sonne beruhigt mich nicht, dafür ist es zu still, die Luft zu geladen und die Stimmung zu düster.

Wir fahren von der Schnellstraße ab, und ein Schild zeigt an, dass wir nach Playa del Carmen unterwegs sind. Keine Ahnung, was das für ein Ort ist, aber ich vertraue Chris, also hinterfrage ich seine Wahl nicht.

»Lasst es mich erklären.« Dylans weinerliche Stimme ist seit gut einer Stunde das Erste, was die unerträgliche Stille durchbricht, und prompt versteift Chris sich hinter dem Steuer.

Seine Finger umklammern das Lenkrad so heftig, dass seine Knöchel weiß hervortreten und das Kunstleder Falten wirft. Es muss unerträglich schmerzhaft für ihn sein zu erfahren, dass einer seiner ältesten Freunde ihn betrogen hat. Zwar hat er damals in Tulsa gesagt, man könne niemandem trauen, der nicht durch einen unerschütterlichen Charakter oder wahre Liebe mit einem verbunden ist. Aber dass Dylan ihn derart hintergeht, ist dennoch sicher ein Schock für ihn. Vor allem weil Chris in den vergangenen Monaten endlich anfing, seine Mauern einzureißen, und den Menschen um ihn herum sein wahres Ich zeigte.

»Oh, du wirst es uns erklären«, sagt Chris drohend. »Später. In jedem Detail.«

Im Rückspiegel sehe ich Dylan hart schlucken und den Kopf senken. Die reumütige Art wird ihn nicht retten. Nichts kann das. Er hat seinen Weg gewählt, nun muss er ihn gehen und über seine Fehler Rechenschaft ablegen.

»Isa«, sagt Chris ruhig. »Verbind ihm die Augen. Er darf nicht einmal einen Schatten erkennen. Ich will, dass der Typ komplett blind ist.«

Sie nickt und streckt mir die Waffe entgegen. »Halt mal«, fordert sie.

Wortlos wende ich mich im Sitz um, packe die Pistole und halte sie auf Dylan gerichtet. Es fühlt sich nicht richtig an, auf ihn zu zielen, immerhin war er für so lange Zeit ein treuer Begleiter. Damit ist es nun vorbei, das werde ich akzeptieren müssen. Egal wie schmerzhaft es auch ist. Isa verbindet Dylan mit einer zusammengerollten Strickjacke die Augen und nimmt mir die Waffe wieder ab. Mittlerweile kann ich eine Waffe ohne Händezittern halten, was mir gleichzeitig Angst macht und mich mit Stolz erfüllt. Ich bin nicht wie Isa und Chris, aber nach all der Zeit finde ich mich in deren Welt zurecht. Wenn auch holprig und unbeholfen.

Playa del Carmen ist eine Touristenstadt. Die Straßen in Strandnähe sind gesäumt von hohen Palmen, Souvenirshops und Hotels. Die Gegend ist ganz anders als die in Cancún. Fröhlicher, bunter und belebter. Chris fährt in die Tiefgarage eines großen Hotels, das auf der Strandpromenade liegt. Teure Autos reihen sich hier dicht aneinander, wohingegen die Schrottkiste, die wir den Mexikanern abgenommen haben, heraussticht wie ein weißes Blatt im Matsch. Wir parken am hinteren Ende der Garage, und der Motor erstirbt.

»Steigt aus«, verlangt Chris, ohne uns anzusehen.

Isa gehorcht, ich jedoch zögere und werfe ihm einen unentschlossenen Blick zu. Aber Chris reagiert nicht und starrt stur durch die Frontscheibe.

»Sprich mit mir«, verlange ich. »Du kannst nicht erwarten, dass ich deinen Anweisungen folge, ohne Erklärungen zu bekommen.«

»Ich verlange gar nichts von dir«, erwidert er tonlos. »Mach, was du willst. Hör auf mich oder lass es. Aber beschwer dich hinterher nicht, wenn sie dich kriegen.«

»Was zur ...« Fluchend packe ich seinen Arm. »Was soll der Mist? Wieso bist du so zu mir?«

Chris schnaubt herablassend und sieht langsam zu mir. Seine Augen wirken kälter als je zuvor, und sein Gesicht zeigt nicht den Hauch einer Emotion. Er sieht mich an wie eine Fremde.

»Das hier ist keine gemütliche Ferienreise«, sagt er hart. »Wir sind auf der Flucht, und für deine verletzten Gefühle hab ich keine Zeit. Entweder machst du mit, oder du bleibst auf der Strecke. Deine Entscheidung.«

Ohne weiteres Wort steigt er aus. Hinter mir öffnet sich die Tür, und Dylan wird aus dem Wagen gezogen. Dann klappt der Kofferraum auf, und auch wenn ich nicht hinsehe, weiß ich, dass jemand unsere Taschen holt.

Chris ist verletzt und angespannt, aber das sind wir anderen auch. Er hat kein Recht, mich so anzufahren und seine Wut an mir auszulassen. Scheiß auf ihn! brüllt es in meinem Kopf, und – Herrgott noch mal! – die Stimme hat recht. Ich werde mich von ihm nicht so behandeln lassen.

Wütend steige ich aus und knalle die Tür hinter mir zu. Isa empfängt mich mit hochgezogener Braue und verschränkten Armen. Ich zeige ihr den Mittelfinger, schnappe mir meine Tasche vom Boden und sehe mich um.

Chris steht vor einem Sicherungskasten. Gekonnt hebelt er ihn auf und löst irgendwelche Drähte, die für mich alle gleich aussehen, bis es plötzlich *pling* macht. Einige Meter neben uns gleiten die Türen des Fahrstuhls auf, und das schummrige Licht leuchtet uns einladend den Weg. Dieses Mal zögere ich nicht. Ich folge Chris, der Dylan an auf dem Rücken gefesselten Händen dorthin lenkt, und steige direkt hinter ihnen in den Fahrstuhl. Er drückt auf den Knopf für den zehnten Stock, der dritthöchste, wie ich an der Schalttafel erkenne, und die Türen schließen sich.

»Ich brauche dringend eine Dusche«, verkündet Isa, und wieder einmal frage ich mich, was sie erlebt hat, um so abgebrüht zu sein. Jedoch halte ich meine Neugier im Zaum und bewege mich erst wieder, als die Türen aufspringen. Wie hell, freundlich und normal die Umgebung wirkt, überrumpelt mich. Der hellgrüne Teppich unter meinen Füßen ist weich und wirkt neu, die Wände sind strahlend weiß, und in regelmäßigen Abständen hängen Fotografien vom Strand daran. Bei dem Anblick vergesse ich einen winzigen Augenblick, aus welchem Grund wir hier sind, und stelle mir vor, wie schön es wäre, an genau solch einem Ort Urlaub zu machen. Wie ein gewöhnliches Paar fremde Länder zu bereisen, andere Kulturen zu erkunden und einfach … normal zu sein. Die Traumvorstellung verpufft auf einen Schlag, als Chris Dylan zu Isa stößt und zu einem Metallkasten an der Wand geht. Er zieht etwas aus seiner Tasche, was wie ein Metallzahnstocher aussieht, und hantiert am Schloss herum. Es dauert nur einen Wimpernschlag, bis er den Kasten geöffnet hat und konzentriert ins Innere starrt. Nach wenigen Sekunden nickt Chris und schließt den Kasten wieder.

»Zimmer 1006«, entscheidet er. »Isa, pass auf den Verräter auf. Ich bin gleich wieder da.«

»Warte!«, rufe ich. »Ich komme mit. Egal was du vorhast, du tust es nicht ohne mich.«

Chris' Mund öffnet sich, doch ein Blick in meine entschlossenen Augen genügt, damit er ihn wieder schließt und angefressen nickt.

»Falls der Verräter auch nur den kleinen Finger bewegt, schießt du«, verlangt er von Isa, und die Abgestumpftheit seiner Worte jagt mir einen Schauer über den Rücken. Ich überspiele es und folge ihm in den Fahrstuhl. Am liebsten würde ich den seltenen Moment zu zweit nutzen, um herauszufinden, weshalb er so kalt zu mir ist. Aber ich dränge die nagende Ungewissheit zurück, was mir alles andere als leichtfällt. Im Augenblick ist es allerdings wichtiger, sich auf das Wesentliche zu konzentrieren. Für unsere Beziehungsprobleme haben wir hoffentlich später noch Zeit.

»Also«, setze ich an. »Was haben wir vor?«

»Lügen«, erwidert er schlicht. »Wir werden sagen, wir hätten vor drei Wochen ein Zimmer reserviert. Sie werden nichts finden, und wir werden erklären, uns wurde am Telefon die Zimmernummer 1006 genannt. Im Sicherungskasten hängt eine Liste für die Putzleute, auf der steht, welches Zimmer wann belegt ist. Dieses Zimmer ist die kommenden Tage nicht reserviert.«

Verwundert sehe ich zu Chris. »Und was dann?«

»Sie werden feststellen, dass das Zimmer leer steht, also bekommen wir es.«

»Wieso buchen wir das Zimmer nicht einfach jetzt? Wieso lügen wir?«

»Das Buchungsdatum im PC wird von uns ablenken. Ich wette, wer auch immer am Empfang steht, will Ärger mit seinem Boss vermeiden. Er wird das Buchungsdatum so eingeben, als stünde die Reservierung schon seit Wochen fest und als wäre alles glatt gelaufen. Niemand gibt gern zu, dass er Mist gebaut hat. Vor allem nicht in einem Sternehotel, das davon abhängig ist, zufriedene Gäste zu haben«, beginnt er, wird aber von den sich öffnenden Türen unterbrochen.

Die großzügige Lobby ist trotz der frühen Uhrzeit gut besucht, das fällt mir sofort auf. In einer Sitzecke neben dem gläsernen Eingang unterhalten sich einige Frauen in knappen Outfits. Vor dem Empfang stehen Leute mit vielen Koffern, die vermutlich zu einer Reisegruppe gehören. Dass dieses Hotel beliebt ist, kann ich nach dem wenigen, was ich bisher davon gesehen habe, verstehen.

Während ich mich noch umsehe, geht Chris bereits mit durchgestrecktem Rücken auf den Empfangstresen an der rechten Seite zu. Eilig folge ich ihm und ärgere mich tierisch, weil er mich hat stehen lassen. *Sehr charmant, werter Verlobter.*

Hinter dem Empfangstresen befinden sich mehrere Mitarbeiterinnen in dunkelblauen Jacketts und eleganten weißen Blusen. Chris lässt es willkürlich wirken, als er zu der jüngsten von ihnen tritt, aber ich bin mir sicher, dass er sie absichtlich auswählt.

»Buenos Dias«, begrüßt er die Frau und legt den Unterarm lässig auf dem Tresen ab. »Cooper. Ich habe reserviert.«

Sie mustert ihn so ungeniert, dass ich stellvertretend für sie rot anlaufe. Schwungvoll wirft die Empfangsdame sich das lange feuerrot gefärbte Haar über die Schulter. und ich weiß sofort, dass ich sie nicht ausstehen kann.

Ein grandioser Start für unseren Aufenthalt.

32

Camy

»Americano?«, säuselt die Hotelangestellte, und mir kommt das Abendessen hoch.

»Kanadier«, lügt Chris. »Wir würden gern einchecken.«

»Sehr gern«, erwidert sie in flüssigem Englisch. »Cooper war der Name?« Sie tippt auf ihrer Tastatur. Mit jeder Sekunde legt sich ihre Stirn mehr in Falten, bis sie schließlich mit verkniffenem Lächeln wieder zu uns aufsieht. »Ich kann keine Reservierung auf den Namen finden. Haben Sie vielleicht einen anderen Namen benutzt?« Sie wirft mir einen abschätzigen Seitenblick zu, und meine Fäuste ballen sich wie von selbst. »Den Ihrer Schwester womöglich?«

»Sie ist nicht meine Schwester«, antwortet Chris, und ich will aufatmen, als er nachsetzt: »Sie ist meine Assistentin. Ich bin geschäftlich in der Gegend.«

Die Augen der Tussi strahlen begeistert auf. »Dann hat sie bestimmt reserviert. Wie lautet Ihr Name?«

Wütend trete ich vor und beuge mich über den Tresen. »Ich habe unter Cooper reserviert«, sage ich gereizt. »Und das schon vor drei Wochen.«

»Das …«, stottert die Empfangsdame. »Das tut mir leid, Miss. Es liegt vermutlich ein Versehen vor.«

»Das will ich hoffen«, meckere ich und muss meine schlechte Laune nicht vortäuschen. »Am Telefon wurde mir die Zimmernummer 1006 genannt. Ich hab's mir für genau so einen Fall von Inkompetenz gemerkt.«

Ihr Gesichtsausdruck wechselt schlagartig von peinlich berührt zu wütend. »Hören Sie mal …«

»Schicken Sie mir Ihren Manager«, unterbreche ich sie wirsch. »Der wird bestimmt begeistert sein zu hören, wie Sie mit zahlungskräftigen Gästen umgehen.«

»Das wird nicht nötig sein«, sagt sie panisch und lächelt plötzlich so breit, dass ihre Mundwinkel beinahe ihre Ohren berühren. »Wie ich sehe, ist das Zimmer frei. Vielleicht wurde die Reservierung versehentlich storniert. Ich werde Sie umgehend einbuchen und natürlich auch das Frühbucherdatum hinterlegen, damit Sie einen Rabatt erhalten. Für wie lange?«

»Vier Tage«, mischt Chris sich ein.

Flink tippt sie auf die Tasten ein, als hinge ihr Leben davon ab. »Dann benötige ich nur noch Ihre Kreditkarte.«

»Wollen Sie mich unbedingt wütend machen?«, frage ich und ziehe eine Braue hoch, wie Isa es ständig tut. »Wie am Telefon besprochen, zahlen wir bar.«

»Aber …«

»Kommen Sie, Mr. Cooper«, unterbreche ich sie erneut und wende mich ab. »Das wird mir hier zu blöd. Lassen Sie uns in ein anderes Hotel gehen.«

»Warten Sie!«, ruft die Frau, und ich juble innerlich auf. »Barzahlung, kein Problem. Allerdings müssten Sie einen Betrag als Sicherheit hinterlegen.«

Ohne zu zögern, zückt Chris einen dicken Umschlag aus seiner Reisetasche und legt einen Stapel aus Hundertdollarnoten auf den Tresen.

Nachdem die Empfangsdame alles eingegeben hat, wünscht sie uns einen angenehmen Aufenthalt und streckt Chris zwei Schlüsselkarten entgegen.

Augenrollend wende ich mich ab und stapfe zum Fahrstuhl. Chris geht wortlos hinter mir her, wobei Worte nicht nötig sind, denn sein zufriedenes Grinsen heizt meine Wut auch so genügend an. Sobald die Türen sich hinter uns schließen, hebe ich die Hand und hole aus. Er fängt sie in der Bewegung ab und schnalzt missbilligend mit der Zunge.

»Na, na, kein Grund, um auszuflippen.«

»Ach ja?«, fahre ich ihn an und entreiße ihm mein Handgelenk. »Du hast sie angesehen, als würdest du sie direkt auf dem Tresen vögeln wollen, und mich als deine Assistentin bezeichnet!«

»Tarnung«, beschwichtigt er und kommt auf mich zu.

Ich weiche zurück, bis ich die verspiegelte Wand im Rücken spüre und in der Falle sitze.

»Es war sexy, dich so eifersüchtig zu erleben, Curls«, raunt er und streicht meinen nackten Arm hinauf. Chris fasst nach einer meiner Locken und wickelt sie um seine Finger. »Verflucht sexy sogar«, setzt er nach.

Behutsam löst Chris die Haare von seiner Hand und schiebt sie mir hinters Ohr. Dabei berührt er die empfindliche Stelle an meinem Hals, und prompt verliert meine Wut den Kampf gegen die Sehnsucht. Wie von selbst schlinge ich die Arme um seinen Hals und ziehe ihn so nah an mich, dass ich seine Härte spüre. Wie soll eine Frau dabei gefasst, geschweige denn wütend bleiben?

Leise lachend fährt Chris meine Leiste entlang über die Hüfte und packt meinen Hintern. Mir entschlüpft ein Quietschen, was für ihn das Startsignal darstellt. Ohne länger zu zögern, schiebt Chris mein Top bis über den BH hinauf und streicht mit den Fingerspitzen über meine Nippel. Ich stöhne laut auf und packe seinen Hintern. Diesen verflucht perfekten Hintern, der sich wie für mich gemacht in meine Handflächen schmiegt. Chris seufzt und vergräbt die Zähne in meiner sensiblen Haut.

»Reiz mich nicht.«

»Sonst passiert was?«, flüstere ich provozierend und packe noch fester zu. Ich presse unsere Körper so dicht aneinander, dass ich jeden seiner Muskeln überdeutlich spüre und ein lustvoller Schauer meinen Körper überrennt – da ertönt ein *Pling*.

Aus dem Moment gerissen, öffne ich die Augen und sehe über Chris' Schulter auf einen leeren Gang mit grünem Teppich. Der Fahrstuhl hat gehalten, und die Türen stehen weit offen.

»Nein«, sage ich und weigere mich, ihn loszulassen. »Lass uns einfach wieder runterfahren und weitermachen.«

»Klingt nach einem grandiosen Plan, Schönheit«, erwidert Chris und knetet meine Brust. »Allerdings geht das nicht.« Abrupt lässt er von mir ab. Seine Augen funkeln bedauernd, als er einen Schritt zurücktritt und seine Hose richtet. »Später«, verspricht er und greift nach meiner Hand.

Mit weichen Knien folge ich Chris aus dem Fahrstuhl und finde so plötzlich in die Realität zurück, dass ich einen Schritt zurücktaumle. Dylan lehnt mit dem Rücken an der Wand vor unserem Zimmer und hält den Blick unterwürfig auf den Boden gerichtet. Direkt vor ihm steht Isa. Sobald wir bei ihnen ankommen, erkenne ich, dass sie die Pistole zwischen ihren Körpern verbirgt, dessen Lauf auf seine Brust gerichtet ist. Dylan war ein Freund, mit dem ich gelacht und über die Zukunft fantasiert habe. Nun ist er der Feind. Wie schnell diese Extreme sich abwechseln, ist erschreckend und zeigt überdeutlich, wie unbeständig unsere Situation ist. Von einer Minute auf die andere kann sich alles ändern.

»Wir sollten reingehen«, begrüßt Chris die beiden und zieht die Schlüsselkarte aus seiner Tasche.

Unser Zuhause auf Zeit gleicht einer Suite. Sobald man eintritt, steht man in einem großzügigen Wohnzimmer mit Glasfront, von dem mehrere Türen abgehen. Links neben mir gibt es eine winzige Kochnische, die vermutlich eher dekorativ als funktional ist. Wer sich dieses Zimmer leisten kann, kocht nicht selbst. Neugierig tigere ich umher, bewundere den großen Balkon mit Meerblick und verdränge darüber beinahe, wie wir an diesem traumhaften Ort gelandet sind. Zwei Schlafzimmer mit Doppelbetten, Kleiderschränken und Fernsehern stehen uns zur Verfügung. Das Badezimmer hat eine ebenerdige Dusche, eine sehr einladend aussehende Badewanne sowie zwei Waschbecken aus Granit. Ziemlich luxuriös für ein Versteck. Es ist bizarr, dass wir von einer heruntergekommenen Wohnung im schlechten Viertel direkt in ein Sternehotel am Strand gezogen sind.

Als ich wieder im Wohnzimmer ankomme, spüre ich Chris' Blick auf mir, doch darin ist nichts mehr von der Begierde aus dem Fahrstuhl zu erkennen. Er wirkt nachdenklich und ernst. In den wenigen Minuten, seit wir die Suite betreten haben, hat sich etwas in ihm verändert.

»Ich will duschen«, verkündet Isa. Sie steht vor der cremeweißen Couch im Wohnzimmer. Entweder bemerkt sie die plötzliche Anspannung im Raum nicht, oder es ist ihr egal. Das einzuschätzen, ist bei dieser Frau unmöglich.

»Und Frühstück wäre toll.«

Chris nimmt ihr die Waffe ab. »Ich bestell etwas beim Room Service«, erklärt er knapp. »Kann ich vorher kurz mit dir sprechen, Isa?«

Sie nickt. »Natürlich. Allein?«

»Ja.«

»Was soll das?«, mische ich mich sofort ein. »Wenn ihr etwas Wichtiges besprechen wollt, sollte ich dabei sein.«

»Nein.«

Dieses einfache Wort klingt so endgültig, dass ich verletzt zusammenzucke. Chris ist aus heiterem Himmel wieder so abweisend zu mir wie vorhin im Auto. Als wäre die intime Szene im Fahrstuhl nie passiert und ich nicht seine Verlobte, sondern ein nerviges Anhängsel, das er babysitten muss und nicht loswird.

»Pass auf Dylan auf«, verlangt er, ohne mich anzusehen. »Wir weihen dich später ein.«

»Was auch immer der Mist soll«, beginne ich und trete energisch auf ihn zu. »Er endet genau jetzt. Behandle mich nicht wie ein unmündiges Kind, Christian. Ich bin eine erwachsene Frau und habe weiß Gott schon einiges mit dir durchgemacht, ohne zusammenzubrechen. Es gibt also keinen Grund, um mich außen vor zu lassen. Ich bin bereit zu kämpfen.« Schwer atmend starre ich auf seinen Rücken, doch er reagiert nicht.

»Pass auf Dylan auf«, wiederholt er und übergeht meinen Ausbruch, als hätte ich nichts gesagt. Seelenruhig legt Chris die Pistole auf den Tisch. »Schieß nur, wenn es nötig ist. Ich will kein Aufsehen erregen.«

Mein Herz klopft so wild, dass ich Angst habe, es könnte mir aus der Brust springen. Jeder Zentimeter zittert vor Empörung und Frust, während ich Isabella und Chris dabei zusehe, wie sie in eines der Schlafzimmer gehen und die Tür hinter sich schließen. Wie sie mich ausschließen.

Er hat es tatsächlich getan. Chris stößt mich von sich und errichtet eine Mauer um seine Gedanken. Und auch wenn ich noch nicht weiß, wieso er das tut, weiß ich mit Sicherheit, dass es einen Grund gibt, der mir das Herz brechen wird.

33

Chris

Das durchzuziehen, wird das Schwerste, was ich je tun musste. Ich will es nicht, aber mir bleibt keine andere Wahl. Zumindest keine, die sich von heute auf morgen arrangieren lässt. Es wird Wochen, wenn nicht sogar Monate dauern, den Mist zu bereinigen. Falls er sich überhaupt bereinigen lässt. Ich muss währenddessen hart bleiben und darauf hoffen, dass Camy mir verzeiht, sobald es vorbei ist.

Isa setzt sich auf die Kante des Doppelbetts und stellt ihre Tasche neben sich. »Was ist los, Chris? Ich kenne dich ewig, also versuch erst gar nicht, mich anzulügen.«

»Sie hätte mit Violet, Ian und dem Baby gehen sollen. Camy ist fur diese Art von Leben nicht gemacht. Irgendwann kommt sie damit nicht mehr klar.«

»Sie ist stärker, als du ihr zutraust«, kommentiert Isa und kramt in ihrer Taschc. »Dic Frau hat Eicr, immerhin erträgt sie dich.«

»Haha«, erwidere ich trocken. »Das hier ist ernst, Isa. Das Kopfgeld auf mich ist der einzige Grund, aus dem sie uns jagen. Euch würden sie nur schnappen, wenn sie euch zufällig sehen würden. Wenn wir uns trennen, habt ihr bessere Chancen. Ihr könntet irgendwo neu anfangen und euch ein Leben aufbauen.«

»Hast du vergessen, was sie auf der Hochzeit zu uns gesagt haben?«, will sie wissen und schließt ihre Tasche. »Du bist bloß der Erste auf ihrer Liste, Chris. Sobald sie dich haben, erhöhen sie unser Kopfgeld, und wir werden zu Freiwild. Sie wollen uns alle.«

»Das kannst du nicht wissen«, werfe ich ein. »Und selbst wenn es so wäre, würdet ihr gar nicht erst an die Reihe kommen, wenn sie mich nicht erwischen.«

»Du hast nicht ernsthaft vor, abzuhauen und mich mit deiner Verlobten sitzen zu lassen, oder?«, fragt sie und zieht ungläubig eine Braue hoch. »Ich mag Camy, wirklich. Und gegen einen Mädelsurlaub hätte ich nichts einzuwenden. Aber du sprichst hier davon, deine Verlobte zu verlassen und abzutauchen, Chris. Das ist selbst für dich zu hart. Du würdest ihr das Herz brechen.«

»Wenn das die einzige Möglichkeit darstellt, um sie zu beschützen, werde ich es riskieren«, entscheide ich und stelle mich aufrecht hin. Ein Teil in mir schreit, ich solle den Dreck lassen und gemeinsam mit ihr kämpfen. Aber ein anderer, lauterer Teil weiß, dass es das einzig Richtige ist.

»Was genau ist dein Plan?«, fragt Isa und steht auf. »Willst du nachts einfach abhauen? Sie ohne Nachricht oder Erklärung sitzen lassen? Camy wird dich suchen«, beharrt sie und baut sich vor mir auf. »Diese bezaubernde, wenn auch dezent überdrehte Frau im Wohnzimmer liebt dich. Außerdem ist sie ungeheuer stur. Sie wird dich nicht aufgeben, Chris. Camy wird um dich kämpfen, selbst wenn es sie ihr Leben kostet.«

»Genau das will ich vermeiden!« Im letzten Moment kann ich mich zügeln, nicht zu schreien, und reibe mir erschöpft übers Gesicht. »Ich liebe Camy mehr, als ich es je für möglich gehalten hätte. Genau deshalb muss ich sie verlassen. In meiner Nähe ist sie nicht sicher.«

»Aber allein auf der Flucht wäre sie es?«, fragt Isa zynisch und schüttelt den Kopf. »Ich mag sie, das weißt du. Und wenn es darauf ankommt, helfe ich Camy, so gut ich kann. Aber ich lasse nicht zu, dass du aufgibst«, verkündet sie entschieden. »Camy ist nicht Beatrice, Christian. Sie schafft das. Du musst ihr nur vertrauen.«

Getroffen zucke ich zurück. Meine Mom zu erwähnen, war ein bewusster Schlag unter die Gürtellinie. Es schmerzt selbst nach all den Jahren noch höllisch, daran erinnert zu werden, was damals wirklich passiert ist. Aber ich werde den Teufel tun und das vor jemandem zugeben, denn Beatrice Green ist keinen Schmerz und keine Trauer wert.

»Beatrice war dieses Leben von Geburt an gewohnt«, erinnere ich Isa durch zusammengebissene Zähne. »Und sie hat es trotzdem nicht geschafft, dem standzuhalten.«

»Ich aber«, kontert Isa und pikst mir mit dem langen Nagel in die Brust. »Und Camy schafft das auch, wenn du ihr die Chance dazu lässt.«

Ich will daran glauben. Das will ich wirklich. Aber ich kann nicht. Es ist zu riskant. Außerdem verdient Camy ein glückliches Leben, in dem sie sicher ist und ihren Träumen nachjagen kann. Immer wieder habe ich mitangesehen, wie das Strahlen in ihren Augen zu einem dumpfen Flimmern zusammenschrumpfte. Dafür will ich kein weiteres Mal verantwortlich sein.

»Meine Entscheidung steht«, erkläre ich mit Nachdruck und wende mich zur Tür. »Sobald wir Dylan los sind und sich die Gelegenheit ergibt, bin ich weg.« Bevor sie die Chance bekommt, mich doch noch umzustimmen, reiße ich die Tür auf und trete ins Wohnzimmer. Camys Blick schießt sofort zu mir. Wut sprüht mir entgegen, und der Anblick lässt mich lächeln. Genau das ist es, was ich ihr nicht nehmen will. Die Stärke, den Mut und das Feuer. Meine Verlobte ist eine beeindruckende Frau, und das soll sie bleiben. Unter der Last eines Lebens auf der Flucht würde sie einen Teil von sich zwangsläufig einbüßen. Vielleicht in einer Woche, vielleicht auch erst in einem Jahr. So oder so steht fest, dass der Moment kommen wird, wenn sich nichts ändert.

»Na«, begrüßt sie mich angefressen und wedelt mit der Waffe in der Luft. »Alles Wichtige geklärt?«

Ich nicke und zwinge mich, das Lächeln zu unterdrücken. Härte und Kälte sind meine Mittel, um sie schon vor meinem Abtauchen auf Abstand zu bringen. So wird der Schmerz nicht zu groß sein, wenn ich gehe. Mein Entschluss steht, seit ich von dem Kopfgeld erfahren habe. Vorhin im Fahrstuhl bin ich schwach geworden, aber das wird mir nicht noch einmal passieren. Das darf es nicht.

»Dylan, es ist Zeit, dass wir uns unterhalten.« Mit betont ruhigen Schritten gehe ich auf den Verräter zu. Er senkt den Kopf wie ein geschlagener Welpe, aber die reuige Nummer kaufe ich ihm nicht ab. »Mach den Mund auf und rede«, verlange ich, aber er bleibt stumm. Okay, dann eben anders. Kurz entschlossen nehme ich Camy die Waffe ab und setze mich neben sie auf den Couchtisch, gegenüber von Dylan. Die Waffe zu entsichern und auf ihn zu richten, fühlt sich so verdammt falsch an! Trotzdem tue ich es.

»Rede.«

Zögernd hebt er den Kopf. »Was willst du wissen?«

»Wie lange arbeitest du schon für die Organisation?«

»Seit zwei Monaten«, verrät er. »Sie haben eine verschlüsselte E-Mail-Adresse von mir gehackt und mir geschrieben. Dass wir in Irland sind, wussten sie schon, nur nicht, wo genau. Zuerst wollte ich euch davon erzählen, aber dann haben sie mir ein Angebot gemacht. Wenn ich ihnen sage, wann sie euch wo finden können, würden sie mich aus der Sache raushalten.«

»Du hast uns also verkauft, um deinen Arsch zu retten.«

»Ich wollte einfach nur mein altes Leben zurück!«, braust er plötzlich auf. »Ich bin damals aus euren Geschäften ausgestiegen, um mit dem ganzen Mist nichts mehr zu tun zu haben.

Dann tauchst du in meinem Laden auf und zerstörst alles«, wirft er mir vor. »Es kam mir fair vor, mir mein Leben zurückzuholen.«

»Du hättest es uns sagen müssen«, mischt Camy sich ein. Überrascht sehe ich zu ihr. »Wir hätten einen Weg gefunden.«

Dylan lacht bitter und schüttelt den Kopf. »Und wie?«, will er wissen. »Ihr bekommt es nicht hin, euch selbst in Sicherheit zu bringen, wie hättet ihr das für mich schaffen sollen?«

»Das wirst du nie erfahren«, erkläre ich und ziehe betont arrogant eine Braue in die Höhe, als hätte ich einen Plan, an dem er sein Mitwirken verspielt hat. »Wie bleibst du mit ihnen in Kontakt?«

»Über ein Prepaidhandy«, gesteht Dylan. »Alle paar Tage rufe ich sie an und gebe ihr ein Update.«

»Ihr?«, wiederhole ich interessiert, und auch Camy wird hellhörig und beugt sich neugierig vor.

Dylan nickt. »Eine Frau«, erklärt er. »Sie spricht Englisch, hat aber einen Akzent.«

»Was weißt du noch?«

»Nichts«, schwört er und zieht an seinen gefesselten Händen. »Wirklich. Ich rufe an, gebe die Lage durch, und sie hört zu. Ein- oder zweimal hat sie mir Fragen gestellt, aber die letzten konnte ich nicht beantworten.«

»Was wollte die Frau wissen?«, fragt Camy und streicht sich eine nicht vorhandene Strähne aus der Stirn.

»Ich hab sie aus einem Café angerufen, während Chris die gefälschten Ausweise besorgt hat«, gibt er zu, und ich fluche derb auf. *Wie konnte mir das entgehen?* Dylan zuckt erschrocken zusammen und zieht den Kopf ein. »Sie wollte wissen, wo Ian und Violet sind, aber das wusste ich nicht, da wurde sie wütend und hat aufgelegt.«

»Was noch?«, will Camy wissen, und ich staune, wie gefasst sie in der Situation bleibt. Aber davon darf ich mich nicht blenden lassen. Ich bin sicher, innerlich setzt es ihr zu, ihren einstigen Freund zu verhören. Wie könnte es auch nicht? Immerhin brennt es sogar in mir lodernd heiß.

»Zuerst habe ich ihr gesagt, wo wir sind und was wir tun. Dann habe ich ihr erzählt, wie wir nach Mexiko gekommen sind und dass wir zu viert hier sind. Sie wollte wissen, wo Chris ist und wo Ian und Violet sind.«

»Sie haben ihre Prioritäten gesetzt«, sage ich zufrieden. Es geht ihnen vorwiegend um uns drei. Ian, Violet und mich. Camy und Isa stehen weit unten auf ihrem Radar, was bedeutet, dass sie eine echte Chance haben, sobald sie von mir getrennt unterwegs sind. Mein Cousin wird so gut versteckt sein, dass sie unmöglich an ihn rankommen. Er ist verflucht gut darin unterzutauchen, und da er ein Baby zu verstecken hat, wird er alle Register gezogen haben.

»Anscheinend ist alles gesagt«, verkünde ich und stehe auf. »Du kommst mit mir.«

Besorgt blickt Dylan zu mir auf. Seine Schultern beben vor Angst, was mir ein winziges Lächeln ins Gesicht zaubert. Ja, er soll Angst haben. Er soll sich davor fürchten, was ich mit ihm anstellen werde. Und sosehr es mich in den Fingern juckt, ihn für den Verrat zu bestrafen, gehen mir seine Worte nicht aus dem Kopf. Wäre ich nicht erneut in sein Leben geplatzt, wäre er nicht in die Situation geraten, sich zwischen sich und uns entscheiden zu müssen. Auch wenn sich alles in mir dagegen sträubt, verstehe ich ihn. Zwar hätte ich niemals so feige gehandelt wie er, aber ich kann es dennoch nachvollziehen.

»Was hast du mit ihm vor?«

Ich wische mir das Lächeln aus dem Gesicht und sehe zu Camy. Sie soll mich für gefährlich und gnadenlos halten. Soll sich von mir abwenden. Demnach muss ich so kalt zu ihr sein, dass ihr Herz in meiner Nähe friert.

»Ihn beseitigen.«

34

Camy

Es heißt, wenn eine Tür sich schließt, öffnet sich eine andere. Ich wäre schon damit zufrieden, wenn sich ein winziger Spalt im Fenster öffnen würde, doch das wird nicht geschehen. Sie sind weg, und ich bin mir sicher, Dylan nie wiederzusehen. Die Emotionslosigkeit in Chris' Gesicht, als sie das Hotelzimmer verließen, hat mir Angst eingejagt. Ebenso wie Dylan, das konnte ich deutlich sehen. Dennoch ist er mit ihm gegangen.

»Dein Bacon wird kalt.«

»Was soll's«, erwidere ich seufzend und lege die Gabel auf den Teller. Während ich duschen und mich umziehen war, hat Isabella die gesamte Frühstückskarte des Hotels bestellt. Der runde Tisch auf dem Balkon ist bis auf den letzten Zentimeter vollgestellt mit den leckersten Dingen, die die Küche zu bieten hat. Trotzdem habe ich keinen Hunger, was absolut untypisch für mich ist. Dass ich trotz allem etwas essen muss, ist mir bewusst, also muss ich einen Weg finden, um mich abzulenken.

»Macht's dir etwas aus, wenn ich das Radio im Wohnzimmer anschalte und die Balkontür offen lasse?«

»Mach ruhig«, erwidert Isa. »Aber darf ich dir vorher eine Frage stellen?«

»Klar«, sage ich, und prompt will ich mich ohrfeigen, weil ich ihr damit einen Freifahrtschein gegeben habe, um mich auszuquetschen.

»Wieso kommst du so schlecht damit zurecht, wenn es leise ist?«, will sie wissen.

»Das ist nicht so leicht zu erklären.«

»Ich hab Zeit und kann zwischen den Zeilen lesen, also leg los«, fordert sie und nippt an ihrem Cappuccino.

Mein Mund öffnet sich, aber die Worte wollen nicht herauskommen. Einerseits ist es schmerzhaft, an den Grund erinnert zu werden, andererseits schäme ich mich, weil es inmitten des Chaos, in dem wir stecken, unbedeutend wirkt. Da Isabella nicht lockerlassen wird, überwinde ich meine Zweifel und beginne ihr meine Geschichte zu erzählen.

»Ich habe keine so furchtbare Vergangenheit wie ihr. Meine Familie war schon immer liebevoll, und Gewalt oder Angst musste ich in meiner Kindheit nie erleiden. Aber dann kam die Pubertät«, beichte ich. »Die Mädchen um mich herum passten alle ins Bild. Sie verhielten sich, wie Teenager es sollten. Ich war aber schon immer irgendwie anders. Lästern, um die Aufmerksamkeit der Jungs buhlen und in einen Schulklub eintreten war nichts für mich. Stattdessen war ich frech, hinterfragte Dinge, anstatt sie hinzunehmen, und wollte lieber Football spielen, als Cheerleaderin zu werden. Das sorgte dafür, dass keine meiner Klassenkameradinnen sich mit mir anfreunden wollte. Ich war eine Außenseiterin.« Ich breche ab und werfe Isa einen vorsichtigen Blick zu. Ganz ruhig sitzt sie da und hört mir zu. Auf ihrem Gesicht zeigt sich keine Wertung, kein Spott. Nichts, das mir das Gefühl geben könnte, sie würde mich für überempfindlich halten. Das macht mir Mut, um weiterzusprechen.

»Während die anderen in der Mensa zusammensaßen und Spaß hatten, aß ich allein auf dem Pausenhof. An den Wochenenden wurde ich zu keinen Partys eingeladen, sondern verbrachte die Tage allein in meinem Zimmer oder mit meiner Familie. Die Stille war in meiner Teenagerzeit mein ständiger Begleiter und gab mir das Gefühl, nicht normal zu sein. Dass etwas mit mir nicht stimmt, denn wieso sonst sollte ich die Einzige sein, die keine Freunde hatte? Erst auf dem College änderte sich das. Plötzlich traf ich auf Menschen, die ebenso wie ich nichts darauf gaben, was von ihnen erwartet wurde, und die einfach sie selbst waren. Mein Leben wurde bunter und fröhlicher.« Ein sanftes Lächeln schleicht sich auf mein Gesicht, als ich an den Tag denke, an dem Violet unser gemeinsames Wohnheimzimmer betrat. Zum ersten Mal war da ein Mensch, der zu mir passte und in dessen Nähe ich mich normal fühlte. »Die Erinnerungen an das schmerzhafte Gefühl der Einsamkeit lassen mich bis heute nicht los, und hin und wieder ertrage ich es nicht, wenn es still ist. Dann fühle ich mich wie damals«, gestehe ich weiter. »Im Vergleich zu dem, was ihr durchlitten habt, klingt das vermutlich lächerlich.«

»Das ist ganz und gar nicht lächerlich«, erwidert Isa leise. Überrascht erkenne ich Verständnis und Mitgefühl in ihrem sonst so beherrschten Gesicht. »Camy, jeder von uns muss mit seinen ganz persönlichen Dämonen klarkommen. Keiner davon ist weniger schlimm oder leichter zu ertragen als die der anderen. Bei dir ist es die Einsamkeit, bei Chris seine Familiengeschichte.«

»Und bei dir?«, frage ich neugierig.

»Heimatlosigkeit«, gesteht sie brüchig. Plötzlich schüttelt Isa den Kopf und schiebt sich die kurzen Haarsträhnen hinters Ohr. Statt weiter darauf einzugehen, beginnt sie abzulenken und von den vielen unterschiedlichen Hotels und Ländern zu erzählen, in denen sie bereits war. Sie wirkt auf einmal so gelöst, als hätten wir eben bloß lustig geplaudert. Mir hingegen schwirrt nach unserem Gespräch so viel durch den Kopf, dass ich davon Kopfschmerzen bekomme und mir eine Tablette aus meiner Tasche hole. Gerade als ich sie mit Wasser hinunterspüle, geht die Tür zur Suite auf und Chris kommt herein. Kurz sieht er zu mir und runzelt die Stirn, doch er fragt nicht nach den Tabletten in meiner Hand, sondern wendet sich ab und verschwindet im Bad. Das eindeutige Rauschen der Dusche erklingt, und plötzlich bin ich auf hundertachtzig. Wütend knalle ich das Glas in die Spüle, werfe die Tabletten auf die Arbeitsplatte und stürme ins Badezimmer. Die Luft ist nebelgeschwängert, der Spiegel bereits beschlagen, und auch das Glas der Duschkabine ist zum Teil undurchsichtig vor Wasserdampf. Trotzdem erkenne ich, dass Chris den Kopf auf die Fliesen gelehnt hat und das heiße Wasser seinen Rücken rot färbt. Die Wut verpufft ebenso schnell, wie sie gekommen ist. Mein Herz zieht sich bei dem Anblick sorgenvoll zusammen, und schlagartig tut Chris mir leid. Es muss schrecklich für ihn sein, seinen Freund zu verlieren.

Ohne darauf zu achten, ob ich nass werde, steige ich zu ihm in die Dusche und drehe das Wasser aus. Sofort hebt sich sein Kopf. Chris sieht zu mir, und doch sieht er durch mich hindurch. Seine Augen wirken erschöpft, als wäre er einen emotionalen Marathon gelaufen.

»Chris«, wispere ich und strecke die Hand nach ihm aus. Er zuckt vor meiner Berührung zurück und verletzt mich damit auf so viele Arten, dass meine Seele tiefe Riese davonträgt.

»Nicht«, flüstert er gebrochen. »Lass mich allein, Camy.«

»Niemals«, erwidere ich und trete vollständig in die Duschkabine. »Ich liebe dich. Daran hat sich nichts geändert. Aber ich habe das Gefühl, dass sich bei dir etwas verändert hat«, traue ich mich zu sagen und schlucke gegen die zermürbende Angst an, dass er die Unterstellung bejaht.

Statt zu antworten, packt Chris mich an den Armen und drängt mich mit dem Rücken gegen die nasse Fliesenwand. Er greift nach meinem Top und reißt den feuchten Stoff mit einem kräftigen Ruck von oben nach unten auf. Überrumpelt versuche ich zu begreifen, was die Explosion in ihm ausgelöst hat, aber Chris bewegt keinen Muskel seines schönen Gesichts, der seine Gedanken verraten könnte. Sein Blick ist begierig auf meinen Körper gerichtet, und ob ich es will oder nicht, regt sich die Sehnsucht in mir.

Stumm schiebt Chris die Körbchen meines BHs nach unten und legt meine Brüste frei. Er streicht zärtlich darüber, was in einem so harten Kontrast zu seinem Verhalten steht, dass ich es aufgebe, weiter über seine Gründe nachzudenken. Er will mir nah sein, mich berühren und spüren. Das ist alles, was zählt. Auch wenn ich es später vermutlich bereuen werde, ergebe ich mich dem Moment und sauge alles auf, was er mir zu geben bereit ist.

Chris holt bebend Luft, und seine Finger auf meinen Brüsten zucken unentschlossen. Spontan lege ich meine Hände auf seine. Ich lasse den Kopf in den Nacken fallen und lenke seine Hände über meine erhitzte Haut. Seine Finger gleiten über meinen Bauch und landen auf dem Verschluss meiner Shorts. Ich höre Chris leise murmeln, dann geht ein Ruck durch seinen Körper. Unter meinen Händen bewegen sich seine Finger wie von selbst und öffnen meine Hose. Die Shorts fallen herab, ebenso mein Slip. In nichts weiter als einem zerrissenen Oberteil und einem heruntergeschobenen BH stehe ich willig vor dem Mann, den ich liebe, und halte erwartend den Atem an. Einige Sekunden vergehen, in denen ich stumm bete, dass er sich nicht wieder zurückzieht. Dann trifft mich ein Windzug, und plötzlich stehe ich mit der Brust zur Wand. Chris drängt meine Beine auseinander und packt mich an den Hüften. Ich stütze mich mit den Händen auf den Fliesen ab und hebe einladend das Becken an. Hinter mir raunt Chris dunkel, was mich voller Genugtuung lächeln lässt – dann dringt er in mich, und das Lächeln weicht einem befreiten Schrei. Seine Bewegungen sind hart und lassen mich immer weiter nach vorn rutschen. Halt suchend, packe ich das Erstbeste, das ich greifen kann, wodurch unerwartet die Dusche anspringt. Sanfte Tropfen übergießen uns und übertönen unseren schweren Atem. Mit jedem weiteren Stoß wird der Knoten in meiner Mitte größer, bis ich es beinahe nicht mehr aushalte und leise stöhne. Chris packt meinen Nacken und zieht meinen Kopf zurück. Seine Lippen landen auf meinen und schenken mir einen liebevollen Kuss, der den Knoten in mir zum Aufplatzen bringt. Ich schreie in den Kuss hinein. Lasse alles heraus und höre meine eigene Stimme von den Fliesen widerhallen. Ein Strom aus Glück und Euphorie durchläuft meine Adern, der jeden Zentimeter meines Körpers angenehm kribbeln lässt.

Chris beißt mir in die Lippe, und seine Finger graben sich tief in meine Haut. Seine Bewegungen stocken, und er wirft den Kopf in den Nacken. Ich höre durch das Rauschen des Wassers, wie er meinen Namen flüstert. Dann wird er still. Schwerfällig lässt Chris mich los und tritt zurück.

Ich atme tief durch, richte mich auf und wende mich ihm zu. Mit geballten Fäusten steht er vor mir und starrt auf einen Fleck am Boden. Seine Haltung ist steif und strahlt einen so tiefen Selbsthass aus, dass es mir in der Seele wehtut, ihn dermaßen leiden zu sehen.

Ich drehe das Wasser ab. »Sprich endlich mit mir«, fordere ich sanft und lege eine Hand auf seine Brust. Genau an die Stelle, unter der sich sein Herz verbirgt. »Ich verstehe, dass die Sache mit Dylan dich mitnimmt. Es muss schlimm sein, sich so sehr in einem Menschen zu täuschen. Aber du musst nicht allein damit fertigwerden. Du kannst die Last mit mir teilen.«

Einen atemlosen Augenblick lang tut sich nichts, dann hebt er ruckartig den Kopf, und ich reiße so schnell die Hand von seinem Körper, als hätte mich ein Stromschlag getroffen. Die Härte in seiner Stimme erschreckt mich.

»Du hast keine Ahnung«, sagt er. »Wie lange steckst du jetzt in diesem Leben? Knapp zwei Jahre? Das ist ein Witz. Du hast bisher nicht einmal annähernd begriffen, was es bedeutet, ein Green zu sein. Du bist nicht der Typ für dieses Leben. Es passt nicht zu dir, dafür bist du zu weich und mitfühlend.«

»Was willst du damit sagen?«, wispere ich.

»Dass die Hochzeit nicht zustande gekommen ist, war ein Zeichen. Ein Wink des Schicksals, der uns vor einem Fehler bewahrt hat.«

Getroffen schlinge ich die Arme um meinen nackten Körper. Aber es hilft nicht. Ich fühle mich so verletzlich und hilflos wie nie zuvor. »Das meinst du nicht ernst.«

»Doch«, erwidert Chris eisern, und prompt schnürt sich meine Kehle zu. »Sei doch ehrlich, Camy. Denkst du wirklich, du könntest dieses Leben für den Rest deiner Tage führen? Ständig zwischen Angriff und Flucht wechseln, ohne Beständigkeit? Das ist nichts für dich.«

»Was soll das auf einmal?«, flüstere ich und kämpfe gegen das Brennen in meinen Augen an. »Chris, wir waren so nah dran, ein gemeinsames Leben zu führen. In Frieden und Sicherheit. Hast du vergessen, wie glücklich wir in Irland waren? So wird es wieder kommen. Wir werden sie abschütteln und …«

»Und dann was? Dann spielen wir heile Welt, gründen eine Familie und schmeißen lustige Gartenpartys für unsere Nachbarn?« Er lacht bitter auf und schüttelt den Kopf. »So dumm bist du nicht. Oder denkst du ernsthaft, eine so langweilige Zukunft wäre etwas für mich?«

»Du hast gesagt, du willst Kinder! Dass du mich liebst und dass wir glücklich werden würden. Du hast mir einen Antrag gemacht und versprochen, für immer bei mir zu bleiben!«

Sein Lachen schneidet durch meine Haut wie Hunderte Scherben und zerfetzt den letzten Rest Hoffnung, den sich mein naives Herz erhalten hat.

»Für eine Zeit war es ganz lustig, dieses Leben zu führen«, erklärt er abweisend. »Aber seit wir wieder unterwegs sind, habe ich gemerkt, wie sehr es mir fehlt, nicht in einem Leben gefangen zu sein, das dermaßen öde und abenteuerlos ist. Es liegt nicht an dir«, setzt er nach. »Zumindest nicht nur.«

»Also war's das?«, frage ich mit tränenerstickter Stimme. »Du löst die Verlobung, und eine Zukunft für uns gibt es nicht?«

Ein Muskel an Chris' Kiefer zuckt, während er nickt und damit nicht nur mein Herz, sondern auch meine Seele zum Zerbrechen bringt.

35

Camy

Länger halte ich es in Chris' Gegenwart nicht aus. Ohne mich darum zu kümmern, dass ich halb nackt und nass bin, stürme ich aus dem Bad und renne ins Schlafzimmer. Wahllos kippe ich meine Tasche aus, schnappe mir Klamotten und schlüpfe hinein. Die schwarze Leggings klebt an mir wie eine zweite Haut, und das Top ist so weit, dass die Ränder meines BHs herausgucken, aber das ist mir egal. Alles ist schlagartig unwichtig geworden.

Geistesgegenwärtig greife ich mir einige Scheine aus Chris' Tasche und werfe im Gegenzug meinen Verlobungsring aufs Bett. Erinnerungen an den Tag, als er mir den Antrag machte, drängen sich in meinen Kopf und bringen mich zum Schluchzen.

Wir waren gerade erst vor wenigen Tagen in dem winzigen Nest bei Cork in Irland angekommen. Chris schlug vor, dass wir spazieren gehen, um die Gegend besser kennenzulernen. Ich freute mich wie ein kleines Kind auf den Ausflug und war aufgeregt zu ergründen, was unser neues Zuhause zu bieten hatte. Hand in Hand schlenderten wir durch die wenigen Straßen des Ortes und kamen schon bald an einer Wiese vorbei, die uns in sattem Grün willkommen hieß. Mitten auf der Wiese entdeckte ich eine karierte Picknickdecke und einen Holzkorb. Chris zog mich dorthin, und je näher wir kamen, desto größer wurde sein

Lächeln. Ohne zu zögern, schnappte er sich die Champagnerflasche und entfernte die Banderole vom Korken.

»Chris«, sagte ich nervös. »Wir können nicht einfach herkommen und irgendwelchen Leuten den Champagner klauen.«

Er grinste und zwinkerte mir frech zu, statt etwas zu sagen. Gerade als ich erneut Einspruch erheben wollte, hörte ich ein Surren über mir und blickte in den Himmel. Es war ein Segelflugzeug, das ein Spruchband hinter sich herzog. Ich schirmte meine Augen vor der Sonne ab und las den Text. *Kein Zurück, Curls. Du und ich, für immer* stand darauf. Ich schluckte berührt und senkte den Blick. Was genau die wundervollen Worte allerdings zu bedeuten hatten, verstand ich erst, als ich Chris am Boden knien sah. Er hielt eine schwarze Samtschachtel in den Händen und wirkte so unsicher, wie ich ihn nie zuvor gesehen hatte. Ungläubig schlug ich die Hände vor dem Mund zusammen.

»Camy Owsen«, begann er und räusperte sich verlegen, was mir ein nervöses Kichern entlockte. »Ich will dich nicht anlügen und versprechen, ein Leben mit mir sei einfach. Es wird Höhen und Tiefen geben. Probleme, die uns auf die Probe stellen werden. Aber ich verspreche, dich immer zu lieben und mein Bestes zu geben, um dich zu beschützen und glücklich zu machen.«

»Chris«, wisperte ich ergriffen.

»Ich liebe dich, Camy. Mehr, als ich je dachte, lieben zu können. Du bedeutest mir alles und noch so viel mehr.« Er holte tief Luft und klappte die Schatulle auf. »Willst du mich heiraten?«

Überglücklich betrachtete ich den Mann am Boden und konnte nicht fassen, was für ein Geschenk es ist, von ihm geliebt zu werden. An seiner Seite fühlte ich mich vollkommen und wunschlos. Es spielte keine Rolle, dass wir in einem anderen Land leben mussten, solange wir zusammen waren.

»Ja«, antwortete ich leise und nickte so heftig, dass mein Nacken schmerzte. »Ja!«, rief ich lauter und warf mich auf ihn.

Chris plumpste nach hinten und ließ die Schatulle achtlos neben sich fallen. »Natürlich will ich dich heiraten, Christian Green!« Ich übersäte sein Gesicht mit Küssen. »Ich liebe dich.«

Chris lachte befreit und presste mich fest an sich. »Du und ich, Curls«, flüsterte er. »Für immer.«

»Lügner«, sage ich und wische mir wütend die Tränen aus den Augen. »Für immer« ist bei ihm eine sehr überschaubare Zeitspanne. Nicht einmal ein Jahr später wirft er mir vor, ein Leben mit mir sei langweilig und nicht das, was er wolle. *Wie kann er mir das antun? Wie kann er mir so schonungslos das Herz aus der Brust reißen und anschließend gemütlich duschen, als sei nichts passiert?*

Ich stopfe das Geld in meinen BH und springe ohne Socken in die erstbesten Turnschuhe. Allein beim Gedanken daran, ihn gleich sehen zu müssen, überfällt mich Panik. Ich muss hier raus, oder ich drehe durch und breche zusammen. Kopflos verlasse ich das Schlafzimmer, kann es aber nicht verhindern, einen letzten Blick auf den Ring zu werfen. Unschuldig liegt er da. Funkelnd und wunderschön, so wie auch unsere Zukunft sein sollte. Eine Zukunft, die Chris nicht mehr will und die nichts weiter als eine Illusion war.

Im Wohnzimmer laufe ich beinahe in Isabella hinein. Sie runzelt bei meinem Anblick irritiert die Stirn.

»Was ist passiert?«, will sie wissen, doch ich schüttle den Kopf und dränge mich an ihr vorbei. »Wo willst du hin?«, ruft sie mir nach und bringt mich an der Tür zum Stoppen.

»Weg.«

»Wohin? Und wieso?«

»Chris hat die Verlobung gelöst«, lasse ich sie wissen und starre stur auf die Tür, damit sie mir den Schmerz nicht ansieht. Isa ist die stärkste Frau, die ich kenne. Vor ihr zu heulen wie ein Baby, würde den letzten Rest Selbstachtung in mir zerstören.

»Camy, egal was er gesagt hat, er meint es nicht so«, beschwört sie mich. »Chris ist manchmal ein Idiot, den du nicht zu ernst nehmen darfst.«

»Glaub mir«, antworte ich schweren Herzens. »Er meinte jedes Wort genau so, wie er es gesagt hat. Er will mich nicht, Isa. Er will kein Leben als braver Ehemann führen und irgendwo ruhig seine Tage verbringen. Es ist ihm zu langweilig. *Ich* bin ihm zu langweilig.«

Isabella schnaubt ungehalten. »Den Quatsch glaubst du ihm doch nicht ernsthaft, oder? Chris vergöttert dich und würde sich ein Bein ausreißen, damit es dir gut geht. Frag ihn nach der Wahrheit.«

Überrascht kräusle ich die Nase. »Was meinst du damit?«

»Rede mit ihm«, wiederholt sie eindringlich. »Lass ihn mit dem Mist nicht durchkommen und kämpfe.«

»Genau da liegt der Punkt«, werfe ich traurig ein und greife nach dem Türknauf. »Ich will nicht mehr kämpfen. Immer wieder bin ich auf ihn zugegangen, hab versucht ihn zu verstehen und mich nicht von ihm abgewendet, egal wie hartnäckig er mich von sich gestoßen hat.« Ich öffne die Tür. »Dieses Mal ist es anders. Seine Worte haben mir jeden Glauben an unsere Liebe genommen.«

Ich will nichts mehr hören. Will mich nicht dazu bringen lassen, klein beizugeben und ihn anzuflehen, mich zu wollen. So bin ich nicht. Ich dränge mich nicht auf, wenn mich jemand nicht will. Dafür habe ich zu viel Achtung vor mir selbst. Entschlossen und traurig zugleich verlasse ich das Hotelzimmer und fahre mit dem Fahrstuhl in die Lobby. Ich nehme nichts um mich herum wahr, will von niemandem angesprochen werden. Mit gesenktem Kopf verlasse ich das Hotel und steuere ziellos durch x-beliebige Straßen, bis ich mich am Strand wiederfinde. Vermutlich sind meine Augen rot geädert und meine Haut aschfahl, was die vielen mitleidigen Blicke der Touristen erklärt. Um mich ihnen zu entziehen, schlängle ich mich über den Sand durch Sonnenliegen und Strandtücher hindurch zu einer ruhigeren Stelle am Wasser. Mehrere hohe Felsen verbergen einen winzigen Platz, der statt aus Sand aus Steinen besteht. Ich schätze, deshalb ist hier kein Tourist zu sehen. Alle wollen im warmen, gemütlichen Sand liegen. Wäre ich im Urlaub, würde ich es nicht anders machen. Jetzt jedoch genieße ich die Abgeschiedenheit dieses winzigen verborgenen Fleckchens und setze mich auf den Boden. Die Steine drücken durch die dünne Leggings, aber das ist mir egal. Auch dass die Sonne erbarmungslos auf mich herunterscheint, interessiert mich nicht. Nichts ist wichtig.

»Miss?«

Erschrocken hebe ich den Kopf. Die Sonne blendet mich, weshalb ich meine Augen mit der Hand abschirme. Langsam werden die Umrisse des Mannes vor mir deutlicher, und je mehr ich erkenne, desto unwohler fühle ich mich plötzlich. Vor mir steht ein breit gebauter Typ in weißem Polohemd und schwarzer Stoffhose.

»Ja bitte?« Ich gebe mir Mühe, die Beklommenheit aus meiner Stimme zu vertreiben.

»Sie müssen mit mir kommen.«

»Ist das Privatgelände?«, frage ich verwirrt. »Hier war nirgendwo ein Schild. Sorry. Ich gehe natürlich sofort.«

Eilig will ich mich aufrichten, da schüttelt er mit mildem Lächeln den Kopf. »Darum geht's nicht, Camy.«

Schlagartig steigt mein Puls und bringt das Blut in meinen Ohren zum Rauschen.

»Mach es nicht unnötig schwer«, bittet der Mann und streckt die Hand aus. »Ich würde dir nur ungern wehtun.«

Einen Augenblick starre ich wie gelähmt auf seine Hand und überlege, was ich tun kann. Dann treffe ich eine Entscheidung. Ich springe auf und renne in die entgegengesetzte Richtung.

Hinter mir erklingt ein spanischer Fluch, und ich höre den Mann über die Steine rennen. Meine Beine tragen mich immer schneller und schneller am Wasser entlang, aber dass der Abstand nicht größer wird, spüre ich durch das heiße Kribbeln im Nacken.

Vor mir taucht eine Kurve auf, und wenn ich mich richtig erinnere, liegt direkt dahinter eine Cocktailbar. Ich überlege, um Hilfe zu schreien, doch bevor ich den Gedanken in die Tat umsetzen kann, trifft mich etwas am Hinterkopf. Ein heftiger Schmerz schießt durch mich hindurch – dann wird es dunkel.

36

Chris

Ich hatte keine andere Wahl. In Endlosschleife rede ich mir das ein, während das heiße Wasser meine Haut verbrennt. Der Schmerz ist mir willkommen, denn er überdeckt den beißenden Selbsthass. Mit einem Schlag habe ich Camy alles genommen – und das, nachdem ich wenige Sekunden zuvor Sex mit ihr hatte. Ihr Ex hat ihr genau das Gleiche angetan, was mich zu einem noch größeren Arschloch macht.

Keine Ahnung, wie viel Zeit vergeht, bis ich die Dusche ausschalte und in meine Klamotten steige. Minuten, Stunden? Es spielt keine Rolle. Das einzig Wichtige ist, dass ich Camy so weit von mir gestoßen habe, dass sie froh sein wird, wenn ich weg bin. Sie wird mich nicht suchen. Im Gegenteil. Vermutlich ist sie erleichtert, wenn sie mich los ist.

»Keine Schwäche«, raune ich und wische mir jede Emotion aus dem Gesicht, ehe ich das Bad verlasse. Im Wohnzimmer treffe ich auf Isa. Sie lehnt an der Wand und ihr sonst so ungerührter Blick schreit mir vorwurfsvoll entgegen.

»Was?«, fauche ich. »Verurteil mich, ist mir egal.«

»Ist es nicht, und das weißt du«, kontert sie. »Übrigens kannst du dir die Show des ach so abgebrühten Mistkerls sparen. Camy ist nicht in der Nähe.«

Schnaubend wende ich mich ab und gehe ins Schlafzimmer, um Isas nervtötend anklagende Art loszuwerden. Doch ehe ich die Tür hinter mir zuknalle, erstarre ich. Panik überfällt mich bei dem Chaos, und prompt bekommt meine Fassade Risse. Camys Tasche ist ausgekippt, und ein Teil ihrer Kleidung liegt auf dem Boden verstreut. Einer der Geldumschläge liegt oben auf meiner Reisetasche, und einige Scheine lugen heraus. Dass der Inhalt deutlich geschrumpft ist, erkenne ich sofort. Was mich aber endgültig aus der Fassung bringt, ist der Diamantring, der mitten auf dem Bett liegt und mich schadenfroh anfunkelt. Er brüllt mir zu, dass ich einen Fehler begangen habe, der mich weit mehr als mein Seelenheil kosten wird.

»Wo ist sie?«, schreie ich.

»Weg«, antwortet Isa knapp. »Anscheinend hast du sie dermaßen verletzt, dass sie es keine Sekunde länger in deiner Nähe aushält. Gut gemacht, Chris. Du hast dein Ziel erreicht.«

So weit habe ich sie also mit meinem Verhalten getrieben. Die Frau, die ich liebe, streift mutterseelenallein durch eine fremde Stadt in einem für sie unbekannten Land – und das ist meine Schuld. »Wie lang ist sie schon weg?«

Isa zuckt mit den Schultern. »Hab nicht auf die Uhr geguckt«, erwidert sie. »Aber mindestens eine halbe Stunde. Du hast dir ganz schön viel Zeit im Bad gelassen.«

»Eine halbe Stunde?«, rufe ich und fahre mir angespannt durchs Haar. »Und du bist nicht auf die Idee gekommen, mir Bescheid zu sagen oder sie zurückzuhalten?«

»Wag es nicht, mir die Schuld an dem Mist zu geben, den du verzapft hast! Ich habe dir gesagt, dass die Idee Schwachsinn ist und nach hinten losgehen kann. Aber hast du auf mich gehört? Nein. Natürlich hast du das nicht. Der allwissende Christian Green hört nie auf andere und weiß immer alles besser. Und jetzt schau, was dir diese Einstellung gebracht hat.«

»Fuck!« Überfordert tigere ich auf und ab. »Ich wollte Camy beschützen, nicht in die Schussbahn werfen.«

»Und was machen wir jetzt?«

»Wir suchen sie und holen sie zurück«, entscheide ich und sehe ins Schlafzimmer, zu Camys verstreuten Sachen. Ich habe keine Ahnung, wo und in welchem Zustand ich sie finden werde. Es ist sogar möglich, dass wir nicht in die Suite zurückkommen können. Was aber außer Frage steht, ist, dass ich sie finden werde. »Wir nehmen die Taschen mit!«, rufe ich Isa kurz entschlossen zu.

Camys Sachen zusammenzusuchen, fühlt sich an wie ein Eingriff in ihre Privatsphäre. Es gibt nicht viele materielle Dinge, die ihr etwas bedeuten und die sie seit Jahren an jeden neuen Ort mitnimmt. Ein kleines Fotoalbum mit Bildern ihrer Familie, in dem ihr Abschlusszeugnis vom College klemmt. Ein grüner Seidenschal, den sie sich kurz vor der Flucht aus Rosehill von ihrer Schwester Olivia geliehen hat, und seit einigen Monaten gehört auch der Verlobungsring dazu. Ihn einsam und verlassen auf dem Bett liegen zu sehen, wirkt falsch. Der Ring sollte sie daran erinnern, dass ich sie liebe und wir zusammengehören. Den Glauben dran habe ich ihr genommen.

Ich verstaue den Ring in Camys Kulturbeutel und ziehe den Reißverschluss zu. Mit den Taschen über dem Arm gehe ich zu Isa ins Wohnzimmer zurück. Auch sie hat gepackt und sich umgezogen.

»Was machen wir damit?«, will sie wissen und deutet auf eine schwarze Reisetasche mit Batmansymbol. Dylans.

»Seine Sachen sind mir egal. Wir lassen sie hier.«

»Will ich wissen, was du mit ihm angestellt hast?«

Mit breitem Grinsen trete ich auf die Tür zu. »Es ist möglich, dass ich ihn am anderen Ende der Stadt in einer verlassenen Gegend an einen Laternenmast gefesselt und der CIA einen Tipp gegeben habe, wo er zu finden ist«, sage ich, und einen winzigen Moment überwiegt die Genugtuung meine Sorgen. »Die Agents freuen sich garantiert über dieses Geschenk, und ich bin mir sicher, sie werden jedes Detail aus ihm herauskitzeln.«

Den Kontaktmann von einer Telefonzelle aus anzurufen, könnte ein Fehler gewesen sein. Immerhin wissen die Behörden jetzt, dass wir in Mexiko sind. Aber was hätte ich sonst mit ihm anstellen sollen? Dylan etwas anzutun, habe ich nicht über mich gebracht. Ja, ich, Christian Green, bin an meine Grenze des Ertragbaren geraten.

Isa lacht amüsiert und folgt mir aus dem Hotelzimmer. »Guter Schachzug, Green«, lobt sie und schließt die Tür hinter sich.

Um belastenden Fragen zu entgehen, fahren wir nicht in die Lobby, sondern in die Tiefgarage hinunter. Das gestohlene Auto lassen wir zurück, stattdessen verlassen wir das Hotelgelände zu Fuß. Es ist helllichter Tag, weshalb wir uns in den Strom aus Touristen mogeln, um darin unterzugehen. Zumindest solange wir auf den gängigen Straßen bleiben, sollte das mit etwas Glück funktionieren. Dass Camy ebenso in der Masse untergetaucht ist, glaube ich hingegen nicht. Sie wird die Abgeschiedenheit gesucht haben und sich von überfüllten Plätzen fernhalten.

Unsere Taschen verstauen wir in einem Schließfach im Einkaufszentrum in der direkten Nähe zum Hotel. Die Schlüssel versteckt Isa in ihrem BH. Anschließend überlegen wir, wohin Camy geflüchtet sein könnte. Da sie sich nicht auskennt, tippe ich auf den Strand. Er liegt dicht beim Hotel und ist dank der Straßenschilder nicht zu übersehen. Selbst ohne perfekt Spanisch sprechen zu können, erkennt man die Symbole darauf problemlos.

Den Rückweg zum Strand treten wir mit eingezogenem Kopf an und schleichen durch die Nebenstraßen von Cancúns Innenstadt. Immer wieder verstecken wir uns in stinkenden Ecken und warten ab, während jemand an uns vorbeigeht. Das Warten ist beinahe unerträglich. In jeder Sekunde, die vergeht, könnte Camy in Gefahr geraten. Denselben Weg zurück zum Strand zu nehmen, kommt aber nicht infrage. Zu riskant. Ich hasse es, mich zu verstecken und ständig über die Schulter zu sehen. Angriff und die Flucht nach vorn liegen mir wesentlich besser. Ginge es nur um mich, würde ich mich nicht so verhalten. Aber es geht nicht um mich. Es geht um die katzenhafte Blondine hinter mir und vor allem um den quirligen Lockenkopf, den ich unbedingt finden muss.

Schon von Weitem entdecke ich blinkende Lichter und einen aufgeregten Menschenauflauf auf der Promenade. Abrupt halte ich an und greife nach Isas Arm. Ich ziehe sie hinter eine Imbissbude und schaue vorsichtig um die Ecke.

»Was ist los?«, flüstert sie alarmiert.

Zwei Polizeiwagen blockieren einen der vielen Eingänge zum Strand. Sofort strahlen die Warnleuchten in meinem Kopf hellrot auf, und Panik greift nach meinem Herz.

»Irgendwas ist passiert«, erwidere ich leise und bete stumm, dass es nichts mit Camy zu tun hat. Es könnte auch eine Schlägerei oder einen Diebstahl gegeben haben – und noch während ich das denke, weiß ich, dass es ein zu großer Zufall wäre. Schwer schluckend, kämpfe ich die Panik nieder und wage mich aus dem Versteck. »Ich geh nachsehen«, lasse ich Isa wissen. »Warte hier. Bin gleich zurück.«

Mit bemüht gelassenen Schritten schlendere ich die Promenade entlang und bleibe am äußeren Rand der Menschenmasse stehen. Neben mir umklammert eine ältere Dame den Arm eines Mannes, der das Schauspiel interessiert verfolgt.

»Entschuldigen Sie«, spreche ich sie an.

Der Mann richtet seinen Sonnenhut und sieht zu mir. Er wirkt weder misstrauisch noch besorgt. Lediglich Neugier funkelt mir entgegen. Ganz anders als bei seiner nahezu hysterischen Begleiterin.

»Was ist hier passiert?«

»Irgendwer hat die Polizei gerufen, weil eine Frau weggetragen wurde«, verrät er mir.

»Weggetragen?«

Er nickt. »Wenn Sie mich fragen, wird hier viel Wind um nichts gemacht«, lässt er mich wissen und tätschelt die Hand der Frau. »Vermutlich ist sie umgekippt, und ihre Freunde kümmern sich um sie.«

»Das glaube ich nicht«, mischt sich die Frau ein. »Zwei Männer kamen da hinten aus Richtung der Felsen. Einer von ihnen hat eine bewusstlose Frau im Arm getragen. Sie sind schnurstracks mit ihr zu einem schwarzen SUV gegangen und haben sie auf den Rücksitz gelegt.« Bedeutungsschwer beugt sich die Frau vor und sieht mir tief in die Augen. »Wäre es harmlos gewesen, hätten sie Hilfe gerufen und die junge Frau nicht weggeschleppt. Nein, nein«, fährt sie fort und vergrößert den tonnenschweren Stein auf meiner Brust mit jedem weiteren Wort. »Ich bin mir sicher, da war etwas faul. Beide Männer sind vorn eingestiegen und haben sich verdächtig umgesehen. Wenn man sich Sorgen um eine Freundin macht, steigt man doch hinten zu ihr und beobachtet, ob es ihr besser geht. Das habe ich auch der Polizei gesagt.«

»Wie …«, setze ich an und räuspere mich, in der Hoffnung, meine Nerven zu beruhigen. »Wie sah die Frau aus?«

»Hübsch«, antwortet der Mann knapp. »Schwarze Locken und Karamellhaut.«

Mein Herz erstarrt. Die Geräusche verstummen, und die Umgebung verblasst. Vor mir erscheint Camy, wie sie tief verletzt aus dem Bad stürmt. Wie gebrochen und traurig ihre Augen glitzern, während sie gegen die Tränen ankämpft.

Ich bin schuld.

Ich habe sie vertrieben und direkt in die Arme unserer Verfolger geschubst. Wäre ich nicht so kalt zu ihr gewesen, hätte ihr nicht das Herz gebrochen, wäre sie jetzt bei mir. In Sicherheit.

Der Selbsthass und die Vorwürfe zerfressen mich und schlagen faustgroße Löcher in meine Seele – aber das darf ich nicht zulassen. Zumindest noch nicht. Denn noch gibt es Hoffnung, dass ich Camy lebend und gesund wiederfinde. Und dafür brauche ich einen klaren Kopf. Ich darf den Fokus nicht verlieren und muss mich, verdammt noch mal, zusammenreißen!

»Sir, geht es Ihnen nicht gut? Sie sind so blass.«

»Doch, doch. Alles gut«, lüge ich heiser. »Was wissen Sie über das Auto?«

37

Camy

Jemand hämmert mit einem Baseballschläger auf meinen Kopf ein. Entweder das, oder eine Bassbox steht direkt neben meinem Ohr. Das Pochen hinter meinen Schläfen wird immer heftiger, bis es mich endgültig aus dem Schlaf reißt. Blinzelnd öffne ich die Augen, doch alles bleibt schwarz. Ich will mir übers Gesicht reiben, aber meine Hände bewegen sich nicht, egal wie sehr ich mich anstrenge. Es dauert länger, als ich zugeben möchte, bis mein Kopf klar genug ist, um zu begreifen, dass meine Augen verbunden und meine Hände an etwas gefesselt worden sind. Panisch ziehe ich an meinen Händen, und prompt schießt der Schmerz erneut unbarmherzig durch meinen Kopf. Ich stöhne gequält auf und spüre etwas Kühles und Klebriges, das sich von meiner Kopfhaut bis in den Nacken zieht. Blut, da bin ich sicher.

Nach und nach setzen sich die Bruchstücke zusammen, und an je mehr ich mich erinnere, desto größer wird meine Angst. Der Mann am Strand. Der Schlag auf den Hinterkopf. Sie haben mich erwischt, weil ich mich von meiner Trauer habe lenken lassen wie ein dummer Teenager. *Wie konnte ich mich so dämlich verhalten und mich zum Weinen an den Strand setzen?*

Ein Knarzen reißt mich aus den Gedanken. Ich drehe den Kopf in die Richtung, aus der ich das Geräusch vermute, und lausche. Wieder knarzt es, dann folgen Schritte, die viel zu schnell lauter werden. Bald hört es sich an, als würden die

Schritte nur noch wenige Meter von mir entfern sein, weshalb ich eilig den Kopf hängen lasse und die Augen schließe.

Ein Schloss wird entriegelt, und ich kann hören, dass sich eine Tür öffnet.

»Wie fest habt ihr Idioten zugeschlagen?«

Eine Frau. Ihre Stimme kommt mir seltsam bekannt vor, einordnen kann ich sie allerdings nicht. Sie hat einen Akzent, der die Endungen ihrer englischen Worte in die Länge zieht und die Sprache melodischer klingen lässt.

»Fue solo un leve golpe.«

Die Frau schnaubt, und ich wüsste zu gern, was der Mann gesagt hat. An seine Stimme erinnere ich mich leider sehr genau. Es ist der Typ, der mich am Strand angesprochen hat. Der mich niederschlug und entführte.

»No me parece«, erwidert sie wütend.

»Hey!«, erklingt ein Dritter. Im letzten Moment kann ich mich davon abhalten, vor Überraschung den Kopf zu heben, als ich ihn akzentfrei sprechen höre. »Wir hatten uns darauf geeinigt, uns in einer Sprache zu unterhalten, die ich verstehe«, setzt er nach und beweist damit, dass er kein Mexikaner ist.

»Que idiota«, sagt mein Entführer.

»Hört auf, euch wegen Unwichtigkeiten zu streiten, und konzentriert euch gefälligst auf das, wofür ich euch bezahle«, mischt sich die Frau ein. »Seht einmal pro Stunde nach ihr. Sobald sie wach ist, will ich mit ihr sprechen.«

Die Tür knarrt, und Schritte entfernen sich, bis sie schließlich nicht mehr zu hören sind. Plötzlich spüre ich etwas an der Wange. Jemand zieht an einer meiner Locken und atmet ein, als würde er daran riechen. Ekel kriecht mir tief in die Poren, dennoch rühre ich mich nicht, wofür ich definitiv einen Oscar verdient habe.

»Die ist viel zu hübsch für Green«, raunt es dicht an meinem Ohr. »Keine Ahnung, was sie an ihm findet.«

»Wenn alles glatt läuft, muss sie sich bald einen Neuen suchen.« Der Mexikaner lacht auf. »Kannst dich ja vorstellen.«

Warme Finger streichen mir über die Wange, hinab zum Kinn und fahren die Kontur meines Kiefers nach.

»Komm schon. Gehen wir hoch, bevor die Chefin sauer wird.«

Ein letztes Mal streichen seine Finger über meine Lippen, dann verschwindet die Berührung, und ich atme innerlich befreit auf. Die Männer scherzen auf dem Weg zur Tür und knallen sie lautstark hinter sich zu, ehe ein eindeutiges Klacken verrät, dass sie mich eingesperrt haben. Erst nachdem ihre Schritte verklungen sind, hebe ich den Kopf und spucke angewidert auf den Boden. Am liebsten würde ich mich mit Kernseife einreiben, die Berührungen von mir waschen und meine Haut desinfizieren. Aber ich kann nichts tun, außer abzuwarten und darauf zu hoffen, dass sie mir die Bewusstlosigkeit noch eine Zeit lang abkaufen. Was ich tue, wenn sie genug von dem Spielchen haben, weiß ich nicht. Noch schlimmer aber ist, dass ich nicht weiß, was *sie* dann tun.

Chris hatte mit seiner Behauptung recht, auch wenn ich das niemals laut aussprechen werde. Ich habe bisher nur einen winzigen Einblick darin erhalten, was es wirklich bedeutet, so ein Leben zu führen. Die letzten zwei Jahre waren zwar alles andere als einfach, und es gab einige gefährliche Situationen, denen ich mich jedoch bisher nie allein stellen musste. An meiner Seite waren Menschen, die im Notfall wussten, was zu tun war. Nun bin ich allein und ausgeliefert.

Es wird kein Wunder geschehen. Je mehr Zeit vergeht, desto sicherer bin ich, dass Chris und Isa mich nicht suchen. Sie werden nicht die Helden spielen, die ich mir so sehnlich wünsche, und durch die Tür stürmen, um mich zu retten. Vermutlich denkt Isa, ich brauche Zeit, um mit der Trennung klarzukommen. Und Chris? Der ist sicherlich froh darüber, mich nicht sehen und sich mit meinem Schmerz auseinandersetzen zu müssen. Aus den Augen, aus dem Sinn. Das zu glauben, tut unbeschreiblich weh. Mein Herz will sich nicht eingestehen, dass Chris mich verlassen hat. Will nicht akzeptieren, dass unser Märchen endgültig vorbei ist. Und doch werde ich einen Weg finden müssen, damit klarzukommen. Ich bin nicht zum ersten Mal verlassen worden, aber nie tat es dermaßen höllisch weh. Es fühlt sich an, als hätte man mir einen Teil meiner Seele entrissen und damit ein faustgroßes Loch in mich geschlagen. Ein Loch, das von Leere und Trauer dominiert wird. Ob ich mich eines Tages davon erholen kann, weiß nur das Schicksal.

In regelmäßigen Abständen betritt jemand den Raum. Als ich mich beim dritten Besuch noch immer nicht rege, greift mir die Person ans Handgelenk und prüft meinen Puls. Beim vierten Besuch rüttelt der Mexikaner leise murmelnd an meiner Schulter. Ich stöhne leidvoll auf, lasse die Augen aber geschlossen und den Kopf gesenkt. Fluchend lässt er mich los und knallt die Tür heftig hinter sich zu.

Wie lange ich inzwischen an den Stuhl gefesselt bin, kann ich nicht einschätzen. Aber es muss lang sein, denn meine Fingerspitzen sind taub, und meine Füße kribbeln. Die Frau sagte zwar, sie sollten einmal die Stunde nach mir sehen, aber die Zwischenräume fühlen sich mit jedem Mal kürzer an. Dass meine Schonfrist endgültig abgelaufen ist, steht fest, als sie zu dritt den Raum betreten. Etwas Endgültiges liegt in der Luft, das mich frösteln lässt.

Nur einen Wimpernschlag nachdem sie hereingekommen sind, wird es plötzlich nass in meinem Gesicht. Hustend hebe ich den Kopf und versuche die Hand zu bewegen, um mir das Wasser von der Haut zu wischen. Gespielt erschrocken ziehe ich mehrmals an meinen Fesseln und jammere schmerzhaft auf.

»Guten Morgen, Prinzessin«, sagt der Mann, der mich vorhin betatscht hat. »Ich hoffe, du bist ausgeschlafen.«

»Was soll das? Wer sind Sie?«

»Kannst du dir nicht denken, wer wir sind?«

»Herrero«, wispere ich und muss die Angst in meiner Stimme nicht vorspielen. Ich habe Angst. Todesangst.

Die Frau lacht hell auf, aber es klingt nicht fröhlich, sondern berechnend und kalt. »Da wir nun alle im Bilde sind«, begrüßt sie mich, »würde ich sagen, wir können das Versteckspiel aufgeben.«

Mir wird die Augenbinde abgenommen. Ich blinzle gegen das grelle Licht einer tief hängenden Glühlampe an und sehe mich mit zugekniffenen Augen um. Meine Hände sind an die Stäbe eines schmalen Holzstuhls gebunden, der das einzige Möbelstück im Raum ausmacht. Die Wände wurden in einem warmen Braunton gestrichen, den ich an einem solchen Ort nicht erwartet habe und der etwas Gemütliches an sich hat, das nicht hierher passt. Es gibt kein Fenster, und durch die offen stehende Tür kann ich nicht mehr als eine dunkle Treppe erkennen.

Nach und nach gewöhnen sich meine Augen an das Licht, und ich traue mich, vorsichtig zu meinen Entführern zu sehen. Als Erstes fällt mir der Mann vom Strand auf. Er lehnt neben der Tür und grinst mich selbstgefällig an. Dass er die gleichen Sachen wie zuvor trägt, könnte bedeuten, dass noch nicht viel Zeit vergangen ist. Einerseits wäre das gut, denn das gibt ihnen nicht genügend Zeit, um mich allzu weit weggebracht zu haben. Andererseits ist es schlecht. Da wir im Streit auseinandergegangen sind, wird Chris sich nicht sofort Sorgen machen. Ebenso Isa. Es wird dauern, bis sie bemerken, dass etwas nicht stimmt.

Viel zu nah vor mir steht ein Mann mit blonden, zurückgegelten Haaren. Das Markanteste an ihm ist die breite Nase, die nicht in sein ansonsten makelloses Gesicht passt. Das hellblaue

Hemd und die verwaschene Jeans könnten ihn harmlos wirken lassen, wären da nicht seine Augen. Diese dunklen, emotionslosen Augen. Schaudernd wende ich mich von ihm ab und lande bei einer Frau, bei deren Anblick mir schlagartig eiskalt wird.

»Sehr gut«, bemerkt sie amüsiert. »Du erkennst mich. Das erspart mir einiges an lästigen Fragen.«

Ihre Haare sind noch immer so voll, dunkel und lang wie vor eineinhalb Jahren, und auch ihre Haltung ist noch immer so steif, als wäre sie in ein Korsett geschnürt worden. Die Mexikanerin zu sehen, bringt meinen Puls ins Stolpern, und die feinen Härchen auf meinen Armen richten sich auf. Während unseres letzten Aufeinandertreffens hätte das FBI sie beinahe in die Finger bekommen. Ich bezweifle, dass sie mir das nicht mehr nachträgt. Und sicherlich hat sie auch nicht vergessen, dass ich sie damals an der Tankstelle vor Dallas über den Haufen fahren wollte. Wäre sie nicht im letzten Moment zur Seite gesprungen, stünde sie nun nicht vor mir. Beste Freundinnen werden wir demnach nicht.

»Du bist mir zweimal entkommen. Das wird kein drittes Mal geschehen«, lässt die Trankstellenfrau mich wissen.

38

Camy

»Wer bist du?«, frage ich, denn wieder einmal siegt meine Neugier über die Vernunft.

»Dein schlimmster Albtraum«, verkündet sie mit boshaftem Lächeln. »Oder aber deine beste Freundin. Das liegt daran, wie kooperativ du bist.«

»Hast du keinen Namen?«

»Wirklich? So etwas Belangloses interessiert dich?« Sie rollt überheblich mit den dunklen Augen. »Reyna.«

»Kein Nachname?«

Sie schüttelt nur mit einem milden Lächeln den Kopf.

»Und was tust du?«, hake ich weiter nach. »Bist du die neue Chefin, oder hat man dich bloß dazu abkommandiert, mich einzufangen?«

»Mich kommandiert niemand!«, faucht sie und presst die feuerroten Lippen zu einem wütenden Schlitz zusammen.

Anscheinend habe ich einen wunden Punkt getroffen, den ich mir merken werde. Ich weiß zwar noch nicht, wie es mir helfen soll zu wissen, wie ich Reyna reizen kann, aber jede noch so kleine Information kann irgendwann wichtig werden. Das haben meine Dozenten am College mir immer wieder eingetrichtert.

»Da wir uns nun so gut kennen, verrat mir doch, wo die anderen sind«, fordert sie bissig.

»Falls du es nicht mitbekommen hast: Ich war allein und heulend am Strand. Christian hat mich verlassen.«

»Umso besser. Dann gibt es keinen Grund für dich, ihn zu beschützen.« Reyna sagt es mit einer solchen Selbstverständlichkeit, dass ich mich frage, ob sie jemals verliebt war. Ein Mensch wird einem nicht von einer Sekunde auf die andere egal, nur weil man kein Paar mehr ist. Ich liebe Chris nach wie vor, und das wird sich auch nicht ändern. Er ist die Liebe meines Lebens, selbst noch nachdem er mir das Herz aus der Brust gerissen hat.

»Ich falle niemandem in den Rücken«, verkünde ich.

»Du willst trotz allem nicht reden? Entweder bist du besonders dumm oder sehr tapfer.«

Das falsche Lächeln entgleitet Reyna, stattdessen strahlt mir nun pure Abscheu entgegen. Sie kommt auf mich zu, und der Surferboy räumt das Feld, um ihr seinen Platz zu überlassen.

»Diese Sturheit wird dein Untergang sein«, verkündet sie. »Ich gebe dir eine Stunde, dann bekomme ich die Informationen. So oder so. Entweder redest du freiwillig, oder ich bringe dich dazu.« Mit einem letzten finsteren Blick wendet sie sich ab und rauscht aus dem Raum.

Reynas Worte hallen in mir nach. Ich will daran glauben, dass ich dem Druck standhalten kann. Dass ich die anderen nicht verrate und den Mund halte. Genau wissen kann ich es aber nicht. Ich habe keine Ahnung, was in einer Stunde auf mich zukommt. Folter, Psychoterror? Was es auch ist, ich bin sicher, es wird nicht einfach, es zu überstehen, ohne meine Prinzipien zu brechen.

»Lass uns hochgehen.« Die Stimme des Mexikaners lässt mich zur offenen Tür sehen. »Ich hab Hunger«, beschwert er sich.

»Ich komme gleich nach.«

Mein Entführer rollt genervt mit den Augen, verlässt aber widerstandslos den Raum und lässt mich mit dem Grapscher allein. Am liebsten würde ich ihm nachrufen, hierzubleiben oder den anderen zu zwingen, mit ihm zu gehen. Damit würde ich jedoch verraten, dass ich vorhin schon wach war und seine Berührungen gespürt habe. Außerdem darf ich keine Schwäche zeigen. Ich darf ihnen nichts geben, womit sie mich kleinkriegen können.

Schleichend wie ein Raubtier kommt er auf mich zu und hockt sich mit laszivem Lächeln vor mich auf den Boden. Solche Männer kenne ich leider zur Genüge. Sie geilen sich daran auf, wenn eine Frau ihnen unterlegen ist und sie die Oberhand haben. Merken sie hingegen, dass man nicht klein beigibt und ihnen gewachsen ist, ziehen sie den Schwanz ein und räumen beleidigt das Feld.

»Wie ist eine Frau wie du an ein Arschloch wie Green geraten?«, fragt er und legt nachdenklich den Kopf schief.

»Mit Anlauf«, entgegne ich prompt. »Und dann bin ich auf ihn gesprungen und hab nicht mehr losgelassen.«

Damit hat er nicht gerechnet. Überrascht reißt er die Augen auf, nur um sie eine Sekunde später wütend zusammenzukneifen. »Du denkst, du wärst unantastbar, weil die Chefin etwas von dir will?«, höhnt er und legt mir eine Hand aufs Knie. »Sobald sie mit dir fertig ist, bist du Freiwild. Wenn du artig bist, kümmere ich mich dann um dich und beschütze dich vor den anderen.«

»Ich bin tot, sobald Reyna mich nicht mehr braucht. Und als Leiche brauche ich keinen Schutz mehr.«

»So einfach macht sie es dir nicht«, sagt er und schürt meine Angst damit wie ein Blasebalg das Feuer. »Dich einfach nur zu töten, ist nicht ihr Stil. Du wirst bei uns bleiben. Überleg dir also, ob du nicht lieber freundlicher zu mir sein willst.«

»Lieber sterbe ich«, entgegne ich angeekelt und presse die Knie zusammen, um seiner Hand den Weg zu versperren.

Er lacht amüsiert. »Warte ab, Süße. Ich bin deine beste Option, das wirst du noch früh genug rauskriegen. Die anderen sind nämlich nicht so freundlich wie ich. Für sie bist du bloß Greens kleine Schlampe.«

»Und für dich bin ich das nicht?«, frage ich.

Langsam tastet sich seine Hand mein Bein hinauf. Knapp vor meinem Schoß stoppt er und zeichnet träge Kreise mit dem Finger. »Du bist eine Romantikerin«, erklärt er raunend. »Klug, aber naiv. Du willst an die Liebe glauben und übersiehst dabei alle Warnsignale. Sogar die, die jede noch so verliebte Frau sofort vertreiben würde, wenn sie ihr Gehirn benutzt.«

»Was meinst du damit?«

»Ein Typ wie Christian Green ist nicht dazu fähig, jemanden zu lieben«, erklärt er herablassend und sieht mir in die Augen. »Wer seine eigene Mutter umbringt, hat kein Gewissen. Selbst für mich wäre da die Grenze.«

»Was?« Meine Stimme ist ein hysterisches Kreischen, das von den kahlen Wänden widerhallt. »Du lügst.«

Zu glauben, dass Chris seine Mutter umgebracht hat, ist absurd. *Jedes Mal, wenn wir über seine Eltern sprachen, habe ich gemerkt, dass …* Ich stocke und halte den Atem an. Chris hat keinen Hehl daraus gemacht, den Tod seines Vaters nicht sonderlich zu betrauern. Über seine Mutter haben wir hingegen nie viel gesprochen. Ich dachte, das läge daran, dass sie ihm fehlt und es zu schmerzhaft für ihn ist, an sie erinnert zu werden. Aber was, wenn der Typ recht hat und der Grund für Chris' Schweigen ein anderer war? Was, wenn er sich seiner Schuld nicht stellen will und deshalb einen Bogen um das Thema macht?

»Du wusstest es nicht«, erkennt er und lacht bellend auf. »Dein Toyboy hat's dir nie erzählt. So viel zu eurer großartigen Liebe und dem super Vertrauen in einer Beziehung«, stichelt er. »Willst du wissen, wieso er es getan hat?«

Alles in mir drängt mich dazu, Nein zu sagen und nicht auf die Anschuldigungen zu hören. Dennoch merke ich, wie ich nicke, und ernte ein zufriedenes Lächeln.

»Sie wollte aus dem Geschäft aussteigen, er nicht. Er wollte verhindern, dass sie ihm seinen Lebensinhalt wegnimmt. Für Christian ist dieses Milieu alles, was er kann und will. Das wird er nie aufgeben, auch nicht für dich.«

Seine Worte lassen die Wunde in meinem Herzen heftiger bluten. Öde und langweilig, so nannte Chris unser Leben. Noch vor wenigen Tagen hätte ich jeden für verrückt erklärt, der mir einreden wollte, dass er so denkt. Nun liegen die Dinge leider anders. Wie gut kenne ich Chris wirklich? Wer ist der Mann, dem mein Herz gehört, und was für dunkle Geheimnisse verbirgt er?

»Ich glaube, du hast einiges von mir bekommen, über das du nachdenken solltest. Ich werde dir Zeit geben«, verkündet der Grapscher und steht auf. Dass die Hand von meinem Bein verschwindet, erleichtert mich, trotzdem kann ich nicht aufatmen. Dafür haben seine Anschuldigungen zu viel in mir aufgewirbelt.

Mit einem letzten gierigen Blick über meinen Körper verlässt er den Raum und zieht die Tür hinter sich zu. Ich warte auf das obligatorische Klacken beim Schließen, doch es kommt nicht. Sofort springt mein Puls in die Höhe. Die Tür ist nicht verschlossen. Auch wenn ich stundenlang über Chris, seine Mutter und die Zeit nachdenken will, in der Reyna mich ihren Mitarbeitern als Spielball überlassen wird, schiebe ich all dies vorerst beiseite. Ich muss mich darauf konzentrieren, die Chance zu nutzen und hier rauszukommen.

Da meine Beine nicht am Stuhl angebunden sind, könnte ich aufstehen. Allerdings sind meine Hände daran gefesselt, und ohne etwas Scharfes werde ich das Seil nicht los. Ich versuche mit dem Stuhl im Rücken aufzustehen, kippe aber direkt wieder nach hinten. Meine Hände sind zu tief daran festgebunden, als dass ich mit ihm die Treppen hinaufsteigen könnte. Und selbst wenn, wie soll ich rennen oder mich verteidigen, wenn meine Hände nutzlos sind?

Fluchend sehe ich mich in dem winzigen Verlies um. Hier drin gibt es nichts Hilfreiches, nicht einmal ein Nagel guckt aus der Wand. Mein Fluchen steigert sich zu einem Konzert aus Schimpfworten, für die meine Mom mich ohne Abendessen aufs Zimmer schicken würde, während die Verzweiflung weiter ansteigt und mir beinahe die Luft abschnürt. Probehalber bewege ich meine Hände und drehe sie hin und her. Doch je stärker ich das tue, desto tiefer schneidet das raue Seil mir in die Handgelenke. Obwohl ich das weiß, gebe ich nicht auf und drehe meine Hände so lange, bis ich die Haut aufreißen spüre und warmes Blut mir über die Finger rinnt. Ich unterdrücke einen frustrierten Schrei und blicke zur Tür. Sie scheint mich zu verhöhnen, ist unverschlossen und dennoch nicht hilfreich. Wenn sie sich in weniger als einer Stunde öffnet, ist meine Zeit abgelaufen. Sie werden kommen, Antworten verlangen und keine von mir erhalten. Zumindest nicht freiwillig. Was darauf folgt, weiß ich nicht, und das macht mir schreckliche Angst.

39

Chris

Bescheidenheit ist keine Eigenschaft, die ich mit den Herreros verbinden würde. Sie sind für schicke Kleidung bekannt und dafür, gern dick aufzutragen. Trotzdem stehen wir jetzt hier. In einem bodenständigen Viertel der unteren Oberschicht. Das Haus ist weit davon entfernt, ein typisches Versteck zu sein. Zwei Etagen, weiße Fassade, gepflegter Vorgarten und zwei SUVs in der Einfahrt. Wüsste ich es nicht besser, würde ich daran vorbeilaufen, ohne es mir näher anzusehen. Aber ich weiß es besser, denn aufmerksames Hinhören hat ausgereicht, um zu erfahren, dass die Polizei weiß, auf wen das Auto zugelassen ist, mit dem Camy weggebracht wurde. Sobald sie herausbekommen haben, dass ein Mitglied der Herreros involviert ist, zogen sie den Schwanz ein und verließen den Strand, ohne etwas zu unternehmen. *Die Polizei, unser Freund und Helfer.*

Mit mulmigem Gefühl sehe ich zu Isa. Sie hat ihre neuerdings kurzen Haare hinter die Ohren geschoben und schaut aufmerksam um den Wagen herum auf die andere Straßenseite. Sich hinter ein Auto zu hocken und darauf zu hoffen, dass wir nicht auffliegen, ist mehr als leichtsinnig. Auf dieser Straße gibt es jedoch nichts, das uns vernünftigen Schutz bieten kann. Die Häuser stehen weit auseinander, und es existieren keine Gassen oder toten Winkel.

»Etwas stimmt hier nicht. Wieso sollten sie Camy in ein Haus bringen, in dem es keine offensichtlichen Sicherheitsvorkehrungen gibt? Die Herreros besitzen einen Haufen sauteurer Anwesen, die besser gesichert sind als Fort Knox. Trotzdem haben sie sie in ein Haus von irgendeinem Mitglied gebracht«, sage ich.

»Vielleicht versucht, wer auch immer sie hat, zu verheimlichen, dass sie Camy geschnappt haben.«

»Aber wieso?«

»Eine Falle?«, rät Isa.

»Entweder das, oder wir haben neuerdings einen Schutzengel, der uns mit Wundern versorgt. Es war viel zu einfach, sie zu finden und bis hierhin zu kommen.«

»Wir müssen das Risiko trotzdem eingehen. Wenn wir kneifen, lassen wir Camy im Stich.«

»Denkst du, das weiß ich nicht?«, fahre ich Isabella an. »Es bringt mich um, tatenlos hier zu hocken und mir auszumalen, was Camy währenddessen durchmacht.«

»Was schlägst du also vor?«

»Wir brauchen mehr Infos. Ewig zu überlegen, bringt uns nicht weiter«, verkünde ich. »Ich gehe rüber und sehe mir das aus der Nähe an.«

»Du meinst, *wir* gehen rüber«, wirft sie ein und will aufstehen, aber das lasse ich nicht zu. Energisch drücke ich sie an der Schulter herunter und schüttle den Kopf.

»Du wartest hier. Falls sie mich erwischen, hol die Sachen aus dem Schließfach und sieh zu, dass du irgendwie nach South Carolina kommst.«

»Du schickst mich nicht ernsthaft nach Charleston?«, fragt Isa ungläubig.

»Doch.«

»Das ist Wahnsinn! Du kannst nicht von mir verlangen, meinen knackigen Hintern in Sicherheit zu bringen und euch zurückzulassen.«

»Genau das erwarte ich von dir.«

»Nein!«, beharrt sie und versucht aufzustehen. Ich will Isa erneut an der Schulter herunterdrücken, aber dieses Mal schüttelt sie meine Hand ab und richtet sich auf. »Ich werde einen Teufel tun und verschwinden.«

»Wir haben keine Zeit für übertriebenen Stolz, Isa. Camy muss schnellstmöglich da raus.«

»Sehe ich auch so«, stimmt sie zu. »Also lass den chauvinistischen Bullshit und hör auf, den Märtyrer zu spielen, Chris. Ich bleibe bei euch.«

Ich kenne diese Frau lange genug, um einzusehen, wann ich verloren habe. »Dann bleib wenigstens hier und lass mich allein rübergehen«, bitte ich sie. »Wenn etwas schiefgeht, du Schüsse hörst oder ich in einer Stunde nicht wieder da bin, kannst du von mir aus so dämlich sein und dein Leben riskieren, statt dich in Sicherheit zu bringen.«

Bevor sie auch noch anfängt, darüber zu diskutieren, verlasse ich das lächerliche Versteck und überquere zügig die Straße. Ich nutze die Geländewagen in der Einfahrt als Sichtschutz und schleiche gebückt hinter ihnen entlang, bis mich nur noch ein knapper Meter vom Haus trennt. Ohne lange nachzudenken, renne ich das kurze Stück und presse mich eilig an die Hauswand. Gegenüber von mir erstreckt sich ein Beet, das weiter hinten vor einem Zaun endet. Darin gibt es neben Blumen auch hüfthohe Büsche, hinter denen ich mich im Notfall verstecken könnte. Nicht ideal, aber der einzig brauchbare Plan B.

Dicht an die Wand gedrängt, schleiche ich weiter aufs Grundstück und bücke mich unter Fenstern hindurch. Nach einigen Metern endet die Hauswand, und ich stehe vor einer Biegung, die zum Hinterhof führt. Mit einem Auge spähe ich um die Ecke, und was ich dort sehe, lässt mich fluchen. Ein massiver Holzzaun steht mir im Weg. Er ist mindestens drei Meter hoch, und neben der einzigen Tür blinkt ein rotes Licht in einer

Schalttafel. Anscheinend ist ein Zahlencode nötig, um die Tür zu öffnen. Frustriert will ich mich abwenden und zurück zu Isa gehen, da höre ich Stimmen von der anderen Seite und halte inne.

»… verdammt heiß.«

»Stehst du echt auf die Kleine von Green?«, sagt ein Mann lachend, und prompt beiße ich die Zähne zusammen, um nichts Dummes zu tun. Zum Beispiel, sie anzubrüllen, sie sollen aufhören, so respektlos über meine Verlobte zu sprechen. Denn dass sie über Camy reden, ist eindeutig.

»Was soll's«, kommentiert ein anderer. »Ändert ja nichts daran, dass sie scharf ist.«

»Was meinst du, wann Reyna uns mit ihr spielen lässt?«

»Keine Ahnung. Sobald ich aufgeraucht habe, soll ich zu ihr kommen. Ihr geht die Geduld aus, also wird's wohl nicht mehr lange dauern.«

»Wundert mich, dass Reyna überhaupt Geduld zeigt«, feixt einer von ihnen. »Hätte ich unserer Chefin nicht zugetraut. Ich dachte, sie nimmt die Kleine direkt ins Verhör.«

Reyna. Monatelang haben wir uns gefragt, wer die Organisation übernommen hat, aber dieses Geheimnis wurde besser versteckt als der Heilige Gral. Dass die konservativen Herreros ihre Geschäfte an eine Frau abgegeben haben, überrascht mich. Vor allem weil bisher alles in Familienhand war. Eine Tochter haben sie nicht, da bin ich sicher. Wer also ist diese Reyna, und wieso hat sie so einen großen Einfluss?

»Lass uns wieder reingehen. Ich will nicht verpassen, wenn's losgeht.«

»Ich komme gleich nach«, höre ich einen der Männer antworten. »Ich muss noch das Handy aus dem Auto holen. Reyna will ihren Kontakt in den USA anrufen.«

»Die kann es echt nicht auf sich beruhen lassen. Wegen ihrer Scheiße kriegen sie uns noch alle.«

»Sie will Eduardo eine Nachricht schicken. Da ist doch nichts dabei«, erwidert der andere locker.

Ich presse mich dichter an den Zaun, um kein Wort zu verpassen. Eduardo ist der Sohn des ehemaligen Kartellchefs und hockt artig hinter Gittern. Wenn diese Reyna dennoch mit ihm in Kontakt steht, scheinen die Behörden ihre Arbeit nicht sonderlich gut zu machen.

»Nichts dabei«, spottet er. »Frauen sind viel zu emotional für diesen Job. Würde es nach mir gehen, hätte sie die Leitung nie übernommen.«

»Wenn du an deinen Eiern hängst, lass sie das bloß nicht hören«, scherzt der andere. »Ich hol das Handy, geh du schon rein.«

Blitzartig reiße ich mich vom Zaun los, hechte auf die andere Seite und hocke mich hinter einen der Büsche. Gerade noch rechtzeitig, denn da geht die Tür bereits auf. Diskret wage ich einen Blick um den Busch herum, kann aber nicht viel mehr als helle Haare und ein breites Kreuz erkennen, das zur Einfahrt schlendert. Was ich dafür umso besser sehe, ist, dass die Tür sich nur sehr langsam schließt. Kurz bevor sie vollständig zufällt, hechte ich aus dem Beet, schiebe meine Finger dazwischen und halte sie einen minimalen Spalt weit auf. Es ist mehr als riskant, auf die andere Seite zu gehen, ohne zu wissen, was oder wer mich dort erwartet. Dennoch richte ich mich auf und schlängle mich durch den Spalt. Die Tür fällt zu, das Licht an der inneren Schalttafel springt auf Rot, und mein Fluchtweg verschließt sich. Damit gibt es kein Zurück, aber das ist ohnehin keine Option für mich. Ohne Camy werde ich nicht wieder gehen.

Als Erstes verschaffe ich mir einen Überblick. Das Gelände hinterm Haus ist überschaubarer, als ich erwartet habe. Neben der ebenerdigen Terrasse, auf der ich knie, gibt es einen winzigen Pool und einen runden Glastisch mit vier Stühlen. Mehr nicht. Hier existiert kein riesiger gepflegter Garten, sondern nur eine kleine Fläche, die vom hohen Holzzaun eingefasst wird. Der Eingang zum Haus besteht aus einer gläsernen Schiebetür, die in eine lang gezogene bodentiefe Fensterfront übergeht. Viel Deckung gibt mir das nicht. Ich muss mich also direkt in die Höhle des Löwen wagen oder abwarten, bis der Typ vom Auto zurückkommt und mich hier findet.

Ein durchdringender Schrei weht aus der offenen Terrassentür zu mir herüber und trifft mich direkt ins Herz. Schlagartig beginnt mein Puls zu rasen, und Horrorszenarien schießen mir durch den Kopf. Camy. Sie leidet, weil ich ihr das Herz gebrochen und sie vertrieben habe. Dabei wollte ich genau das vermeiden und sie durch die Trennung beschützen.

Ich sollte derjenige sein, der jetzt dort drinnen ist. Derjenige, der die Schuld für seine Taten begleicht. Camy hat niemandem etwas getan. Die einzige Schuld, die auf ihr lastet, ist die, mich zu lieben und der Hoffnung nachgejagt zu sein, an meiner Seite glücklich werden zu können.

Entschlossen richte ich mich auf und wende mich der Glastür zu. Was mich im Inneren erwartet, spielt keine Rolle. Ob ich wieder rauskomme, ebenfalls nicht. Was zählt, ist, Camy zu retten – und das werde ich.

40

Camy

Hat man Spaß, rinnt einem die Zeit durch die Finger wie feinster Sand. Langweilt man sich hingegen, vergehen die Minuten zähflüssig und ziehen sich wie Teig in die Länge. Diese Dinge wusste ich bereits. Neu für mich ist, wie sich die Zeit verhält, wenn man Todesangst hat. Der eine Moment rast an einem vorbei, der nächste verstreicht so langsam, als würde die Welt stehen bleiben.

Um mich abzulenken, habe ich angefangen, von eins bis sechzig zu zählen. Sekunde für Sekunde, bis die Minuten sich sammeln. Ich bin bei knapp zwanzig Minuten angekommen, als jemand die Treppe heruntersteigt. Selbst wenn ich die Zeit, die für das Gespräch mit dem Grapscher draufgegangen ist, dazurechne, kann unmöglich bereits eine Stunde vergangen sein. Dennoch öffnet sich die Tür.

Ich rechne damit, Reyna zu sehen, doch sie ist es nicht, die dort steht, sondern ein kleiner Junge, der mich mit neugierigen Augen mustert. Er ist höchstens vier oder fünf Jahre alt. Sein langes schwarzes Haar trägt er als niedlichen Dutt oben auf dem Kopf, und auf seiner Stupsnase prangt eine winzige runde Brille. Der Junge legt den Kopf schief und knetet unsicher seine Finger vor dem Bauch.

»Wer bist du?«, frage ich und setze mich aufrecht hin. Ich will ihn nicht verängstigen, indem er merkt, dass ich Schmerzen habe oder er das Blut an meinem Hals oder auf den Händen sieht.

Er runzelt die Stirn und tritt einen Schritt auf mich zu.

»Ich glaube nicht, dass du hier unten sein darfst«, lasse ich den kleinen Mann wissen.

Er hebt die Hand und deutet auf meine Füße. *»Roto?«*

»Was?«

»Pies. Roto«, wiederholt er.

Ich schüttle den Kopf. »Ob ich gehen kann?«, rate ich.

»*Sí.* Gehen«, bestätigt er mit piepsiger Stimme und gibt sich so viel Mühe dabei, das Wort richtig auszusprechen, dass er mir ein Schmunzeln entlockt.

»Ich kann nicht weggehen«, erkläre ich ihm ruhig. »Aber du solltest gehen. Du darfst nicht hier sein.«

Er nickt und senkt den Blick. *»No puedo«*, bestätigt er.

Einen Moment lang starrt er auf den Boden, dann hebt er den Kopf und schenkt mir ein so trauriges Lächeln, dass ich ihn am liebsten tröstend in die Arme schließen würde. Er gehört definitiv nicht hierher. Ein Kind sollte so weit von Gewalt entfernt aufwachsen, dass es nicht einmal die Bedeutung des Wortes kennt.

»Wieso bist du hier?«, frage ich vorsichtig.

»Mi madre trabaja aquí.«

Mein gebrochenes Schulspanisch reicht aus, um seine Antwort zu verstehen, und sofort erscheint das Bild Reynas vor meinen Augen. Ob der Junge ihr Sohn ist?

»*Adios*, Camy«, sagt er plötzlich und rauscht ohne Vorwarnung aus dem Raum.

Verwundert starre ich ihm nach. *Der Kleine kennt meinen Namen.* Ehe ich weiter darüber nachdenken kann, höre ich eine tiefe Stimme, die etwas ruft, das sich nach »Eduardo« anhört. Als Nächstes knallt eine Tür, und jemand flucht. Nur einen Wimpernschlag später kommt mein Entführer die Stufen heruntergestapft und bleibt mit argwöhnischem Blick in der offenen Tür stehen.

»Was ist passiert?«

»Keine Ahnung, was du meinst.«

»Hör auf, mich anzulügen. Was hat der Junge dir erzählt? Was hast du ihm erzählt?«

»Welcher Junge?«, lüge ich weiter und kann förmlich sehen, wie ihm der Geduldsfaden reißt. Mit großen Schritten kommt er auf mich zu und holt aus.

Mein Kopf fliegt so heftig zur Seite, dass mein Gebiss vibriert und meine Augen sich mit Tränen füllen. Den schmerzvollen Schrei kann ich unmöglich unterdrücken. Unvermittelt presst er mir eine Hand auf den Mund und packt mit der anderen meinen Hinterkopf. Er drückt auf die Wunde, die er mir am Strand zugefügt hat, und wieder entfährt mir ein Schrei. Dieses Mal wird er jedoch von seiner schwitzigen Hand gedämpft.

»Halt die Klappe!«, befiehlt er und presst mir nun nicht mehr nur den Mund, sondern auch die Nase zu.

Panisch versuche ich Luft zu holen, winde mich unter seinem Griff und trete nach ihm. Als Antwort erhöht der Mexikaner den Druck und zerquetscht mir beinahe den Kopf.

»Zorra!«, flucht er. »Wegen dir und dem Jungen riskiere ich nicht meinen Kopf. Er weiß, dass er nicht hier runter darf!«

Vor meinen Augen beginnt es zu flimmern. Die Ränder verschwimmen, und meine Lunge brennt vor Sehnsucht nach Sauerstoff. Mein Überlebensinstinkt übernimmt die Führung, ich ziehe unkontrolliert an meinen Fesseln und versuche mich irgendwie zu befreien. Auf einmal fühlen sich meine Lider tonnenschwer an. Ich kämpfe darum, sie offen zu halten, aber mit jeder vergehenden Sekunde wird es schwieriger, mich darauf zu konzentrieren. Schleichend verlässt die Kraft meinen Körper, und meine Glieder werden schlaff. In meinen Ohren rauscht es, als würde ich in eine Muschel hineinhören, und schließlich verliere ich den Kampf – meine Augen klappen zu. Ich gleite unter Wasser, und je tiefer ich hinabsinke, desto stiller wird es. Nur ein Gedanke durchbricht die Ruhe: *Christian. Ich liebe dich, Christian Green. Du hast mein Herz zerschlagen, aber die Scherben gehören auf ewig dir.*

Ich kann spüren, dass mein Geist weiter und weiter abdriftet. Wie das Leben mir entgleitet und das Wasser mich tiefer in seine Mitte zieht. Gerade als ich mich damit abfinden, die Arme ausbreiten und mich treiben lassen will, fegt etwas durch meinen Körper, was sich warm und frisch anfühlt und meine Glieder zum Kribbeln bringt. Ein weiteres Mal stürmt etwas durch meinen Körper, und schlagartig spüre ich das Brennen in meinen Lungen. Ich klammere mich daran fest, versuche Luft zu holen, und tatsächlich gelingt mir ein zittriger Atemzug, der das Brennen mindert. Das Rauschen verstummt, dafür drängt sich eine Stimme in mein Bewusstsein.

»Curls, bitte. Verlass mich nicht.«

Gott, wie sehr ich mir wünsche, die Stimme wäre echt und er wäre tatsächlich hier.

»Komm zu mir zurück«, fleht die Stimme. »Ich liebe dich.«

Ein Ruck geht durch meinen Körper, und erneut atme ich ein. Tiefer dieses Mal, sodass Sauerstoff selbst den letzten Zentimeter in mir erreicht.

»Camy.« Wieder seine Stimme.

Mit so viel Kraft, wie ich aufbringen kann, kämpfe ich gegen die Schwere an und öffne träge die Augen. Nur einen Spaltbreit, aber es reicht aus, damit ich von dem schönsten Geschenk begrüßt werde, das meine Seele sich wünschen kann.

Seine hellblauen Augen sind sorgenvoll aufgerissen, an seinem Kinn prangt ein frischer Bluterguss, und auf seiner Stirn zeichnen sich besorgte Falten ab.

»Christian?«

»Ich bin hier«, raunt er und streicht mir zärtlich über die Wange. »Kannst du aufstehen?«

Probehalber bewege ich meine Füße und versuche die Knie anzuwinkeln. Gerade so schaffe ich es, doch um mich hochzudrücken, fehlt die Kraft.

»Okay, wenn's nicht geht, trage ich dich«, entscheidet Chris kurzerhand, aber ich schüttle den Kopf.

»Herreros«, wispere ich. »Es ist zu gefährlich. Du musst … gehen. Alleine.«

»Auf keinen Fall.« Er beugt sich vor und schiebt vorsichtig seine Hände unter meinen Körper. Meinen schwachen Protest ignorierend, hebt Chris mich auf seine Arme und drückt mich beschützend an seine Brust. Sosehr ich es genieße, von ihm gehalten zu werden, so schwer fällt es mir, darüber nicht zu vergessen, dass er unsere Verlobung gelöst hat. Es wäre so leicht, seine Worte zu verdrängen und mich der Illusion hinzugeben, alles wäre gut und dass wir noch immer eine gemeinsame Zukunft haben. Aber so ist es nicht.

Chris hievt sich mit mir im Arm hoch und gibt den Blick auf einen reglosen Körper am Boden frei.

Mein Entführer liegt dort mit geschlossenen Augen. Eine Blutlache hat sich um seinen Kopf gebildet.

Er hätte mich beinahe getötet. Wäre Chris nicht gekommen, wäre ich jetzt tot. Ein eiskalter Schauer durchfährt meinen Körper, und sofort presst Chris mich fester an sich.

»Ich bring dich hier raus«, verspricht er flüsternd.

Chris umrundet den Mann, der mich umbringen wollte und dessen Namen ich nicht einmal kenne, und geht auf die Treppe zu. Auf der untersten Stufe stoppt er und legt den Kopf schief, als würde er lauschen. Kurz darauf nickt er und steigt vorsichtig die Stufen hinauf. Plötzlich strahlt mich Sonnenlicht an, und ich finde mich in einem Raum wieder, in dem nicht mehr als ein schwarzes Ledersofa und ein riesiger Fernseher stehen. Es wirkt nicht so, als würde jemand dauerhaft hier wohnen. Eher wie eine improvisierte Übergangslösung. Durch eine lang gezogene Fensterfront sieht man, wie tief die Sonne bereits steht. Es muss inzwischen später Abend sein. Ich habe also beinahe den gesamten Tag eingesperrt im Keller verbracht.

Erneut bleibt Chris stehen. Seine Arme verkrampfen sich, und seine Finger drücken besitzergreifend in mein Fleisch. Ängstlich folge ich seinem Blick nach rechts, und die eben erst geweckte Hoffnung versinkt in einem bodenlosen Loch.

»Wo genau denkst du, dass du hingehst?«

Reynas überhebliche Stimme hallt so laut in mir wider, dass es das anhaltende Brennen meiner Lunge überdeckt. Sie steht auf einer schmalen Treppe, die ins Obergeschoss führt, und grinst uns arrogant an. Hinter ihr entdecke ich den Grapscher, der mit grimmiger Miene eine Pistole auf uns gerichtet hält.

Die Flucht ist vorüber, bevor sie begonnen hat.

41

Camy

Die Realität trifft mich wie ein Peitschenknall. Meine Müdigkeit verpufft. Urplötzlich bin ich hellwach, dabei wünschte ich, es wäre bloß ein Albtraum. Aber es ist keiner. Ich werde nicht die Augen öffnen und sicher in meinem Bett liegen. Das Adrenalin, das durch meinen Körper pumpt und die Schmerzen überdeckt, ist keine Einbildung, ebenso wenig wie unsere aussichtslose Lage. Chris hält mich in den Armen, womit die Chance, seine Waffe zu ziehen und faire Verhältnisse zu schaffen, verstrichen ist. Wir haben verloren.

»Lass die Frau runter.«

»Niemals«, höre ich Chris sagen.

»Dann formuliere ich es anders«, erwidert Reyna und bleibt nur wenige Schritte vor uns stehen. »Lass sie runter, oder sie wird mit dir zusammen sterben.«

»Ihr tötet uns beide so oder so«, erwidert er und beißt die Zähne zusammen.

Reyna schüttelt amüsiert den Kopf. »Wieso sollte ich Camy töten? Mein einziges Interesse an ihr war, dich zu finden. Jetzt stehst du vor mir, also brauche ich sie nicht mehr.«

»Du denkst nicht ernsthaft, ich würde dir glauben, dass du Camy einfach so gehen lässt. Für wie dumm hältst du mich?«

»Für außergewöhnlich dumm«, antwortet sie. »Das ändert aber nichts daran, dass ich es ernst meine. Ich bin kein seelenloses

Monster, das tötet, obwohl es nicht nötig ist. Ich bin hart, kompromisslos und beseitige Menschen, die mir im Weg stehen. Aber deine kleine Freundin stellt keine Gefahr für mich oder die Organisation dar.«

So wie sie es sagt, klingt es, als hätte sie nie vorgehabt, mich zu töten, und wenn ich es nicht besser wüsste, würde ich ihr die Show abkaufen. Vor allem nachdem der Grapscher vorhin etwas Ähnliches sagte. Ich würde glauben, dass Reyna tatsächlich nur Informationen von mir wollte und es nie ihr Ziel war, mich zu beseitigen. Aber wieso sollte sie so handeln? Das ergibt keinen Sinn.

»Du hast ihr das Herz gebrochen, Christian«, fährt sie fort. »Auch wenn Camy dir jetzt noch loyal gegenüber ist, wird sie dich sicherlich nicht rächen. Warum sollte sie ihr Leben für einen toten Mann riskieren, der sie abserviert hat? Glaub mir, wenn ich sage, dass Liebe und Hass bei einer Frau sehr schnell ineinander übergehen können. Sobald du tot bist, wird sie begreifen, wie schlecht du für sie warst, und froh sein, dich los zu sein.«

Ein Schatten huscht über Chris' Gesicht und verdunkelt seinen Blick. Er senkt den Kopf und sieht zu mir, aber ich erkenne, dass er sich hinter seine Mauern zurückzieht und mich nicht wahrnimmt. Mich erneut ausschließt und sich innerlich von mir distanziert.

»Du hast recht«, verkündet er tonlos und wendet den Blick ab. »Es war eine schöne Zeit mit ihr. Wir hatten viel Spaß, und für wenige Monate auszuprobieren, wie sich ein normales Leben anfühlt, war eine willkommene Abwechslung. Aber mehr war es nicht. Trotzdem bin ich dafür verantwortlich, dass es Camy gut geht. Sie steckt nur meinetwegen in diesem Mist fest, also muss ich sicherstellen, dass sie heil da rauskommt.«

Getroffen zucke ich zusammen. Zu hören, dass er mich nur aus Pflichtgefühl retten will, ist reine Folter. Seine Nähe ist mit einem Schlag unerträglich geworden.

»Lass mich runter«, fordere ich und schlucke gegen die Tränen an, die meine Stimme ersticken.

Er reagiert nicht und starrt zu Reyna, aber der zuckende Muskel an seinem Hals verrät, dass er mich gehört hat.

»Lass. Mich. Runter«, wiederhole ich energisch.

Chris' Finger graben sich beinahe verzweifelt in meine Haut. Er atmet bebend aus und drückt mich ein letztes Mal fest an sich, ehe er den Griff lockert und vorsichtig in die Knie geht. »Es tut mir unendlich leid, Curls«, flüstert Chris und lässt mich von seinen Armen gleiten.

Sein zärtliches Verhalten passt nicht zu seinen abweisenden Worten. Eine Stimme in mir verlangt, dass ich nicht einfach hinnehme, was Chris behauptet, sondern nach der Wahrheit suche, denn mein Herz will Klarheit, andernfalls würde mich die Ungewissheit auf ewig quälen.

»Ich will einen letzten Kuss.«

»Was?«, fragt Reyna überrumpelt.

»Einen Kuss«, wiederhole ich spontan und wende mich zu ihr. »Meine letzte Erinnerung an ihn soll nicht die sein, wie er leblos am Boden liegt«, bitte ich.

»Von mir aus. Aber beeilt euch. Meine Freimütigkeit hält nicht ewig.«

»Camy, was …«

»Schscht«, unterbreche ich Chris und umfasse sein Gesicht mit den Händen. Auch wenn er behauptet, mich nicht genug zu lieben, um sein Leben mit mir verbringen zu wollen, weiß ich, dass die körperliche Anziehung zwischen uns zu stark ist, als dass er ablehnen könnte.

Chris stößt einen gequälten Laut aus, und in seinen Augen tobt ein Sturm, der seinen inneren Kampf deutlich macht. Kurz frage ich mich, ob es richtig war, ihn in diese Lage zu bringen. Doch da beugt er sich bereits vor, legt seine Lippen auf meine und bringt meine Gedanken zum Schweigen.

Die Verzweiflung, die in unserem Kuss steckt, verschnürt mir die Kehle. Ich klammere mich an Chris fest, umschlinge seinen Rücken und will mir nicht vorstellen, dass dies unser letzter gemeinsamer Augenblick sein soll. Ob unser Leben ein gemeinsames ist oder nicht, spielt plötzlich keine Rolle mehr. Alles, was ich will, ist zu wissen, dass Chris irgendwo auf der Welt gesund und glücklich seine Tage verbringt. Für ihn mag unsere Zeit bedeutungslos gewesen sein, für mich war sie alles.

Diese Erkenntnis ist es, die mich dazu antreibt, meinem Instinkt zu folgen und meine Hände langsam hinabgleiten zu lassen. Meine Finger reiben über seinen Rücken, fahren die Kontur seiner Wirbelsäule nach … Dann packe ich die Pistole unter seinem Shirt.

Ehe Chris bemerkt, was ich tue, halte ich seine Waffe in den Händen. Ich reiße mich von ihm los und drehe mich um. Wie Chris es mir beigebracht hat, halte ich die Pistole mit beiden Händen fest und entsichere sie.

»Patt«, verkünde ich.

Reynas Augen weiten sich schockiert. Der Grapscher will an ihr vorbeitreten und sich schützend vor seine Chefin stellen, aber zu meiner Überraschung hält sie ihn zurück und schüttelt kaum merklich den Kopf.

»Was soll das werden?«, fragt sie ungläubig. »Du warst sicher. Ich hätte mein Wort gehalten und dich nicht dafür zum Tode verurteilt, dass du dich an den falschen Mann gebunden hast.«

»Ich rette Christian. Ohne ihn gehe ich nirgendwohin.«

»Er hat dich sitzen gelassen!«, ruft sie und wirft die Arme in die Luft. »Wieso willst du ihn dennoch retten und setzt dafür sogar dein eigenes Leben aufs Spiel?«

»Liebe«, sage ich schlicht. »Wahre Liebe ist bedingungslos und aufopferungsvoll. Sie muss nicht auf Gegenseitigkeit beruhen und nicht wie in einem Kitschfilm ein Happy End haben.

Wenn du das nicht begreifst, tust du mir leid, denn es bedeutet, dass du nie geliebt hast.«

»Wie du meinst«, erwidert Reyna abfällig und tritt zurück. »Ich wollte dir eine Chance geben, aber du hast dich dafür entschieden, dein Leben sinnlos zu opfern. Was auch passiert, denk daran, dass du die Schuld daran trägst.«

Der Grapscher prescht an ihr vorbei und richtet seine Waffe auf mich. Ab jetzt stehe ich ebenso auf ihrer Liste wie Christian.

Im Augenwinkel bemerke ich eine Bewegung, und obwohl ich mich nicht ablenken lassen will, sehe ich dorthin. Der kleine Junge steht mitten auf der Treppe und sieht eingeschüchtert zu uns. Er hält einen blauen Stoffhasen in den Händen und presst ihn wie einen Schutzschild vor seinen Bauch. Am liebsten würde ich die Waffe hinter meinem Rücken verstecken, um ihm die Angst zu nehmen, aber ich kann nicht. Es steht zu viel auf dem Spiel.

»Eduardo!«, ruft Reyna. Echte Sorge dringt aus ihrer Stimme, und zum ersten Mal bekomme ich das Gefühl, dass sie aus mehr besteht als aus Berechnung und Machthunger.

»Madre«, sagt er zitternd. *»No. Camy es un amiga.«*

»Geh wieder hoch!«, brüllt der Grapscher und sieht zu Eduardo.

Das ist die Chance, auf die ich gewartet habe. Auch wenn sich alles in mir dagegen sträubt, dem Jungen solche Bilder in den Kopf zu setzen, schieße ich. Grapschers Blick fliegt zu mir, aber es ist zu spät. Die Kugel trifft ihn in die Leiste, und er lässt die Waffe fallen. Fassungslos starre ich auf das dunkelrote Blut, das sein helles T-Shirt durchtränkt, da packt Chris meinen Ellenbogen und reißt mich herum. Ich stolpere wie in Trance hinter ihm her, und bevor ich es wirklich begreife, rennen wir bereits durch eine Tür und landen auf der Straße. Chris zerrt mich unerbittlich weiter, hält mich aufrecht und drängt mich auf die andere Straßenseite. Plötzlich steht Isabella vor uns.

Anscheinend erfasst sie die Situation umgehend, denn sie packt mich am anderen Ellenbogen und zerrt mich ebenso mit wie Chris.

Wir rennen eine breite Straße entlang, vorbei an schlichten Einfamilienhäusern und gepflegten Vorgärten. Die Umgebung steht in einem so krassen Gegensatz zu unserer Lage, dass ich hysterisch lache und beinahe die Waffe fallen lasse. Bevor sie mir entgleitet, nimmt Isa sie mir ab.

Wie lange wir rennen, kann ich nicht sagen, und an den Weg würde ich mich niemals erinnern. Alles, was ich weiß, ist, dass ich einem unschuldigen kleinen Jungen ein Trauma beschert habe, das ihn sein restliches Leben verfolgen wird – und dass ich mir das niemals verzeihe.

42

Chris

Wir lassen mehrere Häuserblöcke hinter uns, rennen, bis unsere Lungen pfeifen, und sprechen dabei nur das Nötigste. Erst als wir an einem menschenleeren Strandabschnitt ankommen, werden wir langsamer. Ich führe Isa und Camy über den Sand zu einem geschlossenen Cocktailstand, nur wenige Meter vom Wasser entfernt. Der ringsherum hochgeklappte Holztresen bietet uns einen Schutz, hinter dem wir von der Promenade aus nicht zu sehen sind. Kein sonderlich gutes Versteck, aber es genügt für eine kurze Verschnaufpause.

Ich stütze die Hände auf die Oberschenkel, versuche meine Gedanken zu sortieren und zu begreifen, was passiert ist. Wie oft hat Isa mir gesagt, dass Camy stärker ist, als ich ihr zutraue? Damit hatte sie recht. Wenn es darauf ankommt, ist Camy tough und schreckt nicht davor zurück zu tun, was getan werden muss. Aber ein einziger Blick reicht aus, um zu wissen, wie unrecht sie dennoch hatte. Camys Augen sind vor Schock glasig, und ihr Gesicht ist aschfahl. Jemanden angeschossen zu haben, geht ihr an die Nieren. Natürlich könnten es auch die Nachwirkungen des Sauerstoffmangels sein, die ihr so zusetzen, aber das glaube ich nicht. Außerdem will ich mich nicht daran erinnern, dass sie heute nur knapp dem Tod entkommen ist.

Als ich mich von der Terrasse aus ins Haus schlich, hörte ich Geräusche aus dem Keller und ging vorsichtig die Treppen hinunter. Durch eine offen stehende Tür entdeckte ich einen Mann, der seine dreckigen Hände auf Camys Gesicht gepresst hatte und ihr die Luft abschnürte. Ihre Augen waren geschlossen, und ihr Körper hing leblos auf einem Stuhl. Bei diesem Bild brannten alle meine Sicherungen durch. Ich kümmerte mich nicht darum, leise zu sein, sondern rannte auf den Typen zu und rammte ihm meine Faust ins Gesicht. Er ließ von ihr ab und stolperte nach hinten. Voller Panik nahm ich seinen Platz ein, strich Camy behutsam über die Wange und sagte ihren Namen, aber sie bewegte sich nicht. Nie zuvor in meinem Leben hatte ich eine solche Angst.

Plötzlich traf mich etwas in die Seite. Ehe ich reagieren konnte, krachte eine Faust gegen mein Kinn, und ich taumelte mehrere Schritte zurück.

»Du bist zu spät«, sagte der Mexikaner und wischte sich Blut von der Lippe. »Die *Zorra* macht ihre hübschen Augen nicht mehr auf.«

»Bei deiner hässlichen Visage würde ich auch nicht hinsehen wollen«, provozierte ich ihn.

Der Mexikaner brüllte und warf sich nach vorn. Im letzten Moment sprang ich zur Seite, sodass er ungebremst gegen die Wand rannte. Mit dem Griff meiner Pistole holte ich aus und schlug ihm auf den Hinterkopf. Er sackte auf der Stelle in sich zusammen und fiel zu Boden. Schwer atmend blieb ich über ihn gebeugt stehen und vergewisserte mich, dass er tatsächlich k. o. war, erst dann rannte ich zurück zu Camy. Ich überprüfte ihren Puls und atmete erleichtert aus, als ich ihn fand. Schwach nur, aber er war da. Ohne weiter Zeit zu vergeuden, schnitt ich ihre Fesseln durch und legte sie sachte auf den Boden. Zwar bin ich kein Meister in erster Hilfe, aber ich weiß zumindest, wie ich jemanden beatmen muss. Wieder und wieder schickte ich Luft in ihre Lunge und betete, dass sie sich bewegt. Die Verzweiflung trieb mich an, bis sie endlich einen zittrigen Atemzug nahm, ihre Lider flatterten und sie meinen Namen wisperte. Und nun steht sie neben mir, mit blutverklebten Haaren, aufgerissenen Handgelenken und leerem Blick. Wenn das Adrenalin abebbt, wird sie den Schmerz spüren, ihre Wunden werden brennen, und ihr Hals wird rau wie Sandpapier sein. Aber das ist nicht das Schlimmste. Die Erinnerungen an diesen Tag, an das, was sie durchgemacht und getan hat, werden sie verfolgen und innerlich aufreiben.

»Was zur Hölle ist passiert?«

Isas Stimme scheucht mich unsanft aus den Gedanken. Erschrocken hebe ich den Blick und richte mich auf. »Wir haben die neue Chefin kennengelernt«, erkläre ich. »Sehr sympathische Frau. Hat einen Sohn.«

»Einen Sohn?«, wiederholt Isa stirnrunzelnd. »Du willst mir nicht ernsthaft erzählen, dass in diesem Haus ein kleines Kind war?«

»Eduardo«, bestätige ich.

»Heißt so nicht der Sohn von Don Juan?«, wirft Isa ein, und erst jetzt fällt es mir auf.

»Bei den traditionsorientierten mexikanischen Familien ist es üblich, dem Erstgeborenen den Namen des Vaters oder Großvaters zu geben«, bemerkte ich, und da macht es Klick. »Reyna ist die Mutter von Don Juans Enkel! Sie hat dem Boss der Herreros einen Erben geschenkt, der nicht wie er selbst oder seine Söhne für den Rest seines Lebens im Knast sitzt. Ich wette, der kleine Mann hat keine Ahnung, dass er dazu erzogen wird, irgendwann an der Spitze einer kriminellen Organisation zu stehen. Aber Reyna weiß es. Deshalb haben sie gegen ihre Traditionen gehandelt und einer Frau die Kontrolle übertragen. Sie schützt den Erben.«

»Das erklärt auch, weshalb sie Camy in dieses Haus gebracht haben«, sagt Isa. »Es ging gar nicht darum zu verheimlichen, dass sie Camy haben, sondern darum, dass niemand vermuten würde, dass der Kleine an einem so leicht zugänglichen Ort versteckt wird.«

»Reyna durfte Eduardo nicht aus den Augen lassen, wollte Camy aber selbst befragen«, bestätige ich. »Deshalb hatte sie keine andere Wahl, als sie mitzunehmen.«

»Und was genau ist mit dir passiert?«, hakt sie nach und deutet auf Camy. »Du siehst aus, als hätte man dich durch einen Häcksler gedreht.«

»So ähnlich.« Kraftlos lässt Camy sich in den Sand plumpsen und starrt zur beinahe untergegangenen Sonne am Horizont. Ich spüre, dass Isa fragend zwischen uns hin- und hersieht, aber ich ignoriere sie und setze mich neben Camy.

»Hey«, raune ich und lege einen Arm um ihre Schultern.

Sie zuckt zusammen, als hätte ich sie aus einem Tagtraum geweckt, und reißt den Kopf herum. Keine Ahnung, wo sie gedanklich gerade war, aber mit Sicherheit nicht hier.

»Chris«, flüstert sie hoffnungslos. Die Tränen in ihren Augen zu sehen, löst eine Erkenntnis in mir aus, die mich überfordert. Plötzlich erscheint es mir unvorstellbar, dass ich heute Morgen noch davon überzeugt war, sie von mir zu stoßen, wäre die einzige Möglichkeit. Dieses Leben ist nichts für sie, daran halte ich nach wie vor fest. Aber es ist auch nicht das Leben, das ich mir wünsche. Wenn ich Camy also vor dieser Welt schützen will, muss ich sie dazu nicht forttreiben. Was ich tun muss, ist, sie zu begleiten und mit ihr gemeinsam allem den Rücken zu kehren.

Wie von selbst öffnet sich mein Mund. Die Worte wollen herauskommen, ihr ein Lächeln entlocken und damit die Traurigkeit verscheuchen. Aber bevor ich auch nur eine Silbe herausbringe, setzt Isa sich neben Camy und lenkt damit ihren Blick von mir ab. Der Moment verstreicht, und die Worte bleiben ungesagt.

»Wie geht's jetzt weiter?«, will Isabella wissen.

»Ich weiß es nicht«, antwortet Camy und richtet ihren Blick erneut auf den Horizont. »Alles, was ich weiß, ist, dass Reyna mich jetzt hasst und ich es verstehen könnte, die neue Nummer eins auf ihrer schwarzen Liste zu sein. Ich habe vor den Augen ihres Sohns auf jemanden geschossen. Gott!«, ruft sie außer sich und vergräbt die Hände im Sand. »Wie konnte ich das einem unschuldigen Jungen antun? Wie konnte ich so rücksichtslos sein?«

»Hey«, mische ich mich ein und ziehe sie an der Schulter näher zu mir. »Du hattest keine Wahl. Hättest du nicht geschossen, hätte der Typ uns umgebracht.«

»Du meinst den Grapscher«, flüstert sie, und prompt verspanne ich mich.

»Was meinst du damit?«

»Er …« Sie bricht ab und schüttelt angewidert den Kopf. »Als sie mich in dieses Haus brachten, war ich bewusstlos, und eine Zeit lang habe ich sie in dem Glauben gelassen, ich wäre es noch immer, obwohl ich bereits wach war. Er dachte, ich würde es nicht merken, und hat mich angetatscht.«

»Er hat was?«

»Später, nach meinem ersten Gespräch mit Reyna, ist er dageblieben und hat mir die Hand aufs Bein gelegt. Er wollte …« Erneut bricht sie ab. Camy schluckt gegen ihre Emotionen an und senkt den Blick. »Er hat versucht, mich davon zu überzeugen, dass er meine einzige Chance wäre, nicht als gebrochenes Häufchen Elend zu enden, und hat gesagt, er würde mich vor den anderen Männern beschützen.«

»Was hast du getan?«, mischt Isa sich behutsam ein.

»Ich hab geantwortet, dass das niemals passieren wird, und irgendwann ist er gegangen«, gesteht sie.

Innerlich atme ich auf, weil nichts Schlimmeres geschehen ist, aber etwas sagt mir, dass Camy ein wichtiges Detail vor mir verbirgt, das ich erfahren muss, wenn wir jemals wieder zueinanderfinden wollen.

»Das war noch nicht alles, oder? Was ist noch passiert?«

Sie zögert. Ihre Finger im Sand zucken, und kurz wirkt es, als würde sie mit sich darum ringen, es mir anzuvertrauen. Dann hebt sie den Kopf, sieht zu mir und stellt die eine Frage, die ich niemals aus ihrem Mund hören wollte. Die Frage, deren Antwort ich ihr, seit einer Ewigkeit, vorenthalte.

»Was ist damals wirklich mit deiner Mutter passiert?«

43

Camy

Es gibt Ungewissheiten, die so erbittert an einem nagen, dass man es beinahe nicht aushält. Gleichzeitig fürchtet man sich jedoch vor der Antwort, denn die Wahrheit kann schmerzhafter sein als die Ungewissheit.

»Ich lasse euch allein«, höre ich Isa sagen.

»Vielleicht komme ich in den Cocktailstand rein und kann uns etwas zu trinken organisieren. Das haben wir alle mehr als nötig.«

Wir rühren uns nicht, während sie aufsteht, sich den Sand von der Hose klopft und auf die andere Seite des Holzstandes verschwindet. Dass Isabella uns allein lässt, obwohl sie beinahe ebenso neugierig ist wie ich, kann nur bedeuten, dass sie die Wahrheit bereits erfahren hat. Natürlich kennt sie Chris wesentlich länger als ich, dennoch tut es weh, dass sie alles über seine Geschichte weiß und ich nicht.

»Was hat der Typ dir erzählt?«, fragt Chris irgendwann.

»Er hat behauptet, du hättest deine Mom umgebracht«, gestehe ich und suche in seinem Gesicht nach einer Reaktion. Nach einem Hinweis auf die Wahrheit.

Chris seufzt matt und wendet den Blick ab. Seine Augen gleiten über die Endlosigkeit des Meeres, und ebenso weit in die Ferne schweifen seine Gedanken.

»Hast du ihm geglaubt?«

»Nein«, antworte ich ehrlich. »Ich weiß, dass du kein Heiliger bist, aber zu glauben, dass du deine eigene Mutter umgebracht hat, ist absurd.«

»Wenn du möchtest, erzähle ich dir die Wahrheit. Aber die Geschichte ist kompliziert«, gesteht er leise.

»Ich muss sie hören, Chris. Sonst würde die Ungewissheit immer zwischen uns stehen.«

Er nickt verstehend und atmet angespannt ein. »Nachdem mein Dad erschossen wurde, erwartete ich von meiner Mom, dass sie trauern oder wütend würde. Ich meine, ihr Ehemann wurde erschossen, das sollte sie berühren, oder? Aber sie hat nicht geweint oder auf Rache gedrängt. Im Gegenteil. Sie wirkte plötzlich … befreit. Da wurde mir klar, dass sie ihn schon lange nicht mehr geliebt hatte.«

Ich greife nach Chris' Hand und verflechte unsere Finger ineinander, um ihm Halt zu geben und die Stärke zu spenden, die er zum Weitersprechen braucht.

»Mom fing an, sich bunter zu kleiden, das Haus umzugestalten, und ging mit Leuten aus, die sie seit ihrer Jugend nicht mehr gesehen hatte. Ich selbst trauerte auch nicht wirklich. Klar, er war mein Dad, und ihn zu verlieren, tat weh, aber es hatte kein Loch in mein Herz gerissen oder mich aus der Bahn geworfen. Dafür standen wir uns nie nah genug.«

Es muss schrecklich für Chris gewesen sein, mit seinem Dad unter einem Dach zu leben und dennoch keine Verbindung zu ihm zu haben. Wenn ich an meine Eltern denke, bekomme ich sofort Sehnsucht nach zu Hause. Ich stand ihnen immer nah, habe ihnen alles erzählt und konnte mich auf sie verlassen. Zumindest war das damals so. Bevor ich vertrieben und dazu gezwungen wurde, sie zu ihrem eigenen Schutz aus meinem Leben auszusperren.

»Mom ist die jüngere Schwester von Ians Dad und somit eine geborene Green. Allerdings wollte sie nie etwas mit dem

Geschäft zu tun haben und hat alles Dad überlassen. Nachdem er starb, erwarteten alle, dass sie die Lücke füllt.«

»Aber das wollte sie nicht«, erinnere ich mich. Chris hatte mir in unserer Anfangszeit davon erzählt, dass sie mit den Geschäften der Greens nichts zu tun haben wollte.

»Richtig«, bestätigt er. »Mein Onkel redete auf sie ein, aber sie weigerte sich. Er bot ihr schließlich an, die Anteile an ihn zu verkaufen, aber das wollte ich wiederum nicht. Es war mein Erbe, und damals dachte ich, dass dieses Leben das einzige sei, das für mich infrage käme.«

»Und was denkst du heute?«, traue ich mich zu fragen.

So langsam, dass ich es vor Anspannung beinahe nicht aushalte, wendet Chris mir den Kopf zu. Trotz des traurigen Themas und der Tatsache, dass wir auf der Flucht sind und heute beinahe gestorben wären, lächelt er. Ein echtes und hoffnungsvolles Lächeln, das mich innerlich wärmt.

»Heute denke ich nicht nur, sondern ich weiß«, setzt er an und legt mir zärtlich eine Hand auf die Wange, »dass ich weder das Abenteuer noch das Geld brauche, um glücklich zu sein. Alles, was ich sehe, wenn ich mir meine Zukunft vorstelle, bist du.«

Tränen der Überwältigung füllen meine Augen, und mein Herz klopft plötzlich so heftig, dass es meinen gesamten Oberkörper zum Pulsieren bringt.

»Heute Morgen hast du gesagt …«

»Ich habe gelogen«, unterbricht er mich und streicht eine einsame Träne von meiner Wange. »Camy, ich dachte, der einzige Weg, dich zu beschützen, wäre der, dass wir getrennte Wege gehen. Als Reyna vorhin sagte, sie würde dich gehen lassen, habe ich mitgespielt, damit sie ihre Meinung nicht ändert. Hätte sie gemerkt, wie viel du mir bedeutest, hätte sie nie angeboten, dich freizulassen.«

»Du hast gelogen«, wiederhole ich ungläubig. »Du hast mir das Herz aus der Brust gerissen, Christian. Hast uns beide gequält und mich vertrieben, weil du dachtest, es wäre sicherer für mich?«

Er nickt, und das Lächeln auf seinem Gesicht verrutscht. »Das Letzte, was ich will, ist, dir wehzutun, Curls«, gesteht er aufrichtig. »Aber wenn es nötig ist, um dich zu beschützen, bin ich dazu bereit.«

»Was bringt mir ein Leben in Sicherheit, wenn darin die Liebe fehlt?«, entgegne ich und lege meine Hand auf seine Brust, direkt über sein pochendes Herz.

»Ich liebe dich, Camy Owsen«, flüstert Chris zärtlich.

Ich beuge mich zu ihm vor, um ihn zu küssen, aber Chris schüttelt bedauernd den Kopf. »Erst will ich, dass du die ganze Wahrheit erfährst«, wirft er ein, und auch wenn es mir schwerfällt und ich den liebevollen Moment bis zur letzten Sekunde auskosten will, halte ich mich zurück und nicke. Widerstrebend nehme ich die Hand von Chris' Brust und folge seinem abschweifenden Blick übers Meer.

»Mom willigte ein, Ians Dad alles zu verkaufen, und überschrieb den gesamten Erlös auf meinen Namen. Dann fing sie plötzlich an, auch unsere Häuser zu verkaufen«, erinnert er sich und ballt die freie Hand zur Faust. »Ich bekam es nur durch Zufall mit, als ich einen Wochenendausflug mit Freunden zu einer unserer Hütten am See plante. Sie erfuhr davon und verkündete, ich könne nicht zur Hütte, weil sie alle Immobilien verkaufen werde. Natürlich war ich stinkwütend und wollte den Grund wissen. Immerhin hingen sehr viele Erinnerungen an den Häusern. Mom versuchte sich rauszureden, aber ich ließ nicht locker, und irgendwann knickte sie ein.« Chris stoppt und beißt die Zähne zusammen. Beruhigend streiche ich über seinen Arm, aber er scheint mich nicht wahrzunehmen. Er steckt zu tief in seinen schmerzhaften Erinnerungen fest. »In Dads Büro gab es einen Safe, der unter den Fußbodendielen versteckt war. Darin bewahrten meine Eltern alle wichtigen Dokumente und

Geld für den Notfall auf. An diesem Tag nahm sie mich zum ersten und einzigen Mal mit, als sie ihn öffnete.« Erneut bricht Chris ab. Er schüttelt die Hand aus, die er zur Faust geballt hatte, und fährt sich damit durchs Haar. »Im Safe lagen Briefe. Dutzende Briefe, in denen sie bedroht wurde. Ehemalige Geschäftspartner, Leute, die von meinen Eltern jahrzehntelang bestochen wurden, und ehemalige Angestellte. Sie waren wütend, weil Mom ihre Anteile verkauft hatte. Mein Onkel führte die Geschäfte anders als Dad. Er verkaufte Restaurants, Baugrundstücke und ein Motel, weil er sie für überflüssig und nicht ertragreich genug hielt. Außerdem löste er Verbindungen auf, da er selbst schon Leute für alles Mögliche hatte, und so verloren eine Menge Menschen ihre Einnahmequelle. Mom weinte bitterlich, als sie mir die Briefe zeigte. Sie war zwar in diese Welt hineingeboren worden, aber sie war nicht der Typ Mensch, der mit einem solchen Leben klarkommt. Ständige Angst, die Sorge, ob man den nächsten Tag überlebt, und all die anderen Probleme, die das Business mit sich bringt, sind nichts für sie. Sie ist nicht stark genug, um dem Druck standzuhalten, und hätte sie dieses Leben weitergeführt, wäre sie irgendwann unter der Last zusammengebrochen.«

»Also hat sie alles verkauft, weil sie untertauchen wollte?«, hake ich nach.

»Ja.«

»Aber dann ist sie gestorben, und all ihre Bemühungen waren umsonst.«

Betont langsam schüttelt Chris den Kopf, ohne mich aus den Augen zu lassen. »Camy, meine Mom hat ihren Plan umgesetzt. Sie ist nie gestorben.«

Fassungslos versuche ich zu begreifen, was er mir soeben offenbart hat. All die winzigen Bruchstücke der vergangenen eineinhalb Jahre fügen sich zusammen und ergeben ein Bild, das mich ungläubig nach Luft schnappen lässt.

»Briscot«, erinnere ich mich. »Das Versteck, zu dem du mich damals bringen wolltest, aber bei dem du dich geweigert hast, mir zu verraten, wo genau es liegt. Du wolltest zu deiner Mom fliehen, hab ich recht?«

Chris nickt, und seine Hand zuckt, als wollte er mich berühren. Aber er tut es nicht und lehnt sich stattdessen auf die Unterarme zurück. »Beatrice hat ihre Flucht perfekt geplant«, gesteht er mit einer Bitterkeit in der Stimme, die deutlich macht, wie sehr er noch immer darunter leidet. »Sie hat einen Arzt geschmiert, damit er ihren Tod bescheinigt, und ist mit falschen Papieren ins Ausland gegangen. Nach knapp zwei Jahren hat sie angefangen, mit dem Geld, das sie beiseitegeschafft hatte, Immobilien zu kaufen. Verstreut über die gesamten USA, damit sie nirgends auffällt.«

»Aber wie hat sie es übers Herz gebracht, ihren einzigen Sohn zurückzulassen?«, will ich wissen.

»Sie wollte, dass ich mit ihr weggehe«, verkündet Chris.

»Wieso hast du es nicht getan?«

»Ich war ein sturer und viel zu stolzer Teenager, dem die Ermahnungen seines Vaters, nie davonzurennen, nicht aus dem Kopf gingen«, versucht Chris zu erklären. »Als ich ihr verkündete, dass ich bleiben will, rechnete ich damit, dass sie versuchen würde, mich umzustimmen. Aber das tat sie nicht. Sie nickte bloß und ließ mich mit den Drohbriefen allein im Büro meines verstorbenen Dads zurück.«

»Das ist grausam«, werfe ich schockiert ein. »Sie ist deine Mutter! Sie hätte um dich kämpfen sollen.«

»Camy«, beginnt Chris und richtet sich auf. Mit ernstem Blick sieht er mir direkt in die Augen und offenbart so viel Leid und Schmerz, dass meine Seele vor Mitleid weint. »Versteh mich nicht falsch, ich war extrem wütend, weil sie mich im Stich ließ, aber mit den Jahren habe ich begonnen, sie zu verstehen. Beatrice war eine gebrochene Frau. Sie ertrug dieses Leben nicht und hatte keine Kraft mehr, um zu kämpfen. Die einzigen Menschen außer mir, die sie damals einweihte, waren mein Onkel und meine Tante. Ians Familie nahm mich auf, und sie ging. Seitdem habe ich sie nie wiedergesehen«, lässt er mich wissen. »Sie schickte hin und wieder verschlüsselte Nachrichten, durch die ich erfuhr, wo sie lebt und dass es ihr gut geht. Aber sie kam nie zurück, um mich zu besuchen.«

Jetzt verstehe ich, weshalb Chris mich von sich stoßen wollte. Er hatte Angst, ich könnte wie Beatrice sein und würde dieses Leben nicht verkraften. Seine Mutter hat dafür gesorgt, dass er den Glauben an Loyalität und Liebe verlor, als sie ihn allein ließ und ihr Glück über seins stellte. Deshalb lässt er nur so wenige Menschen in sein Leben. Deshalb vertraut er kaum einer Person vollkommen.

»Ich bin nicht Beatrice«, erkläre ich sacht. »Mich wird die Angst nicht brechen oder vertreiben. Nichts könnte mich dazu bringen, von deiner Seite zu weichen, Christian.«

»Kein Zurück«, wispert er, und ein befreites Lächeln schleicht sich auf sein Gesicht.

»Niemals«, bestätige ich und streiche zärtlich über seine Wange – da zerreißt ein dröhnender Knall den Augenblick.

44

Camy

Mein erschrockenes Kreischen durchbricht den friedlichen Moment beinahe lauter, als der Knall es tat.

Augenblicklich reißt Chris sich von mir los und springt auf. Seine Hand greift reflexartig zum Rücken, und seine Augen weiten sich entsetzt. Die Pistole. *Isabella hat die Pistole!*

Ein erneuter Knall. Die Kugel schlägt so nah vor mir ein, dass der aufgewirbelte Sand mir ins Gesicht spritzt. Verängstigt hebe ich den Blick, und was ich dort sehe, lässt all die Zuversicht und Erleichterung in mir zusammenbrechen wie ein Kartenhaus. Reyna. Mit erhobener Waffe steht sie nur wenige Meter von uns entfernt am Strand. Hinter ihr entdecke ich drei Männer mit schwarzen Hosen und weißen Polohemden. Sie stehen zu weit weg, als dass ich in der frühabendlichen Dunkelheit viel in ihren Gesichtern erkennen könnte. Doch das brauche ich auch nicht. Die starre Haltung und die Waffen in ihren Händen genügen, um mir höllische Angst zu machen. Sie haben uns, und dieses Mal gibt es nichts, das uns retten könnte.

»Sonnenuntergänge zu beobachten, ist dermaßen kitschig«, begrüßt Reyna uns. »Aber etwas anderes habe ich nicht erwartet. Wer sein Leben der Liebe wegen opfert, verfällt leicht in Klischees.«

»Freut mich auch nicht, dich wiederzusehen«, ruft Chris und stellt sich schützend vor mich. Sein Blick ruckt zu mir, und obwohl er ein überhebliches Grinsen aufgesetzt hat, verraten seine Augen, was er wirklich fühlt. Die Resignation und das Bedauern in ihnen bereiten mir weit mehr Sorgen, als Reynas Auftauchen es tut. Chris hat aufgegeben, aber das lasse ich nicht zu. Nicht, solange wir noch atmen.

Schlagartig kommt Bewegung in mich, und ich springe auf die Füße. Das eben erst abgeflaute Adrenalin peitscht erneut durch meinen Körper und hält mich trotz der Erschöpfung und der Schmerzen aufrecht. Chris schüttelt kaum merklich den Kopf, als ich mich neben ihn stellen will, und wendet sich erneut unseren Angreifern zu.

»Du hast mich!«, verkündet er und breitet einladend die Arme aus. »Komm und verschaff dir die Rache, die du anscheinend so nötig hast.«

»Rache?« Reyna lacht herablassend. »Hier geht es um weit mehr als Rache. Hier geht es um Hass, Christian. Hass auf die Menschen, die meinem Sohn den Vater entrissen haben. Kannst du dir auch nur ansatzweise vorstellen, wie schmerzhaft es ist, seinem Kind erklären zu müssen, dass es seinen Vater nie wiedersehen wird?«

»Es ist ja nicht so, als würde Eduardo unschuldig hinter Gittern sitzen«, erwidert Chris höhnisch, und ich muss mich zusammenreißen, ihm nicht zuzubrüllen, dass er aufhören soll, sie zu reizen. »Und seien wir ehrlich«, setzt er nach. »Für den Kleinen wäre es das Beste, wenn er nicht in der Nähe seiner Eltern aufwächst. Es wäre das Sicherste, wenn er auch dich loswird.«

»Halt den Mund!«, brüllt sie, und ohne Vorwarnung löst sich ein Schuss.

Die Kugel schlägt nur knapp vor Chris' Füßen im Sand ein, aber er zuckt nicht einmal minimal zusammen, sondern hebt zufrieden die Mundwinkel. Er will sie reizen, das wird mir mit einem Schlag klar. Chris will, dass sich ihre Wut einzig auf ihn konzentriert.

»Eduardo ist ein niedlicher Junge«, mische ich mich ein, um von Chris abzulenken. »Du bist seine Mutter, Reyna. Du kannst unmöglich wollen, dass er in einer Welt aufwächst, die voller Gewalt und Gefahr ist. Wenn du ihn liebst, dann geh mit ihm weg.«

Für einen Moment wirkt es, als würde sie ernsthaft über meine Worte nachdenken. In ihren Augen glimmt etwas auf, was zeigt, wie sehr sie sich genau das im Grunde wünscht. Doch das Glimmen wird von einer Bitterkeit überschattet, die ihre Züge kälter denn je werden lässt.

»Ich bewundere, wie sehr du an das Gute in der Welt glauben willst«, spricht sie mich an. »Du klammerst dich an Hoffnung, Liebe und den Irrglauben, jedem stünde ein glückliches Ende zu. Aber so läuft die Welt nicht. Du bist, ebenso wie ich, deinen Gefühlen zum Opfer gefallen und in eine Welt geraten, die nie hätte deine sein sollen. Dass du Kelvin angeschossen hast, statt mein Angebot anzunehmen und deinen Hintern zu retten, zeigt, was für ein Mensch du bist. Auf gewisse Weise erinnerst du mich an mich selbst, als ich so jung war wie du. Jung, dumm und vollkommen ahnungslos. Ich werde dir einen Gefallen tun, Camy Owsen«, verkündet sie und hebt mit entschlossenem Blick die Waffe. »Ich werde dich von dem Ballast befreien und schenke dir die Möglichkeit auf ein normales Leben. Eine Möglichkeit, die ich nie bekommen habe. Nimm das Geschenk an und renn weg, bevor ich es mir anders überlege.«

Der Schuss, der unmittelbar auf ihre Worte folgt, schneidet so tief in mein Herz, dass ich es auseinanderbrechen höre.

Ohne nachzudenken, bewege ich mich zur Seite, will mich vor Chris stellen, aber sein ausgestreckter Arm wirft mich zurück. Ich stolpere nach hinten und lande ungebremst im Sand. Nur einen Wimpernschlag später schlägt etwas vor meinem Gesicht auf dem Boden auf. Innerlich weiß ich, was dort liegt. Weiß, dass ich nicht hinsehen darf, da sonst ein Teil von mir stirbt. Dennoch wische ich mir den Sand aus dem Gesicht und sehe hin.

»Nein!« Ein Schrei zerreißt die Nacht. Verzweifelt und voller Schmerz geht er in ein bitterliches Wimmern über. »Nein. Nein. Nein. Oh Gott, bitte nicht.« Die panische Stimme lässt meine Ohren klingeln, während ich kraftlos über den Sand robbe. Es fühlt sich an, als würde ich die Szene nicht selbst erleben, sondern von außen dabei zusehen, wie meine Hand sich auf Chris' graues Shirt legt. Wie sich meine Finger rot vom vielen Blut färben und eine Träne darauf fällt.

Seine Lider flattern unkontrolliert, und seine Brust hebt und senkt sich nur flach. Kopflos fahre ich über seinen Brustkorb, ertaste das Einschussloch und presse meine Hände darauf. Aber es reicht nicht aus. Zwischen meinen Fingern quillt Blut hervor, völlig egal, wie fest ich drücke.

»Christian«, schluchze ich. Immer mehr Tränen rinnen über mein Gesicht, landen auf seinem Körper und vermischen sich mit dem Blut, das nach und nach alles Leben aus ihm fließen lässt. »Bleib bei mir. Du darfst mich nicht verlassen.«

»Curls.« Seine Stimme ist nicht mehr als ein hauchzartes Röcheln. »Ich … liebe … dich.« Seine Lider hören auf zu flattern, und sein Kopf fällt dumpf zur Seite.

Es ist vorbei.

Jede verfluchte Sekunde, in der wir gekämpft und gelitten haben, war völlig umsonst!

Ein markerschütternder Schrei kommt aus meiner Kehle. Ein Schrei, in dem all mein Schmerz liegt und der den letzten Funken Selbstbeherrschung mit sich übers offene Meer weht. *»Nein!«* Wie eine Furie trommle ich auf seine Brust ein. »Nein, nein, nein, nein, nein!« Mit bebenden Fingern umschließe ich sein Gesicht und verfärbe seine blassen Wangen rot mit seinem Blut. »Komm schon, Chris«, flehe ich schluchzend. »Hör auf, mir Angst einzujagen, und sieh mich an. Bitte, sieh mich an, verdammt!«

»Camy.«

Wie im Nebel höre ich Reynas Stimme. Sie muss nah bei mir sein, aber das ist mir egal. Nichts hat mehr eine Bedeutung.

»Es ist zu spät.«

Ich will das nicht hören. Will nicht aufgeben. *Ich kann nicht aufgeben!*

»Hör auf. Lass ihn los und geh, bevor meine Männer das Warten leid sind und ich sie nicht mehr zurückhalten kann.«

Ich spüre kaum, wie meine Finger über sein Gesicht fahren, die Konturen seiner Nase, der Lippen und des Kinns nachzeichnen. Auch den Kuss spüre ich kaum, den ich ihm federleicht auf die blutleeren Lippen gebe. Das Einzige, das ich wahrnehme, ist der salzige Geschmack meiner Tränen.

Jemand packt mich an den Schultern und versucht mich zum Aufstehen zu bewegen. Ich klammere mich an Chris' reglosem Körper fest, präge mir ein, wie er riecht und sich anfühlt. Das Ziehen wird stärker, drängender, und plötzlich ist es nicht mehr Reynas Stimme, die mir sagt, ich solle loslassen und gehen, sondern Isabellas.

»Wir müssen hier weg.«

»Ich kann ihn nicht allein lassen«, wimmere ich hysterisch. »Er braucht mich.«

»Camy!«, brüllt Isa und bringt mich dazu, zu ihr aufzusehen. Selbst durch den Tränenschleier erkenne ich, wie rot und glasig ihre Augen und wie besorgt ihr Gesicht ist. »Wir können nichts mehr für Chris tun«, beschwört sie mich. »Aber wenn wir jetzt nicht gehen, überlegt das Miststück es sich anders, und sein Tod war umsonst.«

Sein Tod. Chris ist tot.

Ihre Worte höhlen mich von innen heraus aus. Plötzlich ertrage ich es nicht mehr, den leblosen Körper zu berühren, und reiße meine Hände so schnell von ihm, dass ich beinahe nach hinten kippe. Isa fängt mich auf, hilft mir dabei aufzustehen und legt mir stützend einen Arm um die Hüfte.

»Irgendwann wirst du einsehen, dass ich dir einen Gefallen getan habe.«

Das Schluchzen verstummt abrupt, die Tränen versiegen, und mein Blick schießt zu Reyna. Ihre Miene ist ernst und die Waffe aus ihrer Hand verschwunden. Beinahe wirkt sie harmlos, aber ich weiß, dass sie es nicht ist. Dass sie die Person ist, die mir brutal meine Liebe entrissen und mir den Lebensmut genommen hat. Stünden ihre Männer nicht hinter ihr und würde ich Isa damit nicht in Gefahr bringen, würde ich mich auf sie stürzen und ihr diese perfekte Fassade vom Gesicht reißen.

»Sag das noch mal«, sage ich ruhig.

»Ohne ihn bist du besser dran.«

»Ich habe mein Leben und eine Familie zurückgelassen. Musste wieder und wieder fliehen, habe gekämpft, geschossen und wofür?« Den letzten Teil brülle ich voller Wut. Isa hält mich fest, versucht mich wegzuziehen, aber ich bin noch nicht fertig. »Du hast mein Leben zerstört, Reyna! Du hast mir alles genommen, wofür ich hätte leben wollen, und jetzt besitzt du ernsthaft die Dreistigkeit, dich vor mich zu stellen und ein Danke zu erwarten?« Angewidert spucke ich in den Sand. »Eduardo tut mir leid, denn er muss mit so einer kaltherzigen Mutter wie dir klarkommen.«

Reynas Mund klappt auf, doch ehe sie noch etwas sagen kann, gebe ich nach und lasse mich von Isa wegziehen. Immer weiter fort von dem Mann, dem meine Seele so bitterlich nachtrauert und dessen Verlust mir den Rest meiner Tage die Fröhlichkeit nehmen wird.

Drei Wochen später

45

Mister X

Ich weiß, wie ich meine Hände bewegen muss. Weiß, dass sechs mal sechs sechsunddreißig ergibt, dass ich Burger und guten Whisky liebe und auch, dass ich hier nicht hergehöre. Mit jeder Faser spüre ich, dass es falsch ist. Dieser Ort ist nicht der, an dem ich sein sollte. Nicht der, nach dem mein Herz sich sehnt. Aber ich habe keine andere Wahl, als dennoch hierzubleiben. Von der Sekunde an, in der ich die Augen geöffnet habe, spiele ich eine Rolle. Und ich spiele sie verdammt perfekt. Nur ein einziger Fehler reicht aus, und ich wäre der Grund dafür, dass andere Menschen leiden müssten. Dass *sie* leiden müsste.

Ich bin ein Mann ohne Vergangenheit oder Zukunft. Was zählt, ist die Gegenwart, denn in der weiß ich, was ich zu erwarten habe. Nichts. Kein Glück, keine Träume und schon gar keine Hoffnung. Könnte ich wegrennen? Vermutlich. Noch vor wenigen Wochen hätte ich alles riskiert und gekämpft. Hätte dieses Spiel genutzt, um mir einen Vorteil zu verschaffen und um derjenige zu sein, der den König schachmatt setzt. Damit ist es jetzt vorbei.

»Kommst du?«

Ich wische mir jede verräterische Emotion aus dem Gesicht, ehe ich mich umdrehe, mich aufs Spiel konzentriere und nicke. »Kann losgehen.«

DANKSAGUNG

Als Erstes: Danke an euch, die Leserinnen und Leser! Ohne eure Unterstützung wäre es nicht möglich, meinen Traum als Autorin zu leben.

Danke auch an meine wundervolle Testleserin Jasmin. In dir habe ich eine Freundin gefunden, die leider viel zu weit entfernt wohnt und die doch immer da ist, wenn ich einen »buchigen« Rat brauche.

Natürlich geht auch ein riesiger Dank an die großartige Literaturagentur Leselupe und meine Agentin Julie. Du bist die beste Agentin, die ich mir wünschen kann. Danke für dein offenes Ohr, deine vielen hilfreichen Ratschläge und dafür, dass du an mich glaubst.

Auch dem Mira-Taschenbuchverlag und besonders Anna Hoffmann möchte ich danken. Ihr wart sofort da, als ich ein Spin-off schreiben wollte, und habt nicht gezögert, mich dabei zu unterstützen, Camys und Chris' Geschichte aufs Papier zu bringen.

Der größte Dank geht an meine Familie. An die Menschen, die mich täglich unterstützen, es mir verzeihen, dass ich ständig von fiktiven Personen spreche, denen ich versuche den Sinn eines Exposés zu erklären und die fest an mich glauben – vor allem mein wundervoller Mann. Du versorgst mich mit Kaffee, schenkst mir Freiraum zum Schreiben und hältst meine Hand, wenn die Zweifel drohen mich herunterzuziehen. Früher, heute, immer. Du und ich.